新潮文庫

龍ノ国幻想2

天翔る縁

三川みり著

新潮社版

11534

目次

龍ノ国幻想

主な登場人物紹介

——龍が眠る央《ひさし》大地。その上にある国、龍《たつ》ノ原《はら》では、女は龍の声を聞く能力を持つ。
生まれながらにその力を持たない「遊《ゆう》子《し》」は命を奪われる。
一方、女にしか聞こえない龍の声を聞く能力を持つ男は
禍《まがつ》皇《み》子《こ》として処刑される定め——。

日《ひ》織《おり》 二十七歳

龍の住む国、龍ノ原に生まれ育つ。
遊子ゆえに殺された姉の復讐と、
理不尽な国の掟を変えるため、
女である身を隠し、皇位を手にする。

空《うつ》露《つゆ》 三十六歳

祈《き》社《しゃ》に所属する
高位の神職を務める。
幼い頃から日織を支える教育係。

悠《はる》花《はなの》皇女《ひめみこ》 十九歳

先代皇尊《すめらみこと》の唯一の子。
病弱な身体を案じ日織に託された。
「秘密」を抱える美しい妻。

不《ふ》津王《つのおおきみ》 三十九歳

先代皇尊の甥。
伯父亡き後、皇位をめぐり
日織と共に競い、敗北した。

伴《ともの》有《あり》間《ま》 二十八歳

八洲の一つ、反封洲《たんのほうしゅう》
国主の長子。日織に法外な
要求を迫る。

央大地の図
（一原八洲）
反封洲《たんのほうしゅう》
海
葦封洲《あしのほうしゅう》
叛封洲《はんのほうしゅう》
逆封洲《さかのほうしゅう》
附義洲《ふのぎしゅう》
龍《たつ》ノ原《はら》
附道洲《ふのどうしゅう》
附敬洲《ふのけいしゅう》
附孝洲《ふのこうしゅう》
北

龍ノ原図

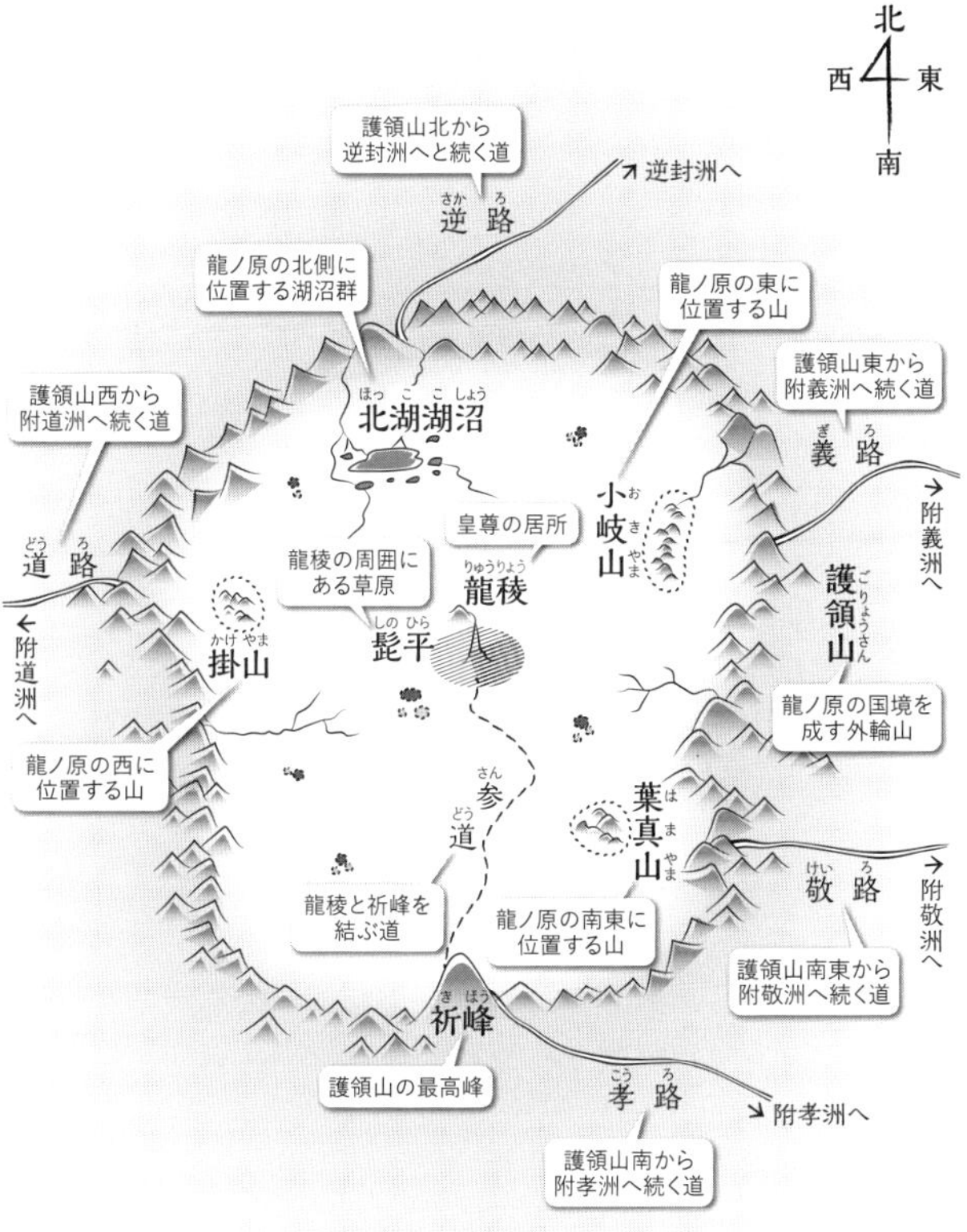

◌	里《り》	おおよそ10戸の集落
●	郷《ごう》	おおよそ500戸の集落

※里や郷は龍ノ原中に点在している。

地図制作：アトリエ・プラン

天は龍《りゅう》の領分で、地は地龍《ちりゅう》の領分だ。

ゆえに、龍の棲《す》みかは天で、地龍の棲みかは地の底である。

叢雲《むらくも》に神気が凝《こご》り、そこから龍は生まれる。

生まれたばかりの龍は細く頼りないが、龍《たつ》ノ原《はら》を飛翔《ひしょう》し神気を喰らい成長し、千年の樹木の丈を遥《はる》かに越すほどに成長する龍もいる。

龍の寿命は百年とも千年とも言われ、命が尽きれば体は霧散し骸《むくろ》を残すことはない。

金気をもってすれば龍の命を奪えると伝えられているが、それを試すほどの畏《おそ》れ知らずは神代《かみよ》からいない。そもそも、その言い伝えは人間《じんかん》に流布《るふ》し伝えられているのみなので、真偽のほどはわからない。

龍の数は百と言われもするし、千と言われもする。数は定かでない。

なぜなら龍が人の近くへ現れるのは稀《まれ》であるし、また、龍ノ原に棲まう龍が集うこともないからだ。人は龍の数すら、しかと知らない。

龍は人の意に従わぬ生き物だ。

しかし――。

龍ノ原の皇尊《すめらみこと》は、生涯に一度だけ龍を呼べる。

それは皇尊が御位《みくらい》にあがったとき、龍に即位を知らせる宣儀《せんぎ》でのこと。地大神《ちのおおかみ》・地龍に許された皇尊であると宣すると、それを喜び、幾頭かの龍が現れる瑞《ずい》祥《しょう》があるのだ。

それをもって、龍と皇尊は縁《えにし》を成す。

龍ノ国幻想 2

天翔る縁《あまかけるえにし》

序章

――熱い！

なにかに押し出されるように暗闇《くらやみ》からまろび出た日織《ひおり》は、その場に膝《ひざ》をつき、さらに両手をつき這《は》いつくばった。

「日織！」

空露《うつつゆ》の声が聞こえ、周囲に馳《は》せよる者たちの足音を聞いたが、目を開くことも顔をあげることもできない。瞼《まぶた》を閉じていても、熱して蕩《とろ》けた岩が渦をなすような色が目の前に明滅している。

全身が熱い。

全速力で走った後のように胸が苦しく、呼吸は浅く速かった。その浅い呼気すらも熱気を含み、喉《のど》が焼かれるように痛む。

木が燃えるのに似た、乾いた辛い臭《にお》いが鼻をつく。

（わたしは、どうなってしまった!?）

理不尽な定めに抗《あらが》うために、二十年もの長きにわたり、日織が心に秘め渇望《かつぼう》していた皇尊《すめらみこと》の御位《みくらい》。それに手が届く機会に巡り会い、是が非にでもと御位を欲して力を尽くした。そして、――そのために最愛の妻、月白《つきしろ》を失った。

護《まも》りたかった者を失ってしまったのだ。

しかしそこで立ち止まることを、日織は自身に許さなかった。月白の名を胸の内で呼びながら、心がねじれる痛みとともに執念に似た決意で、這いつくばるようにして入道という最後の儀式に挑んだ。

入道のため地睡戸《ちのねむりと》をその手で開き、中へ一歩踏み込んだはずだった。真っ暗闇の、熱風が吹く中に入った途端に背後で戸が閉まり、ぞっとする間もなく、闇と熱に包まれたのまでは覚えていた。

（だが、それからどうなった）

いきなり次の瞬間、日織は暗闇から押し出されたのだ。

空露の声が聞こえたので、自分が膝をつくこの場所が地睡戸の外だと理解はした。しかし自分は地睡戸の内側に踏み込んだばかりで――。

いや、違う、と体の感覚が言っている。

何かがあり、日織は地睡戸の内側にしばらくいたはずなのだ。中にいた時間が、頭の中からすっぽり抜け落ちているだけだ。

（なにがあった、この身に）

恐ろしいことが自分の身に起こったのだと感じた。

全身の皮膚が細かくささくれたように痛み、ちりちりと熱を発している。特にひどいのは足裏とうなじ、瞼、頰と耳朶《じだ》の下半分と指先。足裏と瞼、うなじと頰は、ささくれどころか皮が焼けめくれ、爛《ただ》れた肉をさらしているような気がした。耳朶の下半分と指先は、炭になって崩れ落ちているかもしれない。

恐怖に、体の震えが止まらなかった。

日織皇子《ひおりのみこ》、日織と、幾つもの声が呼ぶ。

「日織！　わたしだ」

ごく近く、耳元で悠花《はるはな》の声がした。まったく身動きはとれなかったし震えも止まらなかったが、日織は熱い呼吸をしながら、かろうじて問う。

「……わたしは、……どうなっている」

掠《かす》れた声を出すにも、喉が熱く痛む。

自分の状態を自分で確認するのは、あまりにも恐ろしい。身動き一つしようものなら激痛が走り、全身の皮膚がずるりと剝《む》けそうだ。瞼を開けば、瞼が崩れ落ちそうだ。だから問うしかなかった。

「あなたは即位した」

悠花が答えた。

(即位?)

恐怖に混乱した頭では、なんのことを言っているのか咄嗟《とっさ》に理解できなかった。しかし徐々に言葉が思考に染《し》みこむ。

驚きに、恐怖を忘れて瞼を開いた。

瞼は崩れることもなく開き、目は自分が手をつく岩の床を認める。そして自分の両手の甲が、ささくれも赤むけもしておらず、白い肌のままなのがわかった。指先もある。熱い痛みがあるにしろ、それだけだ。

体の重心を腰へとずらし、上体を支えていた右手をあげて右耳朶に触れる。震える指は耳の形を捉《とら》えた。耳朶の方には触れられた感覚は無かったが、指に触れるのは、常と変わらない耳の形。

全身の熱い痛みと震えは体から抜けないが、それでも日織は、そろりと顔をあげた。

そこには、黒衣を身につけた悠花の美しい顔があった。

目が合うと彼は微笑《ほほえ》む。

「即位したのだよ、あなたは」

「……まことに……？」

悠花は頷《うなず》く。

「龍《りゅう》が告げた。一族の女たちは、その一声を聞いたはず。即位、と」

呻《うめ》き声に似た感嘆の声が無意識に漏れ、日織は目を閉じた。

本当に、自分は即位できたのだろうか。

即位した実感など皆無で、ただ全身が熱く痛く、恐ろしいばかりなのだが、悠花の言葉は事実だろうか。喜びよりも疑問や不安が大きく、それに気持ちが大きく掻《か》き乱されると、ふっと気が遠くなり体から力が抜ける。

上体をかろうじて支えていた手も力をなくし、日織はその場に伏した。

「日織!?」

悠花の声を聞きながら、姉宇預《うよ》と月白の顔を思い浮かべていた。

（お姉様……月白……。わたしは即位したのか？　……本当に？）

一章　殯雨《もがりあめ》、止《や》む

一

睫《まつげ》に触れる光が眩《まぶ》しくて、日織《ひおり》は顔をしかめながら目を開いた。

靄《もや》がかかったように、頭の中がぼんやりしている。

自分が御床《ごしょう》に寝ているのはわかったが、この場所がどこなのか、自分がどういった状況にあるのか、そんな疑問すらも意識にのぼらない。ただ眩しいとだけ感じた。

几帳《きちょう》で隔てられている向こう側の蔀《しとみ》が開かれているらしく、几帳の絹を通して明るい日射《ひざ》しと、それを揺らす微《かす》かな風が母屋《もや》に入り込んでいた。

（どうしてこんなに眩しいのだろうか、殯雨が降っているはずなのに）

殯雨――龍《たつ》ノ原《はら》を治める皇尊《すめらみこと》の崩御とともに始まり、新たな皇尊の即位まで止まぬ雨。

殯雨が止んだということは、新たに誰かが御位《みくらい》に即《つ》いた証《あかし》のはず。

皇尊の即位。

そこに思考が辿《たど》り着くと、いきなり頭の中に様々な光景がひらめく。

激しい殯雨と、遷転透黒箱《せんてんとうこくばこ》。とどろき落ちる滝の水と、鋼《はがね》の刃《やいば》の輝き。雷鳴。

月白《つきしろ》の微笑《ほほえ》み。

濁流に似た、心を押しつぶすような記憶が溢《あふ》れた。

「……月白……」

両手で顔を被《おお》う。

（……あんなことに……あんなことに……っ！）

月白が死んだ。

思い出した途端、喉《のど》の奥から得体の知れない大きな塊がせりあがって、息が苦しくなる。あれが現実だったのだと、胸に杭《くい》を突き立てられるような感覚。

不《ふ》津王《つのおおきみ》が八虐《ぎゃく》を犯し、月白が身を投げた混乱の中、悠花《はるはな》に請《こ》われ、さらにそれが月白の望みと信じて日織は入道した。

そしておそらく、日織は無事に入道を終えたのだ。地睡戸《ちのねむりと》からまろび出た直後、悠花が「あなたは即位した」と言ったのは覚えている。即位が現実か否《いな》か、確かめる前に意識を失ったのだ。

意識がはっきりすれば容易にわかったが、日織が寝かされているのは、龍稜《りゅうりょう》での自分の居所として与えられた楡宮《にれのみや》の東殿《ひがしどの》だった。

人の気配はなく、庭から楝《おうち》の葉擦れの音がするのみ。

　自分は本当に即位できたのだろうかと、顔を被っていた手をあげ、日の光にさらして両掌《りょうて》を見つめる。焼け崩れもせずに指があった。暗闇《くらやみ》から押し出されたあの時は、自分の体がほとんど焼けただれている気がしていたのに。

　入道した自分の身になにが起こったのか、思い出せない。それどころか、入道の時間そのものが切り取られてしまったかのようだ。

　しかし日織は再び、こうして日の光を浴びている。殯雨も止んでいる。おそらく自分は無事に入道を終えた。ということは間違いなく、日織は皇尊となったのだ。

　指を見つめていると、眦《まなじり》から意識しない涙が滑り落ちる。

「月白……お姉様……」

　求め続けていた御位に即いた。それを二人は喜ぶだろうか。そう考えると誇らしさを覚えるのだが、同時に、二人ともこの世にいない虚《むな》しさが膨れあがった。

「おや、目が覚めたようだね」

　几帳を回り込み、薬湯らしき椀《わん》を手にした悠花が現れた。

　男ながら龍の声を聞く禍皇子《まがつみこ》として生を受け、そのために悠花は皇女《ひめみこ》として育てられた。日織の妻となっている彼は、月白亡《な》き今、日織のただ一人の妻だ。

悠花は男であることを隠すために、常に女の身なりで、歩けず喋《しゃべ》れずを通している。その美しい姿を男と疑う者はなく、完璧《かんぺき》に人々を欺《あざむ》いて生きているのだが、今の彼は髪を一つにまとめて背に流し、黒の衣と袴《はかま》という護領衆《ごりょうしゅう》の身なりをした男姿だった。

日織が上体を起こすと、「飲めるかな」と訊《き》いて椀を差し出す。

「わたしは、どのくらい眠っていた。入道して、どのくらい経《た》った」

「あなたが地睡戸から出たのは、龍道の中へ入って四刻の後、昨日の朝。その後まる一日意識がなかった。さすがに皆、心配したが。淡海皇子《おうみのみこ》や真尾《まなお》は、入道を終えた後に気を失って、なかなか目覚めぬ例はままあるとは言っているらしい。中でなにがあったの？」

「わからない。覚えていないんだ。入道していた間のことが、頭の中から抜け落ちている。時そのものを切り取られでもしたかのようだ」

「覚えていないのか。……なるほどね。歴代皇尊が入道について語らなかったのは、日織と同様になにも覚えていなかったからなのかもしれないね。まあ、なんにしても無事に戻れてなにより。どうぞ、椀を」

椀を受け取り、整いすぎている顔を見あげると、彼が日織に「救って」と請うた声を思い出す。それに励まされて日織は立ちあがり龍道《りゅうどう》へ行けたのだ。

あのとき悠花がいなくとも、自分は立ちあがれただろうか？

おそらく、無理だった。悠花がいてくれたからこそだ。

感謝の一言を伝えたい。なのに綺麗《きれい》な顔を見ると気恥ずかしさもあり、どう言葉を選べば良いかわからず、礼を口にするのが躊躇《ためら》われた。

悠花の方もなにか言いたげな様子ではあったが、彼も言葉を見つけられないのか、結局どことなく不機嫌そうに問う。

「なにか？」

「いや。なんでもない」

互いに視線を逸《そ》らすと、椀に口をつけた。

悠花は小さく安堵《あんど》したように息をつく。彼が日織になにも言わないのは、思いやりかもしれなかった。入道を話題にすれば、必ず月白のことにも触れなければならない。今の日織はまだ、その話題を冷静に語れる状態ではないと察したのかもしれない。

しばらくの沈黙の後に、悠花は口を開く。

「居鹿《いしか》が、あなたのことを随分心配していた」

「今、居鹿は？」

「杣屋《そまや》に送らせて祈社《きしゃ》へ帰した。龍稜もあなたも、しばらくは落ち着かないだろうし、祈社の方からも早く帰らせろと言って来たしね。殯雨が止んだので、この月の内には居鹿を迎えに反封洲《たんのほうしゅう》の遣いが来るからと。居鹿も出発の準備がある」

「迎えが？　なぜそんな早くに」

「龍ノ原の皇尊崩御を受け、喪に服すために止《とど》まっていたものだからね。当然、皇尊即位とともに、令に則《のっと》って動き出す」

「居鹿を他国へやりはしない。令を、すぐにでも廃せば……！」

言いさして不安になり、悠花を見あげる。

「わたしは即位したのか」

即位した――と、自分では思う。しかしそれが事実か、今一度確かめたかった。

悠花は淡々と告げた。

「即位、と。龍《りゅう》がそう言った声を一族の女たちは聞いている。そして殯雨が止み、あなたは無事に地睡戸の内側から、こちらに戻った。日織が即位したのは間違いない。それよりも、それを飲んだ方が良いよ。ひどい声だ」

椀の中は煎《せん》じ薬のようで、口に含んだときは甘いが、その後に嫌な苦みが来る。それでも喉がひどく渇いていたので、一気に飲み干す。空になった椀を見下ろして、日織はぽつりと言う。

「……そうか。わたしは」

薬湯が臓腑《ぞうふ》に広がるように、ようやく実感が身に染《し》みてきた。

(即位した)

ずっと望んでいたものを手に入れたのだ。

御位を手に入れた瞬間はどれほどの歓喜があるだろうと、ぼんやり想像はしていた。だが実際こうなってみると、「そうか」と、しみじみ思うばかりだった。

遠くから眺め渇望《かつぼう》していた宝を、「おまえが欲していたのはこれだ」と言って手渡され実際に抱いてみると、ふわふわとして重量のないものだったような、そんな感じだ。

「あなたは即位した。お祝いを申し上げよう――けれどね」

言葉を切った間に不穏なものを感じて顔をあげると、悠花は、日織の手から椀を取りながら続けた。

「即位にいたる状況が異様すぎるために、重臣たちが戸惑っている。今も大殿《だいでん》に、太政大臣《おおまつりのおとど》の淡海皇子、大祇《おおぎ》の真尾、左右の大臣《おとど》の阿知穂足《あちのほたり》と造多麻呂《つくりのたまろ》が集まっていて、そこに不津王が呼ばれている。あと、空露《うつつゆ》もね」

「空露がなぜ」

「あなたの意識がないから、あなたの代わりに。日織が即位したが、果たしてそれを受け入れるべきか、当事者たちも交えて話し合うことになったらしい」

幼い頃から日織の守り役として側《そば》に仕えている空露は、兄とも恃《たの》む人であるし、同時に日織の即位をともに望み続けてきた共謀者でもある。側仕えが空露しかいないので、意識のない日織に代わり、彼が呼ばれるのは当然かもしれない。

しかし、そもそもなぜ話し合いの必要があるのか。

「わたしは即位したのだろう？　それでなぜ、なにを惑い、話し合う。即位に至る状況がどうであれ、即位は即位だ」

「その通りだろうね。けれど皆が、諸手《もろて》を挙げて新たな皇尊即位を喜べないでいるということだ」

「皆に喜ばれる必要は無い」

姉の命を奪った定めに逆らうために、日織は自らが龍ノ原を治めることを、七つの時に望んだのだ。そしてその望みは、最愛の妻であった月白が最後に願ったことと同じ。さらには悠花の請うたことと同じ。日織の身勝手な思いだけではなく、日織が皇尊の御位にあることは、誰かの願いでもある。

その御位を、誰が眉《まゆ》をひそめようと誰が罵《ののし》り蔑《さげす》もうと、手放す気はない。

膝《ひざ》にかかる衣を掴《つか》み立ちあがると体がぐらつき、それを咄嗟《とっさ》に悠花が支えた。

「日織。急に起きあがっては足もとが危ない」

気遣わしげな悠花の手をやんわり押し返す。

「身支度をして、すぐに大殿へ行く」

「さっきまで寝ていたのに、大丈夫なの？」

「頭はすっきりしている。行く。わたしの即位のことだ。空露にだけ任せておけない」

顔をあげ、開かれている枢戸《くるるど》の向こうに広がった薄青い空と、日射しの明るさを見つめる。久しぶりに目にする青空と日の光だった。

殯雨を止め、この日の光を呼び戻したのは日織の入道なのだ。

それは地大神《ちのおおかみ》、地龍《ちりゅう》が日織を皇尊と認めたということ。

（人がなにを考えようが、思っていようが、地大神が認めた。だから、わたしが皇尊だ）

入道して、日織は命を賭《か》けて神に問いを投げた。その答えが、今ここに日織があるということだ。

神は龍ノ原にある理不尽を良しとはせず、それを変えていくのを認めたのだ。

これは命を賭《と》して得た答えだ。

誰にも、なにも、言わせるものかと、日織は一歩踏み出す。

檜皮《ひわだ》の大屋根を白杉柱《しらすぎばしら》が支える大殿は、日射しの中にあった。

長きにわたる殯雨にさらされた檜皮は、たっぷり水を含み濡《ぬ》れた色をしていたが、優美な曲線を誇るように、ゆるく流れる白い雲を背負う。

正面の階《きざはし》の左右にある桃の若葉も勢いを増し、目に鮮やかに青い。大殿の背後からは、とどろき落ちる滝の水音が響く。

月白を呑《の》み込んだ滝の音を耳にすると、胸がざわつく。なにかのきっかけで、日織は突然、自分が取り乱しそうな気がした。

悠花を従えて簀子《すのこ》縁《えん》を歩みながら、己を叱咤《しった》する。

（即位したのだ。幾千日も無為に過ごし、幾人も遊子《ゆうし》を見殺しにし続け、大切な者を失い、手に入れたものだ。気を乱すな、気を逸らすな）

水音に注意を向けないように努力しながら、大殿の枢戸の前に立つ。

日織の姿が現れると、枢戸の内側、左右に控えていた采女《うねめ》たちが声を発した。

「皇尊のおなりです」

悠花が日織の耳に口を寄せる。

「行け、日織。わたしはここで待つ」

「入らないのか」

「中には真尾がいる。わたしが護領衆でないと、彼ならばすぐにわかり、不審を招き正体を探られかねない」

「行け」と促すように、日織の背に手を触れて中へと押す。

一人で行くのがわずかばかり心細いのは、悠花が生来もちあわせている強気で、己の欺《ぎ》瞞《まん》を貫き通す強さを頼もしいと感じているからだろう。

踏み込むと、大殿の中にある視線が日織に集中する。

戸惑いを隠せない様子なのが、母屋の左手奥に座す太政大臣の淡海皇子と、大祇の真尾だった。二人とも黙礼を送ったものの、それからどういった態度をとるべきか、迷うように押し黙るのみ。

右手奥に座する右《う》の大臣、造多麻呂は「即位をお慶《よろこ》び申し上げます」と、皇尊にするように平伏した後に、切れ長の目を嬉《うれ》しげに細めて顔をあげた。

その隣に座す左《さ》の大臣、阿知穂足は、濃い眉の下から挑むように日織を睨《ね》めつける。

空露は枢戸の近くに控えていた。こちらを見あげた彼の目には、日織が目覚めたのを知った安堵とともに、深い懸念《けねん》の色がある。入道に至る混乱とそれを終えた日織の様子を目《ま》の当《あ》たりにしていた彼は、彼女がまともに重臣たちと渡りあえる状態かを危ぶんでいるのだろう。

随分、空露にも心配をかけたに違いない。

大丈夫だと伝えるために、無言で頷《うなず》く。

そして――枢戸正面。母屋の中央あたりに、こちらに背を向けて座っていた不津王が、ゆっくりとふり返った。

昨日の汚れた衣は新しいものに取り替えていたが、右肩から胸と背中を被うように、幅広の朱絹《あけきぬ》を巻いていた。穢《けが》れのある者が身につけ、穢れを封じるとされる朱絹を巻いているのは、彼が大殿の敷地で月白に斬《き》りつけた流血沙汰《ざた》、大不敬《だいふけい》を犯したゆえだ。聖域を穢すのは大不敬であり、それは龍ノ原で定められた重い罪、八虐のひとつにあたるのだ。

朱絹は穢れを封じるもののはずだが、この時は、科人《とがにん》の印のようにも映る。たった一日半で不津の頬の肉はそげ落ち、ひどく疲れた印象があった。理由が何であれ八虐の一つを犯し、一時的にしろ舎人《とねり》に捕らえられた屈辱と怒りが、ごっそり彼の体力を奪ったようだ。

視線がぶつかると、彼は口もとを歪《ゆが》めて笑った。憔悴《しょうすい》してなお、不遜《ふそん》に。

二

顎《あご》を引き真《ま》っ直《す》ぐ歩を進め、日織は、最奥《さいおう》に垂れる五色布の前に立つ。

日織が立つ傍らには宝案《ほうあん》があり、蓋《ふた》を閉じられ、色を黒へと変えた遷転透黒箱が置かれていた。色を変えたその箱を、誰もが、あつかいかねているかのようであった。それを見て、「さもありなんか」と内心で呟《つぶや》く。

先代皇尊の遺言の通り、遷転透黒箱に龍鱗《りゅうりん》を納めた者が入道を果たし、それとともに殯雨が止んだ。これは疑う余地無く皇尊即位である。

しかし。

悠花も口にしていたように、そこにいたる経緯が異様すぎるために、重臣たちはそれを受け入れるべきか否か戸惑っている。

どれほど異様な状況であれ、もし、御位を争う者がいなければ重臣たちも日織の即位を受け入れるほかないだろう。しかしこの場合、日織と競い、かつ、日織よりも皇尊にふさわしいと多くの者が考えていただろう不津がいるのだ。それが重臣たちの迷いを招いたのは明らか。

「その場所に、あなた様はお立ちになるべきでしょうかな？　日織皇子様。吾《われ》らは今、そのことについて詮議《せんぎ》を始めようとしていたのです」

低く、重く、口火を切ったのは阿知穂足だった。

「皇子ではありません。皇尊ですぞ、左の大臣」

聞きとがめた空露がすかさず言うが、穂足は不愉快そうに眉をひそめふり返る。

「護領衆が口をはさむ場か。わきまえよ」

「しかし、わたしは」

「そなたは主《あるじ》の代人《だいにん》として参った。本人が来たのだから、そなたはもはや口をはさむべきではなかろう」

言いつのろうとする空露を、目もとを厳しくした大祇の真尾がぴしゃりと封じた。

真尾は齢《よわい》四十を過ぎてはいたが、歴代の大祇に比べれば年若い。しかし物腰の静かさと落ち着きぶりは、彼の隣に座る白い顔と白い髭《ひげ》の太政大臣、淡海の独特な威圧感に引けを取らなかった。

空露は護領衆の中では祇従《ぎじゅう》という位をもつが、護領衆の長《おさ》たる大祇には逆らえない。小さく「はい」と応じて口を閉じ、日織を見やる。

日織は空露を安心させようと、再び小さく頷く。自分は冷静だと無言で伝えると、視線を巡らせ穂足を捉《とら》えた。

「入道し、殯雨が止んだ。一族の女たちが、龍の発した即位の声を聞いた。これで、わたしの即位になんの疑問があると？　穂足」

「即位に疑いの余地はない。しかし、あなた様は即位すべきだったのか」

「龍鱗を見つけた者が皇尊の御位に即く。先代皇尊がそう決め、わたしがそれを果たした。御位に即くべき者が、わたし以外にいると？」

「龍鱗を見つけたのは結構なこと。そこも認めましょう。しかしあなた様はそこに至るために、流血をいとわぬ企《たくら》みで龍稜を穢してはいないのか」

「穢す？　なんのことだ」

「月白媛《ひめ》のふるまいです」

不意に突きつけられた月白の名に、体が強《こわ》ばった。

攻めどころを捜している穂足の前で、緊張や不安を悟られてはならない。日織は軽く目を閉じ、一つ息をして再び開く。無表情に問い返す。

「月白？　月白がなんだと」

「聞きましたぞ。月白媛――あなた様の妻である者の、恐ろしいふるまい。不津様を害そうとしたと」

　動揺を隠す日織を追い詰めようと、穂足はさらに続ける。

「月白媛は不津様を害そうとしたのだ。あなた様の住む宮で害された山篠《やましの》様の件も、月白媛の仕業ではないのか？　龍稜に、人を害する者が何人も潜んでいたとは思えませぬからな。ご自身の妻を使って山篠様を害し、不津様を陥《おとしい》れたのではないか？　己《おの》が手を穢さずとも、誰かを使って龍稜を穢せば、八虐の一つ大不敬を犯したと同じ。そのような方が入道するべきだったのか」

「憶測ばかり並べ立てるな。先にも言ったが、わたしは間違いなく龍鱗を見つけたのだから、入道すべくして入道した。それをとやかく言える者はいないはず」

「いや！　龍鱗を見つける前に山篠様を害し、不津様を陥れる画策をしていたのであれば、それはあなたが正しくお二人と競って龍鱗を見つけたことにはなり得ぬ」

「どういう意味だ」

「龍鱗を見つけたと仰《おつしや》るが、龍鱗を見つけるその前に競う方々を追い落としていれば、それは、あなたしか龍鱗を得られないようにした、ということ。競って見つけたのではない。先代皇尊は、三人で競って見つけるようにとご遺言されたのだ。あなたは皇尊の意図された選定の方法をねじ曲げたのだろう」

穂足の弁を聞けば、悔しいながらも腑に落ちた。

重臣たちは、日織が月白に命じ、御位を競う者たちの排除を試みたと疑いを抱いているのだ。それは至極当然のことで、日織があずかり知らぬこととはいえ月白が山篠を害したのは事実で、不津に襲いかかったのも事実。

月白が不津を襲ったために、山篠殺害の犯人も月白であろうと推測されれば、つまるところ全《すべ》ては日織の陰謀ともとれる。

「わたしは山篠の叔父を手にかけていないし、不津を陥れてもいない。妻に命じた覚えもない。そのような事実はない」

「ならばなぜ月白媛が、あのようなふるまいにおよんだと。山篠様や不津様を亡き者として最も益があるのは、あなた様だ。あなた様の命令ではないのか？　ご自身が手を下さずとも、月白媛に命じてやらせたのであれば、ご自身がやったのと変わりない」

「違うと言っている。わたしは命じていない」

「違うと言うなら、しかと、月白媛のふるまいの理由を聞かせて頂こう！」

床を手で打ち穂足が吠《ほ》えた。

（月白のふるまいの理由を言えと？　この場で⁉）

月白のふるまいの理由を語るのは、彼女が誰にも知られたくないと必死に願い続けた事実を晒《さら》すということ。それは亡骸《なきがら》になった彼女の衣をはぎ取り、辱《はずかし》めるのに等しい。

かっとなりかけるが、袖《そで》の内側で拳《こぶし》を握りこらえる。ここで激高しては相手の思うつぼだ。怒りを制御できず、あげ足を取られかねないことを口走ってしまうかもしれない。

穂足の態度の無礼さを見かね、造多麻呂が腰を浮かしかけた。それを淡海と真尾が同時に、「控えよ」「お待ちを」と小声で制す。彼らもまた、日織の口から申し開きを聞きたがっているのだ。

「命じていない」

「そう仰るからこそ、月白媛のふるまいの理由をお答え願うと申しておりますぞ」

絶対に口にしてなるものかと、日織は硬い声で拒絶する。

「それは月白しか知らぬこと、月白にしか語れぬこと。死した者に語るすべはない。わたしはわたしの勝手な憶測で、月白にしか語れないことを口にはしない」

日織を突き崩そうと、さらに穂足が声を高くする。

「逃げ口上甚だしい。あなたは答えられぬ。答えられないのは後ろ暗いところがあるのでしょう、日織皇子様！」

「さにあらず！　語れぬ死者を、生者の都合と憶測で辱めたくないだけだ！」

張り詰めた空気が母屋を満たした、その時――。

緊張を砕く笑い声が響く。

唐突な、ともすれば陽気とも思える笑い声に、その場にいた者たちはぎょっとし、笑うその人をふり返った。

顎をあげ、さも面白そうに笑い声をあげたのは不津だった。

「もう、おやめなさい。舅《しゅうと》殿。みっともない」

不津の一言に穂足が唖然《あぜん》とした表情になり、すぐに眉を吊《つ》りあげる。

「なにを仰られる、不津様。これはあなた様の、ひいては龍ノ原の」

「つべこべ言っても始まらん。殯雨は止んだのだ」

穂足の言葉を遮った不津は、枢戸の外へ顔を向け、皮肉げに青空を見やった。それから再び視線を戻し、日織に据える。

「日織は入道し、即位したのだ。それ以上の事実はない」

不津は日織を擁護しているわけでも、認めているわけでもないと、その暗い目の色から知れた。おそらく彼は今、はらわたが煮えくりかえっているのだろう。だが彼の理性と品性が、入道を果たし即位した者に対して、「それを認めぬ」と騒ぎ立てる見苦しさに耐えかねるのだ。

それは皇尊の御位を欲した者ゆえの、ある種の高潔さか。

「俺が大不敬を犯したのも事実だが、これは致し方なし。論じ詰めれば俺の罪は不問に付される可能性もあるだろう。だが、どのみち俺は日織に競《せ》り負けた。日織は龍鱗を手に入れたのだ。そして皇尊となった。その是非はともかく、な」

「その是非が問題なのですぞ」

口をはさんだ穂足に、日織は鋭く返した。

「地大神が認めたものに是非を問うか！　地大神のご判断を疑うか！」

気圧《けお》されたように、穂足がぎくりとのけぞる。

（誰が月白のことなど語るか。誰がこうして手に入れた、月白が最後に望んだものを――、お姉様を殺した定めに抗《あらが》えるこの御位を――、手放すものか）

思いが気迫となり、全身を熱くする。

「地大神が、わたしを認めた。そうであろう」

穂足を睨めつけ、さらに淡海と真尾にも視線を巡らせた。

「淡海大叔父君。真尾。そなたたちも、神の認めたものに是非を問うのか？　神に是非を問うならば、命くらいは賭《か》けて問うものだぞ」

実際、日織は神に問うために命を賭けて入道したのだ。

淡海の白い頬が痙攣《けいれん》するように微かに動き、なにか口にしようとした。しかし淡海の言葉が出るより早く、真尾が平伏した。

「祈社は、皇尊即位をお慶び申し上げます」

神に是非を問うかと訊かれたならば、神を疑うなどと口が裂けても言えない神職は、日織を認めざるを得ない。それを承知で発した言葉は、相手の疑問も不満も、神の名でねじ伏せるのだから横暴だ。

しかし横暴で良い。月白の事実を語るくらいならば、その方が万倍もましだ。

「淡海大叔父君は？　いかに」

質問しているようで、恭順を促す威圧だった。当惑顔で真尾を見下ろしていた淡海だったが、諦《あきら》めたように息をつき平伏《ひれふ》す。

「お慶び申し上げます。皇尊」

当然のように再び造多麻呂も平伏したので、穂足は膝の上で拳を握り、呻《うめ》く。

「わたしが皇尊だ」

静かに告げる。

沈黙が落ちた。

枢戸から吹き込む風が、背後の五色布をさやっと揺らす。

拳を震わせる穂足も、平伏した真尾、淡海、多麻呂も動かない。この場を日織が圧倒したと理解したのか、不津は苦い笑みを浮かべて立ちあがった。

「そういうことだ、舅殿。皇尊に平伏すが良かろう。ただ」

真っ正面から日織と視線を合わせ、不津はさらに傲然《ごうぜん》と言い放つ。

「ただ、俺はおまえに平伏さぬがな」

「わたしを皇尊と認めないのか？」

「いや、認めている。おまえが龍ノ原の皇尊だ、日織。しかし俺は、龍ノ原の皇尊の臣とはならない。八虐の一つ、大不敬を犯した身だ。神代よりの慣例に則り、科人として龍ノ原を出る。幸い、附孝洲《ふのこうしゅう》の国主とは二十年来の知己だ。そこに受け入れてもらえるだろう」

「なんですと!?」

　腰を浮かし、穂足がすがりつくような目になる。

「不津様、なにを仰っているのですか。龍ノ原を出るなど、なぜ」

「俺は自らがまだ、皇尊たるにふさわしいと考えているからだ」

　不津の視線は鋭く、抉《えぐ》るようだ。

「皇尊たるにふさわしき者が、どうして誰かの臣となれる」

　この場で不津は、穂足とともに日織の即位の是非を問うことが可能だ。自分の知り得た月白の秘密や過去や罪を暴《あば》き立て、日織の陰謀だと騒いで場を掻《か》き乱し、重臣たちの戸惑いをさらに深くさせることも、できたはずだった。

　しかしそれをしないのは、ひとえに、自らはまだ皇尊にふさわしいと信じているからだ。だからこそ、地大神に認められた者の是非を問う見苦しさも、死者にむち打つ非道も良しとしていない。

不津は日織を皇尊と認め、自らは龍ノ原を出ると宣言しながらも、未《いま》だ皇尊の御位を諦めていないということだ。

今は、日織が皇尊の御位に即くことを認める——しかし、と。

「おまえの治める龍ノ原、見せてもらう。秩序を知らぬおまえの治める龍ノ原が、どうなるのか」

「見ておればいいよ、指をくわえて」

冷笑まじりに返すと、不津の顔に怒気が走った。日織は枢戸の外を指さす。

「行くがいい。龍ノ原を出るのは許す。そもそも八虐の一つを犯したおまえだ。論じ詰めれば不問に付される可能性があると、おまえは言ったが。わたしは……許さない」

こらえた怒りのために、語尾が低く掠《かす》れた。

「許さない、絶対に。おまえは大殿を血で穢した。その要因を作った。わたしが皇尊として御位にある限りは、許さない。ゆえに龍ノ原を追放となってもおかしくない。その前に自ら出て行くというなら幸い。手間が省ける。行け」

不津が、月白の秘密と過去、さらに彼女が犯した罪を知りながら、それを利用したのは許せない。はずみとはいえ、不津は月白に手をかけたも同然。

もし不津さえ月白を巻き込まなければ、彼女は今も日織の傍らにいて、あの可愛《かわい》い片えくぼを見せていたはずなのに。

喉の奥からこみあげる哀《かな》しみを堪《こら》えるために、歯を食いしばる。

（わたしは不津を許さないよ、月白。絶対に）

無表情にしばらく睨《にら》みあったが、不津はふいと視線を外し、朱絹をなびかせ背を向けて大股《おおまた》で歩き出す。

「不津様！」

呼び止めようと穂足が立ちあがり、一歩踏み出しかけるが、それに日織は鋭く言った。

「穂足。そなたは誰の臣か！」

ふり返った穂足は濃い眉のつけ根を寄せ、髭に被われた口を歪めた。今にも「生意気な青二才が」と、怒号が飛び出しそうに思えたが、彼も左の大臣と呼ばれて長い男。頬を引きつらせ、今一度、枢戸を出て行く朱絹の裾《すそ》を未練がましげにふり返る。

だが諦めたようにこちらに向き直り、音を立てて腰を落とした。

むっと口を曲げ、日織に視線を向けないままに平伏す。

「即位、お慶び申し上げます」

穂足の苦い声。

不津の足音が遠ざかるのを、日織は耳を澄まして聞いていた。音が消えても、その場には不津の気配が濃く残っている。

不津の影を払うように、日織は告げた。

「わたしが地大神に認められたのだ。異論はないな」

顔を伏せた者たちは、同時にさらに頭を下げて額を床につける。

沈黙が落ちた。湿気とともに柱から吐き出される白杉の香りが、大殿を満たしていた。

三

「せわしないことだな」

ぼやく日織を、空露は櫃《ひつ》を整理しながらたしなめる。

「これしきでなにを仰いますか。ただの屋移りでしょうに」

「住まいだけではなく、この数日でなにもかも変わった。落ち着かない」

空露は手に取っていた白鞘《しろさや》の護《まも》り刀に目を落とし、それを黒の衣の袖で隠すようにして櫃の中へとおさめて立ちあがる。何気ない仕草は日織への思いやりだ。

それに気がついたのを空露に知らせるほど、日織も子どもではない。彼の優しさに心の内で感謝した。

「大丈夫。すこしあわただしいと、本当にそう思っただけだから」

「白湯《さゆ》でもお持ちしましょう」

空露が出て行くと、彼が整理していた櫃が母屋の端にぽつんと残された。

櫃に納められた日織の護り刀は、月白の血で汚れ刃こぼれしていた。血は拭《ぬぐ》ったが曇りは消えず、刃こぼれもそのままにしてある。

研ぎなおしをするには、護り刀を八洲《はっしゅう》のいずれかの国へ送らなければならない。面倒でもあったし、さらに刃こぼれや曇りを研ぎ消すのは、月白の生きていた痕跡《こんせき》を消すような気がして、日織が許さなかったのだ。

挟軾《きょうしょく》にもたれ、視線をあげた先にある蔀はひらかれており、鮮やかな緑の葉を茂らせた桜の大木が見えた。風が吹き桜葉が揺れると、まだらに遮られていた日の光がちらちらと眩しい。

ここは龍稜で皇尊が住まう宮、大桜宮《おおさくらのみや》の東殿だった。

殿舎の数や配置は変わらないが、日織が生まれ育った宮や、仮住まいとして与えられていた楡宮と比べれば、一つ一つの殿舎が倍近く大きい。庭も三倍は広く取られているので、桜の森の中に住まいしているような感があった。静かであり、おそらく春にはえもいわれぬ風情《ふぜい》になるのだろうが、広すぎてどこか寂しい。

しかも殿舎が大きく、日織が持ち込んだ調度も少ないため、母屋もがらんとした印象がぬぐえないでいる。

重臣たちが日織を皇尊と認めたその日。采女が日織のもとにやってきて、妻の悠花皇女をともなって、皇尊の宮である大桜宮に移るようにと促されたのだ。

日織は龍稜の外に小さいながら宮をもっており、身の回りのものも残っていた。それらを龍稜に運び込み、悠花とともに、今日やっと大桜宮に居を移した。

楡宮には月白の乳母《めのと》だった大路《おち》も残っていたが、屋移りにともない、龍稜を出るように命じて生家の邸《やしき》に戻した。月白を慈《いつく》しみ護り続けた大路は、おそらく山篠皇子の殺害にも関わっているはずだったが、罰する必要を感じなかった。

山篠のふるまいを思えば彼の死は当然の報いだと、怒りと憎悪《ぞうお》が日織を冷酷にし、その判断をさせた。しかも罰など与えずとも、大路は充分に苦しんでいた。

月白は、自身の秘密のために苦痛に苛《さいな》まれ続けていた。にもかかわらず大路が月白にしてやれたのは、傍らで慰めるだけだったのだろう。

そして結局は、月白の最後の決断を止められなかった。

龍稜を出る直前に大路は、力の抜けた、ぼんやりした顔で日織に挨拶《あいさつ》に訪れ、「申し訳ございません。わたしは月白様をお止めできませんでした」と顔を伏せた。

日織が龍鱗を見つけた、あの日の夜明け。日織が出て行った直後に、月白は日織のために不津の妨害をする決意を口にし、大路に支度を命じたという。大路は、月白が不津の命を狙《ねら》う覚悟だと察した。泣きながら「日織様の御代《みよ》をお待ち下さい、媛様」と縋《すが》ったが、月白は「嫌なの」と、いつもの幼なさの残る声で、しかしきっぱり告げたという。

「嫌なの。大好きな日織様に、何もかも知られるのが嫌なの。怖いの。とても怖い。嫌。そんなことになるくらいなら、どんな罪になろうとも、たとえ日織様の手で罰せられても、日織様には知られたくないの」

月白を慈しんでいたからこそ、彼女が何を一番怖れるのか、大路にはわかっていた。だからこそ止められなかった哀しみと無力感。それらに蝕《むしば》まれた虚《うつ》ろな顔を見れば、大路にとってこれ以上の罰はないとわかった。

月白の最後の覚悟を聞くと、激しい殯雨に打たれながら血を流す月白を目の前にしていた時に気持ちが引き戻され、喉もとがふるえ、日織は大路にろくな言葉をかけられなかった。ただ一言「体をいとえ」としか口にできなかった。

気力を失い、游気《ゆうき》に溶けて消えそうな大路の後ろ姿を見送ったのが、今朝のこと。

そしてその直後に、一つの報を受け取った。知らせの遣いをよこしたのは淡海皇子だった。

——不津王、龍ノ原を発《た》つ。

と。

日織と対面して、わずか三日後だ。彼がいかに出立《しゅったつ》を急いだのかわかる。誇り高い彼は、一日でも早く、日織が皇尊として統《す》べる国から出たかったのだろう。

不津に従って龍ノ原を出たのは、彼の邸《やしき》の舎人たちと、妻の一人である加治媛《かじのひめ》だという。彼らは、祈峰《きほう》の東を通る孝路《こうろ》と呼ばれる道を抜け、龍ノ原の南と国境を接する附孝洲に入った。

不津の妻であった阿知穂足の双子の娘たちは、龍ノ原にとどまった。彼女たちは父穂足のもとに身を寄せれば充分に暮らしていけるので、あえて龍ノ原の民であることを捨てなかったらしい。さらに夫を亡くしたのと同様であったため、望めば、また新たに夫を持てる。

不津の妻は三人、そして子も三人。

双子の妹の方には不津との間に、能市王《のいちのおおきみ》と高千王《たかちのおおきみ》という、二十歳と十九歳の男子があった。不津が皇尊となれば、皇子となっていたはずだった二人の男子だ。

ただ皇子とならずとも、血統として穂足の跡を継ぎ、左の大臣となれる可能性がある二人。二人は母とともに祖父穂足の邸に居を移した。もとよりいずれ祖父や父を助けるために、二人の男子は穂足がまとめる左宮《さのみや》に勤めていたのだが、そのまま勤めるらしい。日織が難癖をつけなければ、二人の男子は左宮で仕事を続けるはずだ。

さらに今一人、加治媛を母とする、不津のもうけた子の中で最も幼い、与理売《よりめ》と呼ばれる遊子の媛がいる。与理売は令に従って祈社に預けられていた。

悠花に懐《なつ》いていたし、日織も気にかかっていた子だ。

不津と加治媛、ともに龍ノ原の民であることを捨てた。ということは、彼らは遊子を追放する龍ノ原の令に従う必要はない。おそらく与理売は祈社から連れ出され、父母とともに国境を越えただろう。

(不津は遠い地にあっても、わたしから目を離さないはずだ)

自らが皇尊にふさわしいとして、彼は日織に屈しなかった。

いずれ何かがあれば不津は動き出す。

皇尊となった。しかし御位にあり続け、自らの望みを果たすためには、日織は今までと同様に油断も弛緩《しかん》もしてはならないのだ。

にもかかわらず、ともすればふっと気力が萎《な》えるような瞬間があるのは、月白を失った衝撃と寂しさが大きいのだろう。月白が妻だったのは、たった二年。しかし可愛らしい彼女が、計算も企みもなく、ただ日織を好きだと言って擦り寄ってくる無邪気さとぬくもりに、自分が随分癒《い》やされていたのだと気づく。

二年の間に、月白が日織の胸の中に占めた場所は、驚くほど大きかったのだ。

それを、彼女を失った自分の心の空洞の大きさで知るとは。

「ほう、立派ながらんどうだね」

礼もなく、挨拶もなく、揶揄《やゆ》しながら枢戸の前に立ったのは、態度の大きな背の高い美女――ただし声だけは男――悠花だった。そうした立ち姿を見れば、背後に従えた乳母の杣屋がひどく小さく見える。

「のこのこ出歩いて良いのか、吾《わ》が妻」

呆《あき》れて言うと、悠花は不敵な笑みを浮かべた。

頭上一髻《ずじょういっけい》に結った髪に、曙草《あけぼのそう》を模した涼しげな銀《しろがね》の釵子《さいし》を挿し、額には朱の花鈿《かでん》を描く。目尻《めじり》と唇に紅をさすことで、整いすぎて、ともすれば白木の彫刻のようにみえる美《び》貌《ぼう》に、艶冶《えんや》なものを添えていた。光沢のある白絹の領巾《ひれ》と纈裙《ゆはたのも》。悠花が好んで身につける縹色《はなだいろ》の背子《はいし》は、その冷ややかな色が彼には似合っている。

「かまわないと思ったのだけどね？　あなたの変わった暮らしぶりが知れ渡っているのは、助かる。大桜宮にこれほど人けがないのは、あなたのおかげだ。だからこうして、歩けないはずのわたしも歩けるのだからね」

日織は周囲にほとんど人を置かず、身の回りの雑事は自分一人、あるいは空露の手を借りてすませる。乳母や侍女を近くに侍《はべ》らせて暮らすのが皇子としては当たり前だが、日織は身の秘密を守るために、幼い頃から周囲に人を置かない暮らしを続けていたのだ。人と違った暮らしぶりはよく知られており、「日織様は少々お変わりになっている」と、多くの者が納得しているらしい。

大桜宮に居を移す前日には、左宮の宮内《くない》——皇尊の生活庶務を取り仕切る役所《やくどころ》——の長、宮内上《くないのかみ》が、日織の身の回りを整える段取りをつけるためと、挨拶をかねてやってきた。宮内上は「大桜宮に、采女と舎人を幾人準備すればよいでしょうか」と訊いてきたが、「一人も必要なし」と答えると、苦い顔もせず、あっさり引き下がった。

日織の傍らにある藁蓋《わろうだ》に腰を落ち着けた悠花は、あぐらをくんで、膝に肘《ひじ》をのせて頬《ほお》杖《づえ》をつく。美女が台無しの態度だが、美しい横顔は晴れ晴れとし、蔀の外で揺れる桜の青葉を見つめていた。

「帰ってこられて、懐《なつ》かしいか」

悠花は先代皇尊《すめらみこと》の皇女として、大桜宮で育った。

「懐かしいことは懐かしいが、嫌な思いも多かったからな、嬉しいという感じはない」

答えると、枢戸の側に控えて座っている杣屋に視線を向けた。

「杣屋にも、随分迷惑をかけたのだが。父皇尊は、この場所で度々泣かれたよ。わたしが外へ出たいと駄々をこねれば、杣屋は叱《しか》る。しかし父皇尊は、はらはらと泣かれる。すまない悠花、と。外へ出してやれぬ運命に生まれさせてしまったと、ご自分の責任でもないのに泣かれるのだ。その度にわたしは、自分はなんと悪い子なのだろうかと身に染みた。だから外へ出られぬ定めに生まれたのかもしれぬとも、幼い頃は思った。だから母君も、わたしを産むと同時に身《み》罷《まか》られたのだろう、とね」

日織と同じく性別を偽り生きていた悠花は、周囲に人目が多かっただけに日織よりも窮屈な生活を続けていただろうと想像がつく。

悠花が日織の即位を望んだのも、自分と同様に秘密を抱えて生きる日織が皇尊になれば、自分も現状から解放されると期待してのことだったらしい。

「すぐにでもあなたを、自在にしてやれればいいのだが」

未だ彼を妻としている奇妙な状況を、日織も良いとは思っていない。だが――。

首を傾《かし》げて、悠花はからかうような目を向けてくる。

「あなたの即位で、全てがわたしに都合の良いようにひっくり返るなどと、おめでたいことは思っていないよ。わたしよりも、まずはあなたの秘密を公《おおやけ》にするのか否か、公にするとなればいつなのか。それを考えねばならないだろうね。世継ぎの問題がある」

女の日織が、男の悠花に後継を産ませることはできないし、男と偽っている日織が子を産むこともできない。しかし皇尊は後継の皇子《みこ》をもうける必要があり、それが得られなければ、この度の日織の即位のように臣や民を不安にさせる。

皇尊空位の期間を作ってしまうのだ。

悩ましいことだったが、今は世継ぎよりも先に考えるべきことがあった。

「それはわかっているが、まずは遊子を龍《たつ》ノ原《はら》から追放する令を廃したい。すぐにでも命じなければ、間に合わなくなる」

「居鹿のことか」

悠花の顔が曇る。

皇尊の即位とともに、様々なことが動き出す。

龍ノ原の皇尊即位は、まだ正式に八洲に知らされてはいなかったが、それでも人の口から口に殯雨《もがりあめ》が止《や》んだと伝わる。十日もすれば、央大地《ひさしだいち》の最北の国である反封洲《たんのほうしゅう》の国主でも皇尊即位を知るだろう。

そうなれば反封洲の国主は、龍ノ原から求められている義務——遊子を妾《みめ》として受け取ること——を果たそうとするはずだ。

空露に確認させたところによれば、祈社のこれまでの経験からして、この月の内にも反封洲からの遣いが来て、居鹿は龍ノ原から連れ出されるだろうということだった。

「わたしが皇尊となれば、あなたのような子を八洲へやりはしない」と、日織は居鹿に約束した。そもそも日織が皇尊の御位を望んだのも、姉、宇《う》預皇女《よのひめみこ》の命を無残に奪った、遊子を龍ノ原から追放する令を廃するためなのだ。

しかし。

「すぐに廃止を命じるのは、随分難しかろうね」

憂鬱《ゆううつ》そうに呟いた悠花の言葉に、日織は眉をひそめる。

日織が皇尊の御位に即《つ》いたと、重臣たちは一応の納得をした。

しかしだからといって、重臣たちがすぐさま手放しの恭順を示すとは考えられない。

造多麻呂は恭順を示しているが、淡海も真尾も、未だ戸惑いは消えていないはず。

穂足にいたっては、おそらく日織を敵とすら認識しているだろう。

異様な状況での即位と、御位を競った不津の存在が、見えない牆壁《しょうへき》となって立ちはだかっている。

日織の皇尊としてのふるまいに、もし重臣たちの眉をひそめさせるものがあれば、日織を御位から廃し、不津を呼び戻して彼を皇尊として即位させようという動きになりかねない。

即位した皇尊の命が尽きるまでは、新たな皇尊は即位できない。地大神、地龍と縁《えにし》を成すのは、地上に一人しか認められないのだ。皇尊の存命中であれば、新たな皇尊候補が龍道に入道しても、その者は龍道から帰ってこない。

これは央大地に伝わる口伝をまとめた『古央記《こおうき》』に記されている。治央尊《おさのひさしのみこと》の曾孫《そうそん》、豊増尊《とよますのみこと》は、存命中に大兄皇子《おおえのみこ》である室當尊《むろのあたりのみこと》に譲位を望み入道させたが、室當尊は龍道から戻らなかったとある。龍道に呑まれたのだ。

皇尊が生きている限り、新たな皇尊を御位に即けるのは不可能。

日織を廃して不津を呼び戻す動きとはつまり、人々が日織に自害を求める、もしくは八虐《ぎゃく》のうち最も重い罪と知りながら、誰かが日織の命を奪うか、ということだ。

どちらにしても日織の命運は尽きる。

常ならば、どんな悪辣《あくらつ》な皇尊が御位にあろうが重臣たちも黙って耐えるしかない。だが日織の場合は不津という、より人心を得るだろう代替えが存在するため、重臣たちは大胆になるだろう。

少なくとも左《さ》の大臣《おとど》阿知穂足は、そんな機会を窺《うかが》っているはずだ。

この現状で唐突に、令を廃すと口にしたらどうなるか。

一旦《いったん》落ち着いたものが再び乱れ、下手をすれば一度は平伏した淡海や真尾が、態度を変えるかもしれない。

遊子を龍ノ原から追放する令を発したのは、日織の父皇尊だった。その令がすんなり龍ノ原で受け入れられたのは、一族や臣下の間には、遊子は神から見放された哀れな者という、遊子をある種の穢れとする感覚が強くあるからだ。

多くの者に受け入れられたからこそ、今も、令に異を唱える者がない。その令を、理由もなく廃しても反発を生むだけ。強硬にことを進めれば、さらに反発は強まる。

「命じるのはまだ早いとは思う。しかし十日もすれば、反封洲の国主は、居鹿を迎えるための遣いを龍ノ原に送り出すだろう。反封洲から海路を使えばそれから十日、天候さえ良ければ七日で龍ノ原に反封洲の者がやってくる」

猶予《ゆうよ》は二十日あるかないかだ。気長に待っていられる状況ではない。

「数日内に令の廃止を命じられなければ、居鹿が」

「無理だとご存じだね、それは」

「しかし、そうしなければ」

枢戸《くるるど》の側に控えていた杣屋が不意に簀子縁の方をふり返ると、「悠花様」と小さく鋭く呼んだ。その声に含まれる緊迫感に反応し、悠花は脚を横に流して座り直し、日織に寄りかかる。

枢戸の前に空露が姿を見せ、膝《ひざ》をつく。

「白湯をとりに行く途中に、大祇《おおぎ》の真尾様に行き合いました。真尾様は皇尊にご報告があるらしく、こちらにおいでになっています。如何《いかが》いたしましょうか」

目配せで空露は、「通して大丈夫でしょうか」と、悠花と日織に問う。

悠花は無言で頷き、日織は答えた。

「会おう。こちらへ」

空露が簀子縁の東側へと向き直り、促すように一礼する。

衣擦《きぬず》れの音がして真尾が姿を現した。

地大神や神の眷属《けんぞく》たる龍《りゅう》を祀《まつ》り、祈る勤めを果たすのが、護領衆《ごりょうしゅう》と呼ばれる神職たちの集団だった。彼らが奉仕する社《やしろ》は、龍ノ原を囲む護領山《ごりょうさん》の最も高い峰である祈峰にある祈社だ。護領衆たちはそこで地大神と龍に仕える。

その護領衆の長《おさ》たる者が、大祇と呼ばれた。政《まつりごと》の相談役である太政大臣《おおまつりのおとど》と並んで、神事《かみごと》の相談役として皇尊の傍らにある者だ。

現在の大祇は、真尾。護領衆が皆そうするように髪を肩で切り揃《そろ》え、黒の衣と袴《はかま》を身につけている。護領衆がややこしいのは、大祇であろうとも下働きの従氏《じゅうし》であろうとも、皆がみな、おなじ身なりをしているところだ。身なりで職分の上下や区別がつかない。

「お邪魔をいたします、皇尊。悠花皇女」

静かな挨拶とともに入ってきた真尾は、日織の前で平伏した後、顔をあげる。

「祈社の卜占《ぼくせん》が終わりましたので、ご報告に参りました。宣儀《せんぎ》の吉日が定まりました。つきましては明後日、宣儀を執りおこないたいと存じます。よろしいでしょうか」

宣儀と聞いて、日織ははっとした。

（そうか！　宣儀があるではないか）

ふいに笑みを浮かべた日織に、真尾が怪訝《けげん》そうに問う。

「如何なされました」

悠花も日織の傍らから、不思議そうに見つめてくる。「どうした」と問いたげな彼に、ちらっと微笑《ほほえ》みかけ、真尾には表情を改めて向き直った。

「いや、ただ、龍との縁が成るのは喜ばしいと思ったまでだ。祈社の卜占に従い明後日、宣儀を許す」

「では、そのようにいたしましょう」

真尾が立って出て行くのに、空露が追従する。彼ら二人の姿が見えなくなると、杣屋が緊張を解く。それを合図にして悠花が口を開いた。

「いやに嬉しそうな顔をなさったね、日織。どうした」

「宣儀があるんだ。失念していた。わたしが宣儀を終えれば、令を廃するのも容易になるはずだ」

「宣儀とは、あれだろう？　地大神に許されたことを龍に告げ、龍との縁を成す儀式……だったかな。その宣儀がなんだと」

「宣儀がおこなわれれば、龍ノ原の民が、皇尊が即位したとその目で確かめることになる。わたしこそが皇尊だと目《ま》の当《あ》たりにし、それに安堵《あんど》したならば、いくら重臣たちが苦い思いを抱えていようが、容易に皇尊をすげ替えるのは良しとされないだろう」

勢い込んで告げると、悠花は何度か瞬《まばた》きをした。説明されてはじめて、宣儀という儀式の意味と効力に気づいたらしい。

日織も知識として宣儀があるのは知っていた。しかしその儀式が、今の日織にとってどれほど有利に働くものかを、頭の中で結びつけられずにいたのだ。

皇尊の勤めの大半は、地大神《ちのおおかみ》を鎮《しず》め眠らせ、龍ノ原と央大地を平らけく保つための儀式。それらの儀式には秘儀も多く、そうでなくとも、ほとんどの儀式は祈社や龍稜《りゅうりょう》でおこなわれるので多くの人の目に触れるものではない。

しかし宣儀と呼ばれる儀式だけは、龍ノ原の民が目にする。

龍ノ原の民――龍の信徒たちが目にする唯一《ゆいいつ》にして、皇尊一代に一度のみの儀式だ。

宣儀とは、入道を果たした皇尊が即位したと、龍ノ原の民と龍ノ原を守護する龍たちに知らせるもの。これをもって龍ノ原の民は、新しい皇尊の御代が始まったと確《しか》と知り、皇尊は龍たちと縁を成す。

入道が荒魂《あらみたま》である地龍《ちりゅう》、地大神と成す縁であるとするならば、宣儀が和魂《にぎみたま》である龍たちと成す縁だった。

先代皇尊、悠花の父皇尊が宣儀をおこなったのは日織が三つの時。そんな幼少の記憶はほとんどないが、宣儀の光景らしきものはおぼろげに覚えている。三つの日織は、その光景をよほど感動して見ていたのだろう。

母に抱かれた幼い日織は、龍稜がそびえる草原を、小高い丘から遠く見ていた。すると草原の上空を、十頭ほどの龍が縦横に泳いだのだ。

龍たちは、空に爪《つめ》を立てて蹴《け》あがり高く飛翔《ひしょう》した。

それを目で追い、視線を遥《はる》か高い空に向けた母が、「新しい皇尊の御代がはじまるのよ」と、教えてくれた。

日織も思いきり首を伸ばし、少しでも天に近づこうとするように見あげていた。

龍は人の思惑で動かない。ゆえに龍を呼ぶ、などということは不可能。

だが――。

皇尊は生涯に一度だけ、宣儀によって龍を呼ぶ。

人に操れない龍を呼ぶ様は、民が目にしない入道を果たしたことよりも、さらには殯雨が止むよりも、直接的に「この者が皇尊である」と多くの者に、わかりやすく知らしめるのだ。

宣儀を果たせば、龍ノ原の民は日織が皇尊であると確信する。

龍を呼ぶ光景をその目で見た民たちは、どのような経緯で即位したにしろ、皇尊は日織だと言い切るだろう。

そうなれば重臣たちも、民が皇尊の即位を喜ぶ声を無視できない。日織が、遊子《ゆうし》追放の令の廃止を持ち出しても、眉《まゆ》をひそめられ議論がなされるだろうが、もはやその御位に日織がいるべきか否かなど、口にできなくなるはずだった。

「宣儀か。父皇尊の即位は、わたしの生まれる前だったからね、わたしは目にしたことがないが。重臣たちすら黙らざるを得ないものか」

悠花の呟きに、杣屋が身を乗り出す。

「当然でございます。信じられない光景でございますよ、人の身で龍を呼ぶなど。皇尊にしかできない業《わざ》です。宣儀がはじまって、龍たちが空の高い場所に幾頭も泳ぎ出す様を、龍ノ原の民は大きな畏怖《いふ》をもって眺めます」

語る瞳《ひとみ》には彼女が若かりし頃に目にした宣儀の光景が蘇《よみがえ》っているのか、明るく輝いている。

「宣儀を終えた皇尊の命であれば、否やを言える者は少なかろう。杣屋」

日織が問うと、杣屋は「そうでございましょう」と、大きく頷《うなず》く。

「龍稜の采女《うねめ》や舎人《とねり》など、皇尊の御代《みよ》替わりのときは、新しい皇尊に馴染《なじ》みづらいものです。その彼らにしても宣儀の光景を目にしてはじめて、御代替わりを実感し、新たな皇尊に従おうという雰囲気になるのです。民は当然のこと。わたしどものような一族の末席の者も、同じくです」

「宣儀を終わらせ、すぐに遊子追放の令を廃止せよと命じる。それで充分に間に合うね、確かに」

日数を頭の中で数えたらしく、悠花が呟く。

胸に明るいものが射《さ》す。

真尾を送った後、白湯を手に戻ってきた空露にも、それを語って聞かせる。彼は「なるほど」と言い、しばし考えたのちに頷いた。

「宣儀の後に、遊子追放の令の見直しを重臣の方々に問うのが最良であり、なおかつ最短となるでしょう。日織の言うとおり、民が皇尊の即位を喜び、その存在に畏怖を覚えて沸いた後では、左の大臣は無理にしても、他の重臣たちは軟化するでしょう」

そう答えた。

入道を果たして以来、ようやく自らの望みに近づける予感がする。日織の前には、龍ノ原を去ってもまだ濃く気配を残す不津の存在や、重臣たちの戸惑いが立ちふさがっているのだろうが、それでもようやく一歩目を踏み出せるのだ。

（新しい御代――わたしの御代が始まると、龍と龍ノ原の民に知らしめる）

それは明後日。すぐ、そこだった。

（待っていて。お姉様、月白。……居鹿）

二章　龍《りゅう》を呼ぶ笛

一

ふふっと、悠花《はるはな》が笑った。

「随分、皇尊《すめらみこと》らしいお姿だね。日織《ひおり》」

皮肉にも聞こえる言葉だったが、彼の表情に揶揄《やゆ》の色はなく、眩《まぶ》しいものを見るように目を細めていた。

日織が身につけているのは皇尊の盛装。

銀《しろがね》の光沢がある、青みがかった絹の小袖《こそで》の内衣に大袖の衣《きぬ》を重ねる。衣は、ごく目の細かい純白の透紋紗《とうもんしゃ》で、内衣の青みが透けるので、ただの白よりもなお複雑で重厚な輝きになっていた。白袴《しろばかま》を着け、青の條帯《くみのおび》を胸高に締める。

瑠璃《るり》をあしらった冠を被《かぶ》り、首には透明な三連飾りの勾玉《まがたま》。

勾玉飾りは、揺れ動けば玉が擦《こす》れ合い、澄んだ音を響かせた。

「それらしく見えるなら、幸いだ」

苦笑すると、着付けを手伝っていた空露《うつつゆ》が、帯を直しながら厳しく言う。

「らしく見えるのでは、ありません。間違いなく皇尊なのです。自覚なさいませ」

宣儀《せんぎ》の、この日。

朝の暗いうちに御床《ごしょう》を出た日織は禊《みそ》ぎをした。五色布を巡らせた禊ぎ場が大桜宮《おおさくらのみや》の正殿正面に設けられ、内側には、大殿《だいでん》背後の滝からくんだ水を満たした白杉《しらすぎ》の大盥《おおだらい》が置かれていた。

髪と体をすすぎ、盛装を身につけた。

そうしていると日が昇り、正殿の簀子《すのこ》縁《えん》から見下ろせば、龍稜《りゅうりょう》の北側が常と違う様相なのがみてとれた。

龍の髭《ひげ》に似た細い草葉が、巨大な岩山——龍稜を取り囲み一面に広がっている。

誰が管理しているわけでもないのだが、龍稜の周囲には木が育たず、かわりに龍の髭に似た細い草ばかり茂るのだ。髭平《しのひら》と呼ばれるその広い草原は、細い草葉が大人の膝丈《ひざたけ》あたりまで伸び、夏は青々と、秋には黄金に色を変えた。厳冬期、一面の雪原となった後、雪解けとともに黄緑の若葉がみるみる伸びる。

初夏の今、草葉は一年で最も勢いがあり日ごとに伸びるため、柔らかく糸ほどに細いうえに、輝くようなつやがある。それが一斉になびけば、葉先に日の光が躍り眩しい。あるかなきかの風にそよぐ草葉の中央を、龍稜から真北に向かって一本の道が出現していた。

草を踏みならして作られた道は、草原の中程で大きくふくれ、同様にして作られた円形の空地《くうち》に繋《つな》がっている。宣儀のために、儀式を司《つかさど》る左宮《さのみや》の治部《じぶ》の下官たちが、賦役《ふえき》の信徒を指揮して一昼夜かけて作った道と空地だ。

空地の周囲には竹の柱が立てられ、五色布で囲われていた。

龍稜の正面、南側には、政《まつりごと》を執りおこなう左宮、右宮《うのみや》がある。左宮、右宮の間を隔てるかのように、龍稜から真南へ向けて草原の中を一本の道が通っている。この道は祈《き》社《しゃ》へと続く参道に繋がっていた。

通常、龍稜の周囲にある道も建物もそれだけだ。

宣儀のときに限り、龍稜の北側から草原の中に一本道が出現する。

「わたしは東殿《ひがしどの》の簀子縁で、杣屋《そまや》と一緒に宣儀を見ていよう。龍稜から眺めれば、龍たちが集う姿がよく見えるだろうね。楽しみだ」

珍しく悠花も、そわそわと声が弾んでいる。

昨日、祈社にいる居《い》鹿《しか》から文が届いた。日織が宣儀を執りおこなうと知ったらしく、祝いの言葉が綴《つづ》られていた。そして、自分は祈社から出られないため日織が呼ぶ龍を見られないが、一部の采女《うねめ》たちは遠出する、彼女たちの土産話を楽しみに待っていると締めくくられていた。

　日織の約束には一切触れず、また、あとわずかで反封洲《たんのほうしゅう》から迎えが来る不安を訴えるでもなく、ただ日織の即位を慶《よろこ》び祝う言葉だけが書かれているのが、健気《けなげ》で可哀相《かわいそう》だった。居鹿は、気持ちを抑え込む癖がついているような気がする。

(待っておいで、居鹿)

　青々と茂る桜の葉の向こうに、遠くかすんで護領山の山稜が見える。

　宣儀が終われば、日織も皇尊として力をふるえるはずだ。

「行くぞ、空露」

　促すと、空露は感慨深げに日織の姿を見あげ、頷《うなず》く。

「はい」

　大桜宮を出て、正殿正面の階《きざはし》を下りる。そこから続く道の左右には桜の巨木が連なり、その木々と並ぶようにして采女と舎人《とねり》が整列していた。

　日織が通り過ぎると彼らは深く頭を下げ、「縁成《えにし》すお慶びを申し上げます」と、さざ波のように次々と口にする。

　回廊には淡海皇子《おうみのみこ》が待っていた。彼に先導されて北側の回廊を下り、普段は閉じられている龍稜の北門へ出る。細い岩の亀裂《きれつ》に階を刻んだ北門は、滅多に使われることがなく、石段の蹴込《けこ》みや壁は深緑色の苔《こけ》に分厚く被《おお》われていた。

龍稜正面の総門は木王門《きおうもん》、対してこちらは伊吹門《いぶきもん》と称され、龍稜の背後を護《まも》る垣の意をもつ。普段開かぬ門であり、また開いてはならない門ゆえに、門そのものは白杉の堅固な柱と分厚い板戸がはめ込まれた簡素な造りだ。

その門が開かれていた。

門の向こうには多くの人が、門から現れる者を迎えるように並んでいる。

門の近くには治部の下官たち。続いて治部官《じぶのかん》、治部任《じぶのり》、治部上《じぶのかみ》と、儀式の場を整え護る役目を負う者たちがいた。

さらにその向こうには、百は超えるだろう、横笛を手にした黒衣の護領衆《ごりょうしゅう》たちの姿があった。護領衆たちが左右に並び、それが途切れるあたりから草原へと道がのびる。

大勢が左右に並ぶなか、道の正面にただ一人、出迎えるように立っているのは大祇《おおぎ》の真尾《まなお》。

伊吹門を出るのは日織一人なので、空露が門の内側から深々と礼をとる。

「行ってらっしゃいませ、日織。龍をお呼びなさい」

他者には聞こえないように囁《ささや》いた空露に、日織は口もとを緩めて頷く。

門を出ると、治部の者たちが叩頭《こうとう》する。

歩みだし、治部の者が作る列の前を通り、その列が途切れかけるときだった。

「皇尊、足もとにお気をつけください！　うっかりすれば転んで、高きところより落ちますぞ」

草葉が鳴る静寂を破る、青年の声が響く。

日織も治部の者もぎょっとして、声を発した、官服を身につけた青年をふり返った。

彼は、わずかに唇の端を吊《つ》りあげてこちらを見ている。

彼の言葉は、注意を促しただけのようにも受け取れるので、不敬と即断はできまいが――、呪《のろ》いの言葉とも取れる。表情はあからさまに日織を侮辱していた。

近くにいた治部上が、慌《あわ》てたように押し殺した声で叱責《しっせき》した。

「能市王《のいちのおおきみ》、お静かに」

能市王とは、不津王《ふつのおおきみ》の長子の名だ。左宮のいずれかに勤めていると、数日前に耳にしたばかりだった。

彼の立つ位置から察するに、治部任の一人を務めているのだろう。

（これが能市王）

治部上の叱責も聞こえていないかのように、能市は不躾《ぶしつけ》に日織を見ている。日織は冷ややかに見返す。父不津が日織との争いに負けたのは悔しかろうが、このような場で、稚拙な感情任せの行動に出る者を相手にする気はなかった。このような者が治部任を務めているとは、呆《あき》れたものだ。

（相手にする必要はないな。なんとも堪《こら》え性《しょう》がない男だ。不津と比べるべくもない）

日織は能市から視線を外し、正面を向いて歩き出す。能市が再び口を開きそうな気配がしたが、背後にいた、気弱そうな青年が能市の腕を摑《つか》み押しとどめた。

「兄君、おやめください」

「高千《たかち》、おまえは」

争う小声が耳に届くので、視線だけで斜め背後を確認する。能市を抑えようとしている優しげな面立ちの青年は、高千と呼ばれた。

高千王とは、不津の二番目の男子の名。不津の子は二人ともに、治部任を務めているようだ。高千の方は、多少の良識があるらしい。

「儀式です。どうかお静かに、兄君」

高千に抑えられ、能市がこちらを睨《にら》みつつも静かになる。高千はすまなそうな顔をして、周囲の視線を気にするそぶりだった。

高千はどうかわからないが、能市には不津ほどの思慮も強さも感じられない。ただ彼と同様に、日織の即位を内心不満に思う者は多いのだろうと、それは強く感じる。

護領衆たちの前を通り過ぎたが、彼らは何事もなかったかのように微動だにせず、日織を視線で追うことすらせず、形代《かたしろ》のように真《ま》っ直《す》ぐ前だけを見ていた。護領衆らしく、彼らは感情を見せない。

真尾のもとへすすむと、彼は恭《うやうや》しく一礼して顔をあげる。

「お出《い》でください、皇尊」

道の方へと向き直り、日織を先導して歩き出す。

踏みならされた道へ一歩入る。烏皮履《くりかわのくつ》の底が、さくりと倒された草葉を踏んだのと同時、一声、鋭い横笛の音が草原に響く。

整列していた護領衆たちが、いつのまにか横笛を構えていた。

一人の護領衆が吹いた鋭い笛の一声を合図に、百を超える笛が楽を奏《かな》で始める。

高低、遅速、様々な音は幾層にも重なり合い、人の心を浮き立たせる力強さと華々しさだった。

真尾に先導されて行く日織の背後から、護領衆たちが笛を奏でながら二列になって、ゆっくりとついてくる。

初夏の晴れ渡った空には薄い雲が流れていた。その下を真北に向かう、真新しい、宣儀のためだけに作られた一本道。儀式が終われば放置され、ひと月経《た》たずにもとの草原に戻る、かりそめの道だった。踏まれた草の青々しい香りが強く爽《さわ》やかで、微《かす》かに吹く風は心地よく、眩しい日射《ひざ》しに目を細めながら日織は空を見あげた。

これが宣儀か、と思う。

明るく、希望に満ちた、どこか新しい場所へと向かっていくような——儀式の場に続くこの道は、龍《たつ》ノ原《はら》の民たちの思いそのものかもしれない。

新しい御代《みよ》が来ると、龍ノ原の民たちは胸をなで下ろし、皇尊があり続け、龍ノ原、ひいては央大地《ひさしだいち》が安く平らけく続くのを信じ祈るのだ。

先を行く大祇の真尾が歩調を緩め、ふり返った。

「ご存じかと思いますが、申し上げておきます。宣儀を執りおこなうと龍が集まります。驚かれぬように」

「知っているよ。先代皇尊の宣儀は、うっすらと記憶にある」

視線を巡らせれば、護領山の北の峰に一つだけ、細い銀の光がうねっていた。龍が泳いでいる。人の意を一切くまぬ神の眷属《けんぞく》たる生き物たちが、本当に幾頭も集まるのだろうかと、遠い昔に宣儀を見たはずの日織でさえ疑いたくなる。

龍はけして人の意に従わない。それを生涯一度とはいえ呼ぶという、皇尊のおこなう宣儀とはいかような儀式か。

詳細は知らされていない。事前に、どのような手順を踏むのかと問うてみたが、祈社からの返答は「大祇に従えば宣儀は滞りなく終わります」というものだった。

さして複雑な手順もないし、準備も必要ないということだろう。

果たして、そんなに簡単に龍を呼べるのだろうか。

正面、道の先に巡らされた五色布が見えてきた。近づく楽の音に促されるように、五色布の一部がするすると内側から持ち上げられる。中にいた護領衆が竹竿《たけざお》で巻き上げたらしかった。開かれたそこから真尾に従い内側に入ると、布は再び閉じられた。

　追従していた楽の音は、五色布の周囲を取り囲む。

　円形に踏みならされた空地の中央には、白杉造りの宝案《ほうあん》が一つ。宝案の前には、縁を白絹で飾った、人一人が座れる茣蓙《ござ》がある。

　あるのはそれだけだ。

　あまりに簡素な場に驚き、日織が五色布の中に視線を走らせていると、一通りの節を奏で終わった楽の音が止《や》む。

　真尾が足を止め、ふり返り、深々と礼を取る。

「宣儀を執りおこないます。わたしが祝詞《しゅくし》を奏上いたしますので、その後、宝案の前へお進み下さい。宝案には呼笛《よびぶえ》がございます。これを吹き奉《たてまつ》らせたまえ。呼笛の一声に龍が気づきますれば、集まります」

「笛を吹けば龍が集まるのか？　そんなことで？」

「呼笛は、龍の角《つの》で作られたと伝わる特別な笛です。神代《かみよ》から祈社で受け継がれており、皇尊にしか吹けぬもの。だからこそ龍を呼べるのです」

　神代から受け継がれる、皇尊にしか吹けない笛。そうと聞くと、にわかに背筋が伸びる。

このように護領衆や皇尊しか存在を知らない重宝や儀式は、多くあるはずだった。日織はこれから、いちいちそれらに驚いてはいられないかもしれない。

「承知した」

今一度礼を取った真尾が、袖をさばいて宝案の前にある茣蓙に座し、威儀を正し手を二度打つ。その後に叩頭した。その姿勢のまま低く震える特有の発声で、祝詞を口にする。地大神《ちのおおかみ》、地龍《ちりゅう》への祝詞だ。

次に顔をあげ、今度は空に目を向けて同様の祝詞を奏する。さらに二つ手を打つ。

静かに座を譲るように真尾が立ちあがると、控えていた護領衆が二人走り寄り、茣蓙を巻き取りその場を離れる。

真尾が日織に目配せした。無言で、こちらにお出でくださいと促されたのがわかったので、彼が待つ宝案の方へと近づく。

宝案の上に置かれているのは、鹿《しか》の角に似た材質の、短く太い横笛だった。しかも音《おと》孔《あな》がない。吹き口があるだけだ。これではただ一つの音しか出ない。

（これが呼笛？　龍を呼ぶのか、これが）

真尾が呼笛を手に取り恭しく日織に渡す。

「吹き奉らせたまえ」

これを吹けば龍が集う。

二代の宣儀を目にした杣屋の言うところでは、たいがい十頭前後の龍が草原の遥か上に出現し、ゆらりゆらりと泳ぐという。その様を見るために、龍ノ原の民の大半が周辺の丘にのぼり、あるいは髭平北側の周囲に集い、龍が呼ばれるのを今か今かと待っているはずだった。

手渡された呼笛の、ざらつく表面を軽く撫《な》で、吹き口に唇をつけた。

ふっと強く息を吹く。

吹き口から呼笛の中へと、息が流れ込む適度な抵抗があり――。


しかし。

音が、鳴らない。


吹き方が良くなかったかと今一度息を吹き込むと、音が出そうな呼気への抵抗は感じるのだが、それが音になる前にすっと抜けてしまう。

皇子《みこ》として育った日織は、素養として横笛の奏法は身につけている。どんな笛であろうとも音だけは出せる。しかし、呼笛の音は出ない。

真尾の瞳《ひとみ》に不安が浮かぶ。

「どうなされました、皇尊」

「鳴らない」

「呼笛は、皇尊しか吹くのを許されぬものですが。鳴らぬ、ということは神代以来ありません、けして」

「だが、鳴らぬものは、鳴らぬ」

五色布の近くに控えていた護領衆たちが、不安げに互いに目配せを始めていた。

真尾は「今一度」と促し、日織もそれに従うが、やはり音は鳴らない。

みるみる真尾の顔色が変わり、表情が強《こわ》ばってくる。感情が表に出ない護領衆の長《おさ》にしてはありえないほど、動揺しているのが見て取れた。

「……このようなことが、よもや」

真尾が呟《つぶや》く。

手にした呼笛を見下ろし、日織はただ呆然《ぼうぜん》とするしかない。

(なぜ鳴らない)

幾度か促され、幾度か試す。しかし微かな音すら鳴らず、呼気が筒抜けるばかり。

そうしていると、草葉がそよぐ音しか聞こえなかった五色布の向こう側に、ひそひそと囁く人の声が混じり始めた。

「大祇。宣儀はいかがなさいましたか。まだ始まらぬのでしょうか。よもや、皇尊の御《おん》身《み》になにかございましたか」

布の向こうから遠慮がちに声をかけてきたのは、治部上。

「宣儀は……」

と答えかけた真尾が、そこで言葉を止めた。宣儀は始まったと、言いたかったのだろう。しかし日織が呼笛を鳴らせないと口にするのは、皇尊が宣儀に失敗したと言うのと同様だった。さすがにそれを口に出すのを憚《はばか》ったのだ。

不意に脚が震えた。

（宣儀が失敗した？）

神代以来、呼笛が鳴らなかったためしはないと真尾は言った。ということは日織は、神代以来はじめて呼笛を鳴らせなかった皇尊だ。

これがなにを意味するかは、わからない。しかし宣儀の失敗を耳にした人々が感じることだけは、よくわかる。

人々は思うだろう。不吉、と。

二

殯雨《もがりあめ》が止んだ。これは入道を果たした者が地大神に皇尊と認められた証《あかし》で、皇尊と地大神の縁は成ったということだ。既に地大神との縁が成ったのであるから、地大神の一部である龍との縁は当然の如《ごと》く成る。

それが神代から疑いなく続いたこと。

にもかかわらず、日織が吹いた呼笛は鳴らず、当然龍も呼べない。

真尾の判断で宣儀は中断された。日織は護領衆たちに囲まれ、周囲の視線から隠されるようにして儀式の場を出て大桜宮に戻ったが、その道中、居並ぶ治部の者たちや舎人や采女の、困惑した視線を痛いほど感じた。

おそらく龍ノ原のいたるところで、誰もが不安な顔をしているだろう。

人目から隠されて龍稜に送り返される自分は、まるで科人《とがにん》のようだった。

「なぜ呼笛が鳴らない！」

大桜宮の東殿に入るなり、日織は首に巻かれた三連勾玉飾りをむしりとり、それを握りしめて立ち尽くした。勾玉飾りを床に叩《たた》きつけたいような、苛立《いらだ》ちと情けなさで、拳《こぶし》が震えた。伊吹門から随従して一緒に戻ってきた空露が、宥《なだ》めるように日織の背後からそっと手を出す。

「勾玉を、こちらにお預かりしましょう」

優しく勾玉飾りを取り上げられると力が抜け、几帳《きちょう》の側《そば》にあった藁蓋《わろうだ》にへたり込み、挟軾《きょうしょく》に身を預けた。両手で額を押さえて呻《うめ》く。

「なぜ……なぜ、当然成るべき縁が成らない。歴代の皇尊はなんの問題もなくできたことが、わたしだけ」

空露は無言だ。護領衆たる神職である彼だからこそ、成るべき事が成らなかったことに驚愕《きょうがく》しているのだろう。説明も解釈も、できないでいるのだ。

日織は地大神に認められたと信じた。だがそれは間違いだったのだろうか。

「わたしが女で、なおかつ遊子《ゆうし》であるから、神の逆鱗《げきりん》に触れたのか。わたしは即位したわけではなかったのか」

「莫迦《ばか》げたことを」

日織の呟きを斬《き》るような、鋭い声が飛ぶ。顔をあげて見ると、悠花が不機嫌さもあらわな表情で母屋《もや》に入ってきたところで、彼は力なく座る日織の前に端座した。

「あなたは皇尊として即位した。わたしは確かに龍の声を聞いた。それが間違いのはずはない。莫迦を言うものじゃないよ」

「悠花は、宣儀がどうなったのか知っているのか」

「聞いた。なかなか龍が現れないとやきもきしていたら、采女が矢のような速さで大桜宮にやってきて、宣儀が中断されたことと、その委細を注進した。皇尊が龍を呼べなかったゆえに、真尾の判断で中断されたと」

宣儀中止は告げられても、ことの委細までは公《おおやけ》に語られない。しかし龍稜の采女までもが既に知っているとなると、公に語られずとも、日織が龍を呼べなかったと皆が知っているのだ。

苦いものがこみあげる。

「宣儀で龍を呼べない皇尊など、皇尊と言えるのか」

「龍が呼べず、宣儀が中断されたのは、それはそれ。あなたが皇尊なのは間違いない」

「ではなぜ呼笛が鳴らず、龍との縁が成らない。それは、わたしがなにか」

「龍が呼べなかったのは、あなたに問題があるのかもしれない。だから縁が成らない可能性はあるのだろうね。ただし、あなたが皇尊であることに疑いはない」

惨《みじ》めさを覚え、俯《うつむ》く。

「即位した。皇尊となった。ならばなぜ、歴代の皇尊と同様にことが進まない？　わたしだけ、うまくいかない」

宣儀すらできなければ、日織は居鹿との約束を守れない。

姉宇預《うよ》や月白《つきしろ》に過酷な定めを強いたものに抗《あらが》うために、望んだ御位《みくらい》。にもかかわらず、結局なにもできない木偶《でく》になるしかない。御位を望んで焦《じ》れていたとき以上に、それは辛《つら》い。

一度摑んだ希望が、手からすり抜けそうな虚無感が襲う。

臣も民も、宣儀で龍を呼べない者を皇尊とは認めない。

いや、それどころではない。龍を呼べない皇尊など臣下が放置しておくだろうか。日織の背後には不津がいる。彼を呼び戻す動きになれば、日織は命すら危うい。

（なぜこんなことに。御位に即《つ》いて、なお）

弱気を見透かされたのか、悠花はあやすように口を開く。

「泣き言をいうものじゃないよ。あたりまえだね、そんなことは。なにもかもうまくいかないのが人生というものだろう。あなたは知ってるはず」

優しい声音に頭を撫でられたような気がして、日織は思わず悠花を見た。目が合うと、彼は笑みを深くする。

「わたしも日織も、それは生まれたときから知っているのではない？」

思わず苦笑した。

「なにもかもうまくいかないのが、人生？　ひどいことを言うね、わたしの妻は」

「事実でしょう？」

綺麗《きれい》に、強気そうに、悠花は微笑《ほほえ》み返す。うまくいかないのが人生。でも、それがどうした？　と、笑うような強さで。

その笑みを見ると、胸の奥で、消えそうだった熱が温度をあげた。

「確かに。そうだな」

日織も悠花も生まれた瞬間から、なにもかも、うまくいかない宿命を負っていた。

無邪気に、さしたる苦悩もなく、生きられる者もいるのかもしれない。しかし日織たちが生きるということは、なにもかもうまくいかないものを必死になんとかしようとする忍耐と努力の連続だった。

日織たちとは違っていても、同じようにもがき生きる者がこの世のほとんどだろう。空露も、宇預も、月白も。おそらく龍ノ原を出て行った不津も同じく、なにもかもうまくいかないと思い、悩み、その中でもがき生きるのだ。

そもそも。うまくいって当たり前の人生の者が、いるのだろうか。

（うまくいかない、なぜと、泣き言を口にしてもどうにもならない。良く知っているじゃないか、わたしも）

泣いても喚《わめ》いても宇預は生き返らないし、月白の苦悩も消えないし、蘇《よみがえ》りもしない。それを知っているからこそ日織は皇尊の御位を求め、この場にいるのだから。

御位を手に入れた。そのために自分の心が、わずかに緩んだのだ。ほっと息をつき、「これで望みが叶《かな》う」と安堵《あんど》してしまったのかもしれない。

しかし、まだなのだ。

御位に即いただけでは、日織の望みは現実にならない。

抗えと、心の中で声がした。

定めに抗いここまで来たなら、抗い続けるのだ。宣儀で龍が呼べない皇尊になってしまった自分のありように、可能な限り抗う。それが日織が生きるということなのだ。

「日織。すこし、お休みになった方が良いでしょう」

沈黙した日織を気遣う空露を、ふり返った。

「空露。真尾は、まだ大殿にいるのか。真尾に問いたい。なぜ龍が呼べなかったのかを」

宣儀の中断を決断した真尾は、日織を龍稜に戻す段取りを護領衆に命じ、自らは先に龍稜に戻り、淡海皇子に仔細《しさい》を知らせに向かったのだ。

「おそらく大祇も理由はわかりますまい。わかっていれば宣儀の中断など、しなかったはず」

「わからなくても良い。推測でも聞きたい」

承知しましたと答えて空露は出て行き、すぐに戻ってきた。

「采女の話によれば、随分前に祈社に戻られたようです。ただ妙なのが、ひどく急ぐ様子だったらしいのです。輿《こし》ではなく龍稜の馬を借り、それで帰られたと」

「おやおや、逃げ帰ったかのようだね。後ろ暗いところがおありなのかな」

悠花の軽口に、空露は不快そうに眉《まゆ》をひそめる。

「大祇に無礼でございましょう」

「悪かったね」

「悠花様は、いつもそのようにふざけて」

少しも悪いと思っていない口調でさらりと返す悠花に、空露が小言を言おうとするが、それを日織は遮った。

「ならば、空露。わたしの馬を用意させろ」

「如何《いかが》なさるおつもりです」

「祈社に行く。真尾に問いもするが、いっそ自らの手で、龍を呼べなかった理由を突き止める。龍もしばしば姿を見せる聖域なら、神代から引き継がれた書も、言い伝えも、知識もあるだろう」

立ちあがった日織は、悠花を見下ろす。

「ありがとう、悠花」

「夫の尻《しり》を叩くのは、妻の務めだ」

にやりとする彼の頬に軽く触れた。

「良き妻だ」

照れくさそうにその手を軽く払いのけ、悠花はほつれ毛に手をやる。

「さあ、行かれよ。見送りはしないけれどね」

龍稜から祈社までは、輿で行けば丸一日以上かかる。男の足で休み休み行くなら、早朝の出発で、到着するのが日暮れになるほど距離があった。

皇尊の行幸となれば、おしのびだとしても六人で担《かつ》ぐ輿を仕立て、最低五人は警護の舎人が随従する。

日織はその慣例を一切無視した。龍稜の木王門近くに設けられた馬溜《うまだまり》に引き出されてきた鹿毛《かげ》馬の手綱を自ら握り、同行する空露と、急遽《きゅうきょ》呼び集められた警護の舎人も、馬で随行するように命じた。

馬であれば途中で休ませながら走らせても、日が落ちる頃には祈社に到着できるはずだった。初夏のことなので、日が長いのが幸いだ。

少しも時間を無駄にしたくなかった。ぐずぐずしていれば、姉の宇預、月白に続いて、居鹿までもが定めに流される。日織の目の前で消えるのは、もう二人でたくさんだった。

皇尊が無防備に飛び出すように思えたらしく、采女や舎人は動揺し、「宮内上《くないのかみ》にご相談を」、「太政大臣《おおまつりのおとど》が大殿に控えていらっしゃるので、ご相談を」と、様々に引き留めようとした。

日織はそれらを「不要」と一言で斬り捨て、護衛の舎人たちに訊《き》いたのだ。

「祈社まで、そなたたち五人でわたしを護れるか」

と。

舎人の中で、皇尊の警護を負う者たちは鳥手《とりて》と呼ばれ、代々皇尊を守護する。もとは書簡を運ぶ鳥、夜鳴鳩《よなきばと》の世話をしていた舎人の一部だったため、鳥手というのだ。身につける衣も袴も細く仕立てられた深草色で、おしなべて表情に乏しく目つきの鋭い男たちだった。

龍ノ原に鉄器の武器はほとんどないが、皇尊から賜り物として、鳥手たちには小刀が渡されていた。それを身につけてはいたが、小刀の刃渡りが短いために極端な接近戦でなければ使えない。殺傷力でいえば、皇子や皇女に与えられる護り刀のほうがはるかに高い。

しかも皇尊からの賜り物を安易に使うのを、鳥手たちは拒む。そのため徒手空拳《くうけん》の技に優れる。彼らは素手で人の首を折るほど屈強であり、また走る馬に横合いから飛びつき、騎手を引きずり下ろせるほどに俊敏だという。

日織の問いに彼らは、「護れまする」と、気負いも動揺もなく答えた。

空露と五人の鳥手をともなって、龍稜を出た。

龍稜をとりまく髭平の南にある一本道を駆け抜け、龍稜と祈社をつなぐ参道と呼ばれる幅広の道に出る。

郷《ごう》や里《り》を横目に見ながら走ると、しばらくして森が点在する水辺のほとりに出る。そこからさらに南へ走り続けると、なだらかな起伏の山が左手に見える。葉真山《はまやま》だ。かつて護領山を越えて附敬洲《ふのけいしゅう》から入り込んだ巨大な人喰い虎《とら》を、護領衆がその山で討ち取ったという伝説がある。

護領山と呼ばれる外輪山に囲まれて、龍ノ原は国境を成す。

龍ノ原における水源は護領山で、その山中から湧《わ》き出す水が幾本もの川筋となり、平野へと流れ込む。川は平野で合流し、あるいは枝分かれしていくが、その終わるところは池や湖になっており、ほとりに里や郷が形成されていた。

龍ノ原以外の八洲《はっしゅう》の国々では、山間から湧き出た川は、いずれ海に繋がるのが常識らしい。川の終わりが池や湖であると知ると、八洲の者はたいがい驚くそうだ。「川の水がどんどん池や湖に流れ込めば、すぐに溢《あふ》れるだろう」と。

しかし龍ノ原の者は逆に首を傾《かし》げる。「池や湖の水は大地に呑《の》まれ、再び水源へと帰るのだ。八洲のように川の水が海に逃げてしまえば、水源が涸《か》れはしないのか？」と。

不津は、龍ノ原も都を作り、八洲に比肩《ひけん》しうる国となるべきだと言った。彼の考えの善《よ》し悪《あ》しは別として、それは困難だろうと日織には思える。

龍ノ原は成り立ちからして八洲と違うからだ。

神国として特有の理《ことわり》があり、龍が住む。根本から違うものを似せようとしても、それは歪《ゆが》みにしかならないのではないだろうか。

遠く眺めていた護領山が見あげるほどに近づくと、ひときわ高い峰である祈峰の山腹に、すっくりと成長した白杉の青が目立つ。

白杉の合間に、檜皮《ひわだ》の屋根が点在しているのが祈社だ。

太陽は既に護領山の向こう側へと落ちようとしており、木々の先端はまだ明るく見えていたが、足もとは暗い色に沈んでいる。

祈社に到着する少し前には日が落ちた。建物も、森も、暗い影にしか見えなくなっていたが、月がある夜なのが幸いだった。

日が落ちきって月が現れると、薄暮の時よりも視界が良い。

砂利道の先に、祈社総門の檜皮屋根が見える。護領衆の一人が、門前に篝火《かがりび》を入れているところだった。彼は火を入れ終わると、門柱の根元にうずくまる小さな影のそばにかがみ込み、何事か話しかけていた。

徐々に篝火が大きく明るくなる。

炎に照らされうずくまっているのは子どもで、その子は話しかけている護領衆を無視して、膝を抱えたまま瞬《まばた》きもせずに、門へと続く道を睨んでいる。

近づくにつれて、その子どもの顔がはっきり見えてきた。そして驚愕した。

「与理売《よりめ》か？」

うずくまっているのは、不津と加治媛《かじのひめ》の間に生まれた媛に違いない。以前この同じ場所で、母に会いたいと不津に泣きすがっていたのを、采女たちに連れ戻された少女だ。

どうして与理売がここにいるのだろうかと、愕然とした。父の不津も、母の加治媛も龍ノ原を出たというのに。

　日織は馬の足を速める。

　名を呼ばれた少女は目を輝かせて立ちあがり、期待を込めた声で答えた。

「父君!?」

　日織の馬が近づくとともに、与理売の顔から表情が消えた。日織を認めると、年端《としは》もいかない少女とは思えない憎しみの色を目に浮かべる。

　一緒にいた護領衆も日織に気づいたらしく、こちらは「皇尊？」と半信半疑の声を出すが、鳥手たちや空露の姿を見て本物と確信したらしい。慌てて門から飛び出してきた。それと同時に、与理売が身を翻《ひるがえ》し門の内側へ駆け込む。

「皇尊。お見えを存じ上げませんで、失礼を。祈社の者が誰もお出迎えをしておらず。誰がお出迎えをする予定で？」

　馬を止めた日織の傍らにやってきた護領衆は狼狽《ろうばい》し、へどもどしているが、日織はそれを遮った。

「良いのだ。知らせもせず来たのだ。それはわたしに非のあるところで、気にする必要はない。それよりも、今のは与理売だな？　なぜまだ祈社にいるのだ。不津王と加治媛は龍ノ原を出たのだぞ」

「あ、ああ。はい。あの媛は遊子なのでここに置くのが道理であると、出立《しゅつたつ》なされる前に不津様より文を頂いたそうで。そのまま祈社でお預かりすることに」

「残していったのか、吾《わ》が子を。不津と加治媛は」

与理売を大切に思っていますと、加治媛が空々しく口にしたのを日織は聞いている。彼女は夫に従い、龍ノ原の民であることを捨てるその時に、大切にしていると言った娘までも捨てていったのだ。

秩序を口にした不津も、龍ノ原を出て龍ノ原の秩序から離れる身であれば、遊子であるなしなど無関係になるはずなのに、娘を置き去りにしたということ。

そもそも、遊子が八洲の国主に下げ渡されるのは、龍ノ原の外へ追うため。だとすれば、不津自身が与理売を他国へ連れ出すのも、龍ノ原の秩序を重んずるとすれば理にかなった行為のはずだ。

どちらにしても、連れて行けない理屈はない。

秩序を重んじる、令を尊《たっと》ぶというなら、与理売を連れて行くべきなのだ。なのに置いていった。不津は秩序などと口にしながら、結局遊子に関しての彼の判断は、理屈や理性ではない。ただの嫌悪《けんお》だ。でなければ、どうして娘を捨てられるだろうか。

「なんということを……っ！」

怒りに奥歯を噛《か》んだそのとき、こつんと日織の脚に何かがあたった。見れば、地面に転がったのは小石。石が飛んできたらしい方向に目をやると、門柱の陰に与理売の姿があり、手には小石が握られている。

石を投げられた。その衝撃に啞然《あぜん》としていると、護領衆が驚いたように怒鳴った。

「何をしているんだ、与理売！」

「おまえなんか、死ね！」

叫んで、与理売がもう一度小石を投げたが、それは地面に跳ねて日織に届かなかった。

鳥手の一人が馬から飛び降り、与理売に向かって走ると、彼女は再び門の中へ駆け込む。それを追おうとする鳥手を、「よせ」と、日織は制止した。

「よい、追うな。必要ない」

立ち止まった鳥手は困惑ぎみにふり返るが、日織は頷く。

「いいのだ」

与理売の父不津が龍ノ原を去ったのは、日織が御位に即いたからだ。与理売にとって日織は、父を追い落とした者でしかない。父母に置き去りにされた与理売を、日織がいくら可哀相《かわいそう》だと思い、なんとかしたいと考えても、与理売にとって日織は敵なのだ。

おろおろしている護領衆に、「わたしの来訪を知らせよ。大祇に会いたいと伝えてくれ」と命じると、すぐに奥へと駆けていった。すると、

「彼は従氏《じゅうし》なので、大祇に話を通すのに手間がかかるはずです。わたしが参りましょう。その方が早い」

と、空露が護領衆の後を追う。

ほどなく采女が数人迎えに出てきた。突然の皇尊の訪れに慌てた様子だったが、「大祇がお目にかかります」と、日織の先に立って案内した。

殿舎や回廊には所々に結《むす》び燈台《とうだい》があり、小さな炎が頼りなく揺れていたので、月光の届かない場所でもぼんやりと視界はきく。

（石を……）

歩きながら、憎しみに歪んだ与理売の顔が目の前にちらつく。幼い少女にあんな目ができるのかと思うような、怖い目をしていた。憤怒《ふんぬ》と憎悪が混じり、それを抑えることなく全身から発すると、山犬が取り憑《つ》いたような目になるのだろう。

向けられた憎悪の余韻が、鋭く胸に刺さっている。

鳥手たちは回廊の途中まで同行したが、奥へ近づくと庭に控え、鳥手のまとめ役、馬《ま》木《ぎ》という男だけが随行した。

馬木は右目を黒い布で被っており、その下から深い傷跡が見える。しゃがれた声を絞り出すようにして喋《しゃべ》るが、それが特有の迫力になっている男だった。

その馬木も、大祇の待つ殿舎の階の下で膝をついて控える。

目的の白杉柱の殿舎は、祈社の正殿背後から回廊で繋がっていたが、儀式の控えのための場所なのかこぢんまりしていた。

蔀《しとみ》も枢戸《くるるど》も閉じられていた。戸の下の隙間《すきま》から、揺れる灯《あか》りが漏れている。

采女が枢戸を開いたので中に踏み込むと、真尾と空露が難しい顔をして向きあって座していた。彼らの目の前、床の上には白杉の木箱が置かれ、白絹が敷き詰められた中には呼笛があった。

結び燈台が近くに置かれ、呼笛が照らし出されている。

(忌々《いまいま》しい)

鳴らないそれに対して八つ当たりのようにそう思った自分に、内心苦笑する。黙礼をする真尾に鷹揚《おうよう》に頷き、空露と並ぶ位置にある藁蓋にあぐらをかく。

「先触れもなく来たのは詫《わ》びを言う。ただ先触れするのも、もどかしかった。許して欲しい」

「いえ、わざわざのお運び恐れ入ります。実はわたしが、龍稜に出向かねばならないところでしたので」

「真尾が、なんのために?」

「皇尊に、お知らせしなければならないことがあります。呼笛のことで」

「呼笛がなんだと」

「この呼笛は、本物ではありません」

予想だにしない言葉に、絶句した。しばらく、無表情な真尾の顔を瞬きもせず見つめていた。

「……なに？」

　ようやく出た声はそれだけだった。真尾は深く頭を下げる。

「宣儀のおり、皇尊のお手に渡すときに違和感を覚えました。しかしわたしは、呼笛を見るのも手にするのも、先代大祇から引き継ぎを受けた際の一度のみでしたので、気のせいかと。しかも呼笛は祈社奥の宝倉《たからぐら》に納められ、誰も手を触れぬもの。よもや、と。しかし違和感は確かめねばならない。祈社に戻り、先代大祇に無理を願い、委細は伏せたまま宣儀で用いた呼笛を見て頂きました。そうしたところ、これは宣儀のための呼笛ではないと断定なさいました」

「待て」

　日織は額を押さえる。驚きに混乱し、整理しきれない思考を無理に働かせて問う。

「この呼笛が本物でない？　では、鳴らなかったのは」

　ようやく真尾は顔をあげた。

「これは鹿の角で作られています。呼笛に形は似せてありますが、鳴りはしない。本物を真似《まね》て作れど、素材が違えば鳴らぬのです。過去、祈社において、呼笛を真似て鹿の角で笛を作る試みがありました。祈社が作った呼笛で龍を呼べれば、皇尊のお役に立とうという試みでしたが。ただ作ったものの、どれ一つとして鳴らなかったと聞きおよんでいます。呼笛は本物でない限り、鳴らぬのです。これはそのようにして過去に、呼笛を真似て作られたものの一つ」

偽《にせ》の呼笛を手に取り日織の方へ見せながら、真尾は淡々と続ける。

「呼笛は鹿の角に似た素材で作られておりますが、鹿の角ではなく、龍の角だと伝えられています。治央尊《おさのひさしのみこと》が、親しんだ龍から縁を成した証として授けられた角から作ったものと、祈社の縁起にあります。よもや本物の龍の角ではありますまいが、特別な素材なのは確か。だからこそ鳴るのです」

龍は死ぬと亡骸《なきがら》が霧散し、形が残らない。龍から剝《は》がれた鱗《うろこ》を時折、護領衆は拾うことがあるらしい。拾った鱗は祈社の小さな社に祀《まつ》られるのだが、鱗の持ち主たる龍が死ねば、祀られていた鱗は消える。鱗でも角でも同様だ。

もし呼笛が龍の角で作られたものであれば、神代から生き続けている龍が、龍ノ原のいずこかに生きているということになる。

神代から生きる龍ともなれば、どれほどの神気を喰らい巨大になっているのか想像もつかない。そのような巨龍を誰も見たことがない。

そのため神代から生きる龍の存在には、祈社も懐疑的なのだろう。呼笛が龍の角から作られたという祈社の縁起も、何らかの比喩《ひゆ》か、もしくは創作によって書かれたものではないかと判断しているのだ。

呼笛が何から作られたかは判然としないが、素材は特殊なものであり、その素材だからこそ音が鳴り、呼笛として働くことは間違いない。

燈台の火の揺らめきで、呼笛――偽の呼笛の表面のざらつきが、いやに目につく。

「偽物とはいえ呼笛を模して作られたものを尊び、本物が安置されている宝倉の奥に幾つかしまい込まれておりました。それが白杉の箱に入れられていた本物と、すり替えられたのです。無論、宝倉の中は捜しましたが、真似て作られた呼笛は幾つかあったものの、本物は見当たりません」

「なぜ偽物が」

思わず口にすると、感情をめったに表に出さない空露が、声に悔しさを滲《にじ》ませた。

「何者かが本物の呼笛を盗んだのでしょう。宣儀を邪魔するために」

三

しばらく、三人は声もなく偽の呼笛を見おろす。

不津の即位を望んでいた者は多く、そのため日織の即位を喜ばぬ者が幾人もあるだろうことは想像に難くない。しかしだからと言って仮にも龍ノ原に生まれた者が、儀式を妨害して皇尊《すめらみこと》をすげ替えようとまで、するだろうか。皇尊が空位になる不安を一番よく知っているのは龍ノ原の民なのだから。

しかし現実に、呼笛はすり替えられて宣儀が中断された。

(誰がそんな真似を)

呆然としていたが、すぐにかっとなり頭に血がのぼりかける。

しかし、さして顔色を変えることもなく端然と座る真尾の目を見ると、頭の中で「待て」と命じる声がした。

矜持《きょうじ》の塊のような護領衆を怒鳴ったところで、彼らは萎縮《いしゅく》もしないし、従順にもなりはしない。神代から伝わる神具がすり替えられた大事を、皇尊相手にこれほど淡々と告げるのだから、真尾の面《つら》の皮の厚さは想像を絶する。

日織は真尾をきつく見据える。

「これは祈社の不始末だな」

偽の呼笛を箱に戻した真尾は、ここにきてはじめて、痛みでも感じたように目を閉じ、「左様にございます」と答えて再び頭を下げた。先ほどよりも深く。

誇り高い真尾が最も聞きたくないのは、自らの不明や不手際《ふてぎわ》を指摘する言葉。しかし事実であれば、項垂《うなだ》れるしかないはず。日織はそれを承知で口にしたのだから人の悪いことだが、さらに返す手で反対の頬を張るように告げた。

「ただ、不始末をなじり罪を問うてもはじまらない。許すとは言えぬが、不始末を厳しく問うつもりはない。公にして、そなたに恥をかかせるつもりもない」

わずかに真尾の眉根が寄った。不始末を、「問わぬ」と寛容に言われるのは、憐《あわ》れみの気がして悔しかろう。しかし不始末の事実は変わらないのだから、悔しいながらも受け入れるしかない。

日織は寛容さで、祈社の首根っこを押さえるつもりだった。案の定真尾は小さく、「ありがたく存じます」と口にした。

「礼など不要。礼を言うよりも祈社は、なすべきことがあろう。呼笛を探し出して再度宣儀《せんぎ》をおこなうために、祈社は尽力するのだ」

真尾は顔をあげた。

「再度、宣儀をと?」

「当然だろう。宣儀は、中断されたが終わっていない」

是が非でも宣儀は、やらねばならない。日織が皇尊として力を振るうためには宣儀が必要だ。

「しかし中断された儀式を再度というためしは、今まで」

「呼笛がすり替えられたためしも、今までなかったな？　真尾」

痛烈な一言で真尾を遮る。彼は、喉《のど》で言葉が凍ったように黙った。

「宣儀をおこなう。否《いな》やは言わせない。さらにまずは命ずる。呼笛がすり替えられたことは公にしてはならぬ」

「なぜですか、日織。宣儀の中断はあなたの問題ではなかったと、公に知らしめた方が良い。祈社の恥となろうとも、日織にとっては公にした方が良い」

膝《ひざ》を乗り出す空露に、日織は首を横にふる。

「わたしだって理解しているよ。龍《りゅう》を呼べず、宣儀が中断したことは、間違いなく臣や民の、わたしへの不信につながる。本当にわたしが皇尊としてふさわしいのか、と」

「ならばこそ」

「しかしだからといって呼笛がすり替えられた事実を公にすれば、わたしの御代《みよ》を快く思わない者がおり、それらが龍ノ原の安定、ひいては央大地すらもお構いなしに、ことを起こしていると知れ渡る。それほどまでに快く思われない皇尊とは、どのような者かと。それも、わたしへの不信になる」

そこで日織は皮肉に笑う。

「おまえもそう思っているだろう、真尾」

真尾の頬がわずかに動くのを、日織は見逃さなかった。

唯一無二《ゆいいつむに》の神具をすり替えられた祈社の不始末を、真尾は心から恥じているが、日織に対してはそうでもないはず。その即位を厭《いと》い、呼笛を盗みすり替えるほどの行動を何者かに起こさせる皇尊とは、はたして——と。前代未聞《ぜんだいみもん》の即位であり、皇尊なのは間違いないのだから当然だった。

しかしそれでも良い。

誰がなにを考えていようとも、日織は自らの御代で、自らの望みにふさわしく龍ノ原を変えるのだ。そのために祈社の不始末をたてにとり、真尾に可能な限りの協力をさせるのが最良。不始末の負い目があるために、真尾は多少の無理な要求も呑むはずだ。

(何者だ。わたしの邪魔をするのは)

怒りが滾《たぎ》る。屈してなるものか。屈してしまえば日織は自らを支えるものを放棄するのと同じで、その結果、理不尽を定めと受け入れることになり、さらにはこれからも居鹿のような少女たちを不幸にするのだ。

「笛をすり替えた者の心当たりはあるか、真尾」

「ございません。そのような不届き者がいることすら、想像だにしておりませんでした」

「宝倉を確認する」

日織は立ちあがった。

「どのような場所に、どのように納められていたかを、この目で確かめる。それによって誰にすり替えが可能であったか、わかるはずだ。それと、わたしはしばらく祈社に滞在する。その準備をせよ」

真尾と空露が驚いたように日織を見あげ、さらに空露は不審げに問う。

「なんのつもりですか、日織」

「呼笛を取り戻す。真尾や他の者たちに全《すべ》てをゆだね、龍稜《りゅうりょう》で待つなどできない。だからわたしも力を尽くす。そして再び宣儀をおこなう。今度こそ龍を呼ぶ」


真尾に案内させ、呼笛が納められていた宝倉を確認した。

祈社は祈峰《きほう》の中腹を切り拓《ひら》き、点在する殿舎を回廊で繋《つな》いである。

宝倉は、祈社の総門からみれば最も奥まった場所にあり、そこから先は白杉《しらすぎ》の森と祈峰の頂に聳《そび》える巨岩しかない。

宝倉は高床の校倉《あぜくら》で、正面にある枢戸が唯一の開口部。

枢戸は、外から閉じると内側の落とし桟が床板に開いた穴に落ち込み、開かなくなる構造になっていた。それを開くのには、鉤穴《かぎあな》の位置にあう枢鉤《くるるかぎ》が必要だ。

枢鉤とは、先端が湾曲した鉤棒で、棒の長さと湾曲具合が合致すれば、戸の内側にある落とし桟を引き上げられるという寸法。

金気の少ない龍ノ原において、施錠《せじょう》のために銅《あかがね》や鉄《くろがね》がつかわれるのは、龍稜の地睡《ちのねむり》戸《と》と宝倉、祈社の宝倉のみだ。

枢鉤は、大祇《おおぎ》の補佐役として実務をになう八人の代祇《だいぎ》のうち一人が、管理している。しかし枢鉤のようなかさばるものを、肌身はなさず持ち歩きはしない。常には、代祇が住まう殿舎に保管されているという。

代祇が住まう殿舎は、代祇は無論、采女《うねめ》や他の護領衆《ごりょうしゅう》たちも出入りをするため、その気になれば誰もが持ち出しは可能。

ぬるい管理と言われればそれまでだが、枢鉤を目にして、それが宝倉を開く道具とわかる者は祈社の者しかいない。庶民は目にしたことのない道具だ。

祈社の者が宝倉に忍び込み神具を盗むなど、想定されていない。枢鉤はあくまで、外部からの侵入者に対しての用心なのだ。

「一つ確かなことは、呼笛を盗み偽物とすり替えたのは、祈社に住み、その内情に詳しい者ということだな」

宝倉を確認した後、日織は用意された殿舎に腰を落ち着けた。そこは以前、悠花が仮住まいしていた殿舎で、彼が使っていた調度がわずかに残されていた。

五色布の垂れた前に座り、挟軾に肘《ひじ》をつく。

枢戸と蔀を半分開き外の風を入れていたので、結び燈台の火に小さな蛾《が》が寄り集まり、羽を焼かれてぽつりぽつりと床に落ちていた。虫の飛ぶ季節だが、夜、ことに護領山に吹く風は涼しく過ごしやすい。

鳥手たちは殿舎の周囲に控えていると馬木が伝えてきたが、彼らの、静かで気配のないのには驚く。檜皮屋根より高い位置で、白杉の枝が風に揺れる音以外は聞こえない。ただ地を這《は》う低い虫の音が、時々、ふいに何かに驚いたように途切れるのみ。

几帳を動かし、御床《ごしょう》を整えていた空露が不審そうに言う。

「護領衆が、呼笛をすり替えたとは思えません。吾々《われわれ》は地大神と龍に祈り仕える者なのです。そのような恐ろしい真似は、できはしません」

「おまえは、な」

「護領衆であれば全ての者がそうです。護領衆は幼い頃から護領衆となるべく祈社に預けられ育つのですから、神への畏怖《いふ》をいやというほど叩き込まれます。それは采女たちも同様です」

「神を欺《あざむ》く片棒は担《かつ》ぐのに？」

悪戯《いたずら》っぽく問うと、彼は表情を改めて日織の前に座った。説教をする準備の顔だ。

「日織。それとこれとは話が別です。わたしはあなたの望みを叶えたいと願いましたが、神への畏怖を忘れたわけでも、捨てたわけでもありませんでした。常に神には畏怖を抱き、しかしそのなさりようを問い、その真意を確かめたいと願っただけで」

「わかった、わかった。悪かった。しかし、枢鉤を使って宝倉を開けられるのは、祈社に住む者以外いないのは事実だろう」

「何者かが、護領衆なり采女なりに、宝倉の開け方を問うことは可能です」

「宝倉を開く方法を、何者かが問うたとしよう。問われた方は、これこれこうだと簡単に教えるか？　しかも、なぜそんなことを問われたか疑問に思わないか？」

「となれば、護領衆以外に祈社に住む者が」

「護領衆以外で祈社に住む者？　わたしの妻になる前に、悠花が杣屋と一緒にここに身を寄せていたが。あとは遊子の」

と、言いかけたときに、半分開いた枢戸の陰から「皇尊」と馬木の低い掠《かす》れ声が聞こえた。枢戸に体を半分隠すようにして、馬木のがっちりとした姿と、それにともなわれた少女の姿がある。

「この者が、皇尊にお目にかかりたいと忍んで参りましたが。皇尊と面識があると本人は言っております。既知の者でございましょうか」

屈強な男の傍らで、恐ろしそうに縮こまっている、利発そうな目をした少女。

「居鹿」

腰を浮かして名を呼ぶと、彼女はぱっと頬を染めて何か言いたそうに口を開きかけたが、慌《あわ》てて礼を取る。

「日織様。ご即位、お慶《よろこ》び申し上げます」

問題ないと判断したらしく、馬木は無言でその場を離れた。「こちらへおいでなさい」

と居鹿を母屋へ招き入れた空露は、気を遣って座を譲り、五色布の近くに場所を替える。

座を譲った空露に頭をさげて礼を口にした居鹿は、日織の前に端座し、眩《まぶ》しいものを見るように瞳《ひとみ》を輝かせた。

「お目覚めになったんですね、日織様。本当に良かったです。地睡戸を出られてから随分長く眠っていらっしゃったので、不安でした」

「心配をかけたのだね、居鹿。すまないね。でも、こうやって目覚めたよ。あなたにも会えた。すぐに会いに来てやれず悪かった。あなたこそ不安だったろう。わたしは約束をしたのに、祈社に連れ戻されて」

「約束？」

きょとんとするので、日織の方が驚いた。

「忘れたのか。わたしが皇尊になったら、あなたを八洲にやりはしないと約束しただろう。それなのに、反封洲《たんのほうしゅう》からの迎えが来る準備にと、祈社に連れ戻されたのだから」

すこし哀《かな》しげに居鹿が微笑む。

「日織様のお言葉は、忘れてなんかいません。覚えていました。とても嬉《うれ》しかったので。でもあれは、ただ慰めのお言葉とわかっています。そうなれば良いね、というような」

「違う、居鹿。わたしは本気で、あなたを八洲にやるつもりはないのだよ」

「けれど、令が」

「令を廃す。あなたに、反封洲からの迎えが来る前にね」

目を見開き、瞬きもなく日織を見つめた居鹿の瞳に涙が盛りあがる。透明なものがつっと、眦《まなじり》からこぼれた。

「本気で、言ってくださったのですか」

「そうだよ。だから待っておいで」

流れた涙をひとさし指で拭《ぬぐ》ってやると、居鹿は小さく首を横に振る。

「嬉しいです。けれど、無理なことは充分知っています。この世の仕組みが簡単に変わらないのは、わかってます。日織様にどんなお力があっても、どんなお気持ちがあっても、無理なこともあると。だからそんなお優しい思いは、そうして本気で口にしてもらえただけで幸せです」

やはり居鹿は利発な子だ。彼女は日織の真心を理解して受けとっている。

しかし同時に物事がわかりすぎているゆえに、皇尊となった日織でも、令を廃するのは難しいと承知しているのだ。

当然居鹿は、宣儀が中断されたことは、采女たちから聞いただろう。ただでさえ令の廃止は困難なのに、日織は宣儀すらできなかった皇尊なのだ。

それら全てを考え合わせて、居鹿は日織の気持ちだけを受け取るようなことを言うのだ。利発なのが、かえって可《か》哀相《わいそう》でもあった。

「どうしてそんなに諦《あきら》めばかり良くなっているのだろう、あなたは」

諦めさせてなるものかと、日織は微笑む。

「やってみなければ、わからないよ。わたしは、あなたを八洲にやりはしない。そう、与理売も……」

口に出すと、与理売の憎悪に歪む顔を思い出す。憎まれているのだろうが、日織は与理売に腹を立てることも、うんざりすることもできない。彼女の憎しみは頷《うなず》けたし、その身の上を哀しいと思わずにおれない。

遊子であるがために、父母に置き去りにされた――。母君に会いたいと泣き叫んでいた子にとって、それはどれほどの衝撃で、かつ絶望を抱かせたか。

「与理売は随分意固地になってます。わたしとも口をきいてくれなくなって」

居鹿がしょげかえった様子を見せる。

「そうなのだろうね。知ってる。でも、あなたが悪いわけではないのだから」

そのとき、遠くでにわかに騒がしい声が起こった。静寂をもって常とする、しかも日が沈んだ祈社で、このような奥まで響く騒動は珍しい。

空露が立ちあがり無言で出て行く。様子を確認しに行ったらしく、程なく、早足に帰ってきたときには顔色が変わっていた。日織と居鹿が向かい合う傍らに膝をつくと、「日織」と押し殺した緊張した声で呼ぶ。

「どうした。何の騒ぎだった」

ちらりと居鹿を見てから、空露は低く答えた。

「反封洲からの使者が、到着した模様です」

居鹿の顔が強《こわ》ばり、日織は愕然とした。

「まさか、ありえない。早すぎる」

三章　反封洲《たんのほうしゅう》からの使者

一

「祈社《きしゃ》も驚き、慌《あわ》てふためいています」

日織《ひおり》が即位して数日しか経《た》っていない。雨を含んだ檜皮《ひわだ》の大屋根が根元まで乾ききらないうちに、反封洲——龍《たつ》ノ原《はら》から最も遠い国の使者が皇尊《すめらみこと》の即位を知り、やってこられるはずはない。

「それはまことに、反封洲の使者か」

「反封洲国主の印認《いんにん》を所持しているようです。しかも使者は、国主の長子と名乗っていると」

印認とは、龍ノ原の皇尊から八洲《はっしゅう》の国主に渡された、縞石《しまいし》で作られた印形《いんぎょう》のこと。龍ノ原に入る許しを得た証《あかし》で、八洲の遣いは必ずそれを国主から預かりたずさえて、龍ノ原に入る。印形の真贋《しんがん》は、祈社にある対《つい》の印形に嵌《は》めあわせて見極める。

「印認は本物だったか」

「はい。祈社の印認とあうそうです」

印形は一つの縞石を二つに割って作り、一つを国主に渡し、一つを祈社に保管してある。その二つがぴたりとあえば印形は本物だ。

縞石は様々な色味でくっきりと縞模様が出るので、二つと同じものがない。そのため一つの石を二つに分ければ、模様の一致で明瞭《めいりょう》に真贋が見極められる。

「不可能だ。わたしの即位の報すらまだ、反封洲に届かないはずだ」

「しかし実際に到着しているのです。今夜は祈社に宿泊を願うでしょうが、準備が整い次第、常であれば明日か明後日《あさって》には、居鹿《いしか》を連れて護領山《ごりょうさん》を越える段取りになるかと」

膝《ひざ》の上にそろえている手を、居鹿は恐怖に耐えるように握り合わせた。

「それはならない」

思わず口にしたが、空露《うつつゆ》は首を横に振る。

「そう申されても、慣例となっているものは粛々と進められます」

「ならば！　大祇《おおぎ》に伝えよ」

流れに乗って、物事はあっという間に進む。それになんとか竿《さお》を差して止めなければ。

焦《あせ》りの中でひとつ閃《ひらめ》く。

「明日、わたしがその使者と直接対面すると」

咄嗟《とっさ》に口をついて出た言葉がそれだった。焦りから飛び出した思いつきは、おそらく唯一《ゆいいつ》の策だった。

「なにを仰《おっしゃ》いますか。なんのために」

「反封洲の使者を待たせる。わたしの宣儀《せんぎ》が終わるまで」

開いた口が塞《ふさ》がらないのか空露はしばらく無言で、それから呆《あき》れ果てたような、疲れた声で言う。

「また、なにを言い出すのやら。日織」

「宣儀が終われば、わたしは遊子《ゆうし》を追放する令を廃せと命じる。それまで反封洲の使者には待ってもらう」

「待たせておいて、あなたの義務はなくなったからお帰りくだされと言うのですか？　そいくらなんでも反封洲の使者が怒りましょう。しかも来ているのは国主の長子です。それならばいっそ待たせるのではなく、護領衆《ごりょうしゅう》を遣わして伝えれば良いのです。皇尊は宣儀が終われば令を廃するつもりであるから、ご足労頂いて悪かったのだが帰ってくれと。そうすればよろしいのでは」

「帰らせてしまえば、わたしが令を廃する心づもりなのが公《おおやけ》になる。そうすると阿《あ》知穂《ちのほ》足《たり》あたりが、また騒ぎだしかねない」

「それは、そうでしょうが」

「大祇に伝えよ。わたしが明日、反封洲の使者に会いたいと言っていると。行け」

空露は小さく溜息《ためいき》をつき「承知しました」と、再び殿舎を出て行った。彼が出て行くか行かないかのうちに、居鹿が日織の方へ身を乗り出す。

「日織様。お立場が悪くなるようなことは、やめてください。もし、これで日織様の身に何かあったら、わたし」

「大丈夫。そうならないために反封洲の使者と会うのだから、心配しないで」

不安そうな居鹿に笑って言ったが、内心日織も不安が大きかった。

八洲の者と会うのは初めてのことだ。使者は、反封洲の国主の長子らしいが、どのような人となりだろうか。

央大地《ひさしだいち》には、一原八洲《いちげんはっしゅう》の九つの国がある。

神国としての龍ノ原以外の八洲は、それぞれ国主がおり、兵《つわもの》がおり、国境を侵すの侵したのと、小競《こぜ》り合《あ》いが絶えないと聞く。龍ノ原と国境を接する五洲の内情は比較的伝わってくるのだが、隣接していない三洲の情報はあまり届かない。

龍ノ原から最も遠く、央大地の最北の国である反封洲については、国がどのような状況にあるかなど、ほとんど龍ノ原ではわからない。

神代《かみよ》から続く反封洲の国主一族は、伴氏《ともし》と名乗り国を治めているという。冬が長く厳しい痩《や》せた国土ながら、屈強な兵たちがいると聞く。

少量ではあるが、龍ノ原も八洲から鉄鉱石を買う。龍ノ原の農作物や産出される宝玉類を八洲へ持ち込み、それをその国の通貨に替えて鉄鉱石を買うのだが、それらの取引にしても隣接五洲とのみおこなわれる。

龍ノ原と反封洲の直接的な接触は、実質遊子の引き渡しだけだ。

さらに両国の間には、葦封洲《あしのほうしゅう》、叛封洲《はんのほうしゅう》、さらには逆封洲《さかのほうしゅう》が横たわり、央大地をほぼ縦断する距離がある。陸路で人や物を移動させるには、少なくともひと月は必要だろう。反封洲から龍ノ原に入ろうとするならば、央大地を縦断するよりは海路を使った方がずっと早い。しかし定期的な航路があるわけでもない。

龍ノ原から、反封洲の人を目にする機会すら滅多にないのだ。

居鹿を帰らせると、日織は簀子縁《すのこえん》へ出た。鳥手《とりて》たちの姿はない。それでも近くにいるはずだと思い「馬木《まぎ》」と、鳥手の長《おさ》を呼ぶ。

足もと、簀子縁の真下あたりから「はい」と低い掠《かす》れ声が答えた。

「御用でしょうか」

気配も音もなかったのに、いつの間にか簀子縁の近くに跪《ひざまず》く男の姿がある。

「訊《き》きたいことがある。反封洲の内情や、国主とその長子のこと、鳥手はなにか知っているか」

鳥手は皇尊の身を護《まも》るために、いち早く危険を察する必要がある。そのため龍ノ原国内のみならず、八洲の内情についても情報を集めているはずだった。

「反封洲では頻繁に飢《き》饉《きん》があり、その度に葦封洲や叛封洲の国境を侵しますが、ここ二年それがありません。現在の国主は伴屋人《とものやひと》、その長子は伴有間《とものありま》。屋人には数人の男子がおりますが、有間が後継と目されています。数年前から屋人の体調がすぐれず、じきに国主の交代があるのではと言われています」

「龍ノ原に使者としてきたのが長子だと、空露は言っていたな。来たのは、後継と目されている伴有間なのか」

「おそらく」

「人となりは伝わっているか」

「こちらはただの噂《うわさ》ですが、唯一伝わってきていることとしては、屈強、かつ美麗と」

手《て》強《ごわ》い兵がいると知られている反封洲のことなので、屈強は理解できるとして、屈強と相反するような美麗との噂があるのに首を傾《かし》げる。

「なんにしても、その伴有間なる者が、これほど早くに龍ノ原に到着したのは妙だな」

今、龍ノ原に到着したとなると、彼らは反封洲から来たわけではないだろう。しかし国主の印認を所持しているなら、本物の使者には違いないのだが。

ということは——。

「反封洲の使者はもしや、龍ノ原の隣国で皇尊即位を待っていたのか？」

それしか考えられなかったが、馬木が低い声でもっと気味の悪いことを言う。

「あるいは、護領山の山中に殯雨《もがりあめ》の間、潜んでいたかでしょう」

「莫迦《ばか》な」

「ただの可能性です」

どちらにしろ、そんなことをする理由がない。

反封洲の使者は、遊子を迎えに来て粛々と連れ去るだけ。いわば龍ノ原の意向に従って、無意味な義務を負わされているのだ。その無意味な義務を果たすために、いつになるともしれない皇尊の即位を他国、あるいは雨の山中で、幾日も待つはずはない。

しかし現実に反封洲の使者は来ている。

(奇妙なことだ。明日、その者と対面するのか)

一度、有間の顔なり見ておけば不安は少ないかもしれない。

「その者が今、祈社に入ったわけだな。馬木。反封洲の使者が入るとしたら、どこの殿舎か予想はつくな？　彼らを盗み見るのは可能だな」

「造作もございませんが」

「ならば見に行くのだ。わたしも連れて」

かなり驚いたらしく、馬木は目を見開く。

「なにを仰《おお》せでございます。空露殿が許しますまい」

「空露は良い顔をしないだろうから、あれのいない今、行くのだ。明日わたしは伴有間と対面する予定だ。その顔を一度見ておけば心の準備ができる。特に難しくも危なくもないのだろう。連れて行ってくれるか？」

「先先代皇尊から鳥手をつとめておりますが、かような頼まれ事は初めてです。覗《のぞ》きに連れて行け、とは」

「行儀が悪くて申し訳ないな。しかし行儀良くなど、しておれない身の上だ。頼む」

ふっと、馬木の口もとに笑みが浮かぶ。吹き出したいのを堪《こら》えたようにも見えた。その目には、妙な皇尊だと思っているのがありありとわかる面白がっている色。

「承知しました。鳥手も、行儀の良い方ではございませんので」

笑いを含む共犯めいた口調で言うと、馬木は「こちらへ」と囁《ささや》き立ちあがった。

「八洲の使者は例外なく、祈社西方にある来殿《らいでん》へ案内されます。皇尊の滞在なさっているこちらの殿舎よりも、かなり下った場所です。おそらく総門とほとんど変わらないほど、下。なのでこの場所から真西へ、森の中を移動してから下れば、ちょうど来殿の南側、背後に出られます」

薄い月明かりのおかげで、手灯《てあかり》一つで足もとさえ照らせば、森の中をなんとか歩くことができた。数歩先を行く馬木の他に、日織の左右と背後で鳥手たちの足音がする。

枝葉に光を遮られるので、下生えはほとんど成長しない。そのかわり年々降り積もった葉が茶色く枯れ敷き詰められているので、気を抜けば足もとが滑る。風が吹けば、頭上の枝が鳴り、ぱらぱらと細い葉が落ちた。

目印である殿舎の影が林立する幹の向こうに消えても、馬木は自分の位置が正確にわかるらしい。迷いない足取りですすむ。

白杉《しらすぎ》の香りが濃いなかで、ふっと、さらに強い樹皮の香りが鼻腔《びこう》をくすぐる。それを感じると同時に、馬木が突然足を止め、鋭く左右に視線を向けた。

褪《あ》せていくように急に視界が暗くなる。

見あげると、枝葉の上に輝く月に、雲がかかりかけていた。

素早く、左右と背後から、鳥手たちが姿を現して日織にはりつく。

どうしたと声をかけようとしたが、馬木がふり返り、人差し指を自分の唇にあてた。

「お静かに」と言われたのだと悟り、日織は身を固くして口をつぐむ。

（なにが？）

遠くで、ぺきり、ぱきりと、小枝が折れる音がする。がざり、がざり、と、枯れ葉を深く踏み込む音も。

月が完全に雲の影に隠れたらしく、闇《やみ》が濃くなる。

周囲を囲む鳥手たちの、密《ひそ》やかな、しかしやや緊張をはらむ呼吸が近くにある。

小枝が折れる音、枯れ葉を踏む音が近づいていた。

何かがいる。

人ではない。

白杉の枝は馬木のような長身の男の頭よりも上にあるので、その枝を折るとなれば、人とは思えない大きさ。枯れ葉を踏み込む音が重く、しかも二本足ではなく四つ足らしい。

熊《くま》だろうか。しかし熊だとしても体高がありすぎる。

息を殺していると、わずかな雲間から薄く月光が射《さ》す。

薄い月明かりの中、林立する白杉の影が、迷宮をなす黒い柱のように浮かぶ。その合間を縫って移動するものがいる。

枝に引っかかる高さで、長い鼻面《はなづら》にそよぐ細い髭《ひげ》、頭部左右に鹿《しか》の角《つの》に似たねじれた角をもつ頭が移動している。頭に繋《つな》がる胴体は長く細く、くねっている。細い四肢が枯れ草を踏みしめ、ゆっくりと、長い尾を左右に揺らしながら歩く。

樹皮を削り取ったような強い香りが漂ってくる。

（龍《りゅう》だ。……いや……龍か？）

黒い影にしか見えないが、それは間違いなく龍の姿。ゆっくり、ゆっくりと、歩く。

周囲を護る鳥手たちの緊張が肌に伝わる。

ぐっと、つばを呑《の》む。

背筋に悪寒《おかん》に似たものが走る。それは本能的な恐怖か、畏怖《いふ》か。

龍の形をした影は、日織たちの前方二十歩ほど離れた場所を横切っていく。

龍は地面を歩かない生き物。常に地面からわずかに浮き、くるりと宙で姿勢を変え、浮いて止まっているときもあるが、ほとんど地表に下りない。地表を蹴《け》って飛翔《ひしょう》することはままあるが、その程度だ。

叢雲《むらくも》から生まれる龍は空を常の住処《すみか》として、地龍《ちりゅう》の領分である地表には下りないのだといわれている。

にもかかわらず、龍が枯れ葉を踏みしめて、のっそりのっそりと不器用そうに歩いているのだ。その姿に日織は衝撃を受け、また鳥手たちも驚愕《きょうがく》しているだろう。

地表を歩く龍など存在しないのだから、果たして目の前を横切っていく黒い影は龍なのだろうか？

飛翔するからこそ龍は神々《こうごう》しく美しい。

暗闇の中を、重くのそりと動くその姿は、倦《う》み疲れた奇怪な生き物が闇からもがき出て歩いているようだ。長い胴をもてあますゆえに鈍重な、惨《みじ》めな生き物に見えた。

龍の影は、こちらの手灯に気づくことなく通り過ぎていった。もしくは、気づいていながら無視したのか。

影が残した強い香りが、樹間を抜ける風に吹き散らされた頃、ようやく馬木が肩の力を抜く。それとほぼ同時に月を被《おお》う雲が流れ去った。

見れば鳥手たちの表情も強ばっている。

「馬木。あれは龍なのか」

緊張に鼓動が速くなっているのを感じつつ、それを宥《なだ》めようと大きく息を繰り返しながら問う。

「わかりません。はじめて目にしました。龍のように見えましたが、龍は地上を歩いたりしません。森を抜けるときは低く浮き、樹間をすり抜けていきます。護領山には長年馴染《なじ》んでいるつもりですが、あんなものは見たことがありません。皇尊の一族の媛《ひめ》がここにいらしたなら、あれが龍か否《いな》か、わかるのかもしれませんが」

馬木は周囲を見回し声を低めた。

「戻りましょう、皇尊。あれが龍であれなんであれ、常ならぬことがあったとき吾々《われわれ》は、なにをおいても皇尊を安全なところへお連れせねばならない」

「しかし伴有間の顔を」

「なりません。あのようなものが現れては、皇尊の命には従えません」

尋常ではない早さでやってきた反封洲の使者がどのような者たちなのか、事前にその様子だけでも見られれば、明日の対面で格段に落ち着いていられるのは間違いない。ここまで来て引き返すことに、すぐには素直に頷《うなず》けなかった。しかし。

「皇尊」

促すように今一度呼ぶ馬木の目をみて、嘆息する。彼はけして話のわからない男ではないと、ここまで日織を連れてきたことでもわかる。その彼が駄目だというからには、従うしかない。

「わかった。戻ろう」

馬木について、もと来た道を戻りながら背後をふり返った。

微《かす》かに残る樹皮を削り取ったような香り。その香りは龍の出現とともにあるものだが――地表を歩く龍など、ありえない。

（あれは龍か？　それとも護領山に住む、龍に似た何か？）

そこでふと思った。

（悠花《はるはな》を呼び寄せた方が良いだろう）

悠花は龍の声を聞く。しかも誰よりも敏感に。あれが龍であるのかないのか、悠花にならわかるかもしれない。

二

翌朝、空露の機嫌が最悪だった。

昨夜、日織に命じられた空露は真尾《まなお》のもとへ行き、「明日、皇尊が反封洲の使者に引見をお望みです」と知らせたのだが、そこで散々渋られたらしい。

八洲国主ですらないただの使者と皇尊が直接に対面するなど容認できないと、強く反対されたのだ。

渋々ながらも日織の考えと決意を理解していた空露は、軽く脅すような言葉まで弄《ろう》して真尾を説得して殿舎に帰ってきた。すると殿舎がもぬけの殻で、日織も鳥手たちもいないのに狼狽《ろうばい》したらしい。

なにが起こったのか確かめようと空露が駆け出す前に、日織たちは戻って来た。しかし日織がなんのために殿舎を空けたかを聞いて、空露は珍しく目を吊《つ》り上げたのだ。

「お立場を自覚なさいませ！」

と鋭く叱責《しっせき》した後、むっつりと黙り込み——。

そして夜が明けても不機嫌さは続いていた。

「おいしかったよ」

粥《かゆ》に末醤《まつしょう》をそえただけの質素な朝餉《あさげ》を食べ終え、膳《ぜん》を押しやると、空露は白湯《さゆ》の椀《わん》を手渡しながら無表情で言う。

「まだ怒っているのか」

「おいしいと口をきけるお命があって、それは、それは、ようございました」

「いいえ、まったく。ただ呆れております」

「……すまなかったよ。許して」

　空露が簡単に怒る男ではないとわかっている。その彼がこれほど腹を立てているとなると、本当に自覚が足りないのだろう。

「自分のやり方がなにか……いや、なにもかも、まずいのだろうというのはわかっている。だが、わたしは何のために皇尊の御位《みくらい》を望んだのかと思うと、なんとかしなければと足掻《あが》いてしまう。お姉様や月白《つきしろ》、さらには居鹿が」

　切り揃《そろ》えた髪をさらりと揺らし、空露は小さく息をつく。

「焦ってはなりません、日織」

「焦らなければ居鹿が」

「あなたの即位までの間に、どれだけ宇預《うよ》様や居鹿のような遊子がいたとお思いですか？　焦りの余りあなたが御位を失う、あるいは命を失えば、今後も遊子の受難は続く。それをさせないための決意と即位だったでしょう。目の前のことばかりに囚《とら》われると、未来を失います」

「居鹿を見殺しにせよというのか」

「場合によっては致し方なしと、覚悟が必要です」

護領衆らしい割り切りだと、日織はむっと口を閉じた。

空露が口にすることは、いちいち正しい。

反省しながらも軽くふて腐れたような日織に、これ以上説教は酷だと思ったのか、空露は話題を変えた。

「しかし昨夜、日織と鳥手たちが遭遇したというのは何だったのでしょうか。わたしも護領衆を務めて長いですから、祈社も護領山も良く知っている方ですが、そのような生き物の話は聞いたことがありません」

「龍だったように思うが」

「龍は地面を歩いたりいたしません。森を抜けるときも、低い位置に浮かび、木々の幹の合間をうねるように泳いで移動しますから。眠るときすら浮いています」

「わたしもそう思ったが、影は間違いなく龍のそれだったからな。悠花を呼び寄せようと思っている。昨夜のうちに鳥手に頼んで悠花に文を出した。もしまたあれに遭遇することがあれば、悠花なら龍の声を聞くから、あれが龍か否かわかろう」

「また夜の山中へ忍び出るおつもりですか」

白湯を飲み干し、椀を膳に戻すと立ちあがった。

「違うよ、念のためだ。悠花は頼りになるから、側《そば》にいて欲しいのも正直なところだ。わたしが迷えば、あの強気で背を押してくれる。さあ、そろそろ反封洲の使者、伴有間と対面しに行かねばならない頃合いだろう」

空露も立ちあがり、日織の腰の長紐《ながひも》を整えながら問う。

「本気で反封洲の使者を、宣儀が終わるまで待たせるおつもりですか。そもそも、宣儀が再びおこなえるかも不確かなのに」

呼笛《よびぶえ》が見つかり再度宣儀をおこなえるという前提で挑む、反封洲の使者との対面だ。その前提が危うすぎるのは、日織も充分承知している。

「おまえが、焦れば未来を失うと言ったのも頷ける。だからといって居鹿が連れ去られるのを、手をこまねいて見ていられない。無理はしない。しかしできる限りのことはしたい」

「日織は昔から、こういったときには必ず宇預様を重ねる。今はそれに、月白様も重なっている。だとしたら、おやめなさいと言ったところで無駄なのでしょう」

「うん。すまないね」

心から詫《わ》びると、空露は軽く日織の背を叩《たた》く。

「わたしは、七つのあなたの望みを叶《かな》えようと心に決め、ずっとこうしてお側にいるのですから。あなたの思いは理解しています。さあ、身なりは整いました。お行きなさいませ」

空露と馬木をともない殿舎を出ると回廊を辿《たど》り、途中で大祇の真尾も合流し、反封洲の使者が滞在している来殿へ向かった。

祈社西側の外れに位置する殿舎は、檜皮の大屋根で高床ではあったが、白杉柱ではなく普通の杉柱だった。回廊で繋がってはいるが他の殿舎からも遠く、そこに滞在する者たちが祈社にとって尊ぶべき客人ではないのがあからさまだ。祈社は地大神《ちのおおかみ》とその眷属《けんぞく》たる龍に祈りを捧《ささ》げる場所なのだから、当然と言えば当然のこと。

祈社が八洲を侮《あなど》っているのではなく、信仰の中心である祈社だからこそ、『古央記《こおうき》』の国造《くにつく》り神話に忠実に、八洲の者を科人《とがにん》の子孫としてあつかうためだ。

『古央記』にはこう記されていた。

央大地に水が湧《わ》き、治央尊《おさのひさしのみこと》はそこを央大地の中心と定め、龍ノ原と名付けた。原は水源の意。央大地を潤《うるお》す水の源流であるということ。そして水源から流れ出た幾筋かの川が大海に達し、川筋で区別された八つの無人の洲ができた。

そしてあるとき、龍ノ原を乱す罪を犯した八人の者が現れる。

治央尊はその八人を龍ノ原から追放し、それぞれに八つの洲へと流した。八つの洲は流された科人の罪にふさわしい名を与えられ、科人は洲の国主となったという。

国主は罪をあがなえば、いつの日か龍ノ原へ戻る許しを得る。

八人の犯した罪こそが、龍ノ原で定められている大罪、八虐《ぎゃく》。謀反《むへん》、謀叛《むほん》、悪逆と、不道、不義、大不敬《だいふけい》、謀大逆《ぼうたいぎゃく》、不孝《ふきょう》。あわせて八つ。そして八洲の名は央大地の最北から、反封洲、叛封洲、葦封洲、さらに逆封洲《さかのほうしゅう》、附道洲《ふのどうしゅう》、附義洲《ふのぎしゅう》、附敬洲《ふのけいしゅう》、附孝洲《ふのこうしゅう》だ。

八洲の民は古《いにしえ》の罪を背負う民——すくなくとも祈社はそうとらえている。

馬木は来殿の簀子縁に控えた。

蔀《しとみ》も枢戸《くるるど》も開いており、中から男たちの微かな話し声が漏れ聞こえていた。几帳《きちょう》が立てられているので母屋《もや》の様子はわからないが、光に透ける絹の向こう側に、座っている男の影が五つほどある。

「皇尊がいらせられました」

枢戸の側に控えていた二人の采女《うねめ》の一方が声を発すると、続いてもう一人が、全《すべ》ての者に皇尊への礼を求める。

「礼拝《らいはい》」

空露を先頭にして枢戸をくぐった。

母屋の中は、皇尊を迎えるために采女によって整えられていた。

枢戸正面には五色布が垂れ、その前に藁蓋《わろうだ》と挟軾《きょうしょく》が置かれている。左右は几帳で仕切られ、皇尊の坐《ざ》として用意されている。

皇尊に対面を許された場合、本来ならば皇尊は祈社正殿で人々と会う。しかし相手が龍ノ原の民でないために、彼らを正殿へあげられない。そこで急遽《きゅうきょ》、皇尊の坐をこの場に用意したようだった。

八洲国主でもない者に皇尊が直接会うのが、異例なのだ。皇尊が重臣や一族以外に会うことは滅多になく、龍ノ原の民とて直接その顔を拝む機会はほとんど無い。

傍らに真尾と空露をともない、日織は皇尊の坐についた。左手側に、五人の男たちが座して頭《こうべ》を垂れている。

「面《おもて》をあげて良い」

言うと、反封洲の男たちが顔をあげた。彼らは臆《おく》することなく日織に視線を注ぐ。その中の一人、最も皇尊の坐に近い場所にいる男に日織は目を奪われた。

(なんという色だ)

その男だけ、頭髪が真っ白だった。光沢のある絹のような白。

他の者は龍ノ原の人々と同じく黒髪だが、その男だけが白い。おそらく日織と大差のない年頃の青年なのに、頭髪と眉《まゆ》、睫《まつげ》までもが白い。

瞳《ひとみ》は漆黒。純白のなかにある黒い瞳は、ことさら鮮やか。

反封洲の男たちは髪を結わず背に流しているので、彼の白髪も背に流れ、それが光沢を放っているのが見事だった。

　なぜこの男だけ頭髪の色が違うのだろうか。

　男たちは皆、鳥手が身につけるのに似た細く仕立てた袴《はかま》と筒袖《つつそで》の衣を着ており、腰の横には毛皮で作られた狐《きつね》の尻尾《しっぽ》のような飾りが垂れていた。白髪の男も同じような身なりだったが、その上にもう一枚、織り模様の入った透ける大衣を肩脱ぎで羽織っている。

　座した位置、さらに身につける衣から、白髪の男が伴有間——反封洲国主の長子であろうと察せられた。

　噂だと前置きし、馬木は有間のことを「屈強、かつ美麗」と教えてくれたが、頷けた。組んだ脚が長く、もてあましているようにも見えるので、身の丈は高いだろう。馬木とおなじくらいの長身で、なおかつ肩や腕の力強さが衣の上からでも見て取れた。手の甲に浮く節の太さや、器用そうで太い指も、この男が幼い頃から体をしっかりと使っているのだとわかる。

　力強さがみなぎる体軀《たいく》で顔立ちも整っている。甘さのない鋭い美しさで、頭髪や眉や睫の白がそれを引き立てている。美麗と評されるのも納得した。護り刀の、鋼《はがね》の刃《やいば》の鋭さを想起させる美しさだ。

　予想だにしなかった有間の姿に多少驚いた。昨夜有間の姿を垣間見《かいまみ》ていれば、もう少し余裕をもって対面できただろうに。

伴有間が膝をずらし、前に出て、きびきびと礼をとる。

「ご尊顔を拝する栄をたまわり、お礼申し上げます。反封洲国主伴屋人の命により、龍ノ原の皇尊と反封洲とで交わされた約定、果たしに参りました。わたしは国主屋人の長子、有間と申します」

「遠路ご苦労だった、有間とやら。約定を果たしに来てくれたこと、礼を言う」

「このような栄をたまわり、吾らは驚き喜んでおりますが。なぜにございましょう」

「直接、訊きたいことがあって場を設けさせた。そなたたちが約定のために来てくれたのには礼を言うが、しかし到着が早いように思う。わたしの即位の報は、まだ反封洲に届いていないだろう。それが不可解」

　白い睫に縁取られた目を細め、有間は笑みを浮かべた。

「そのことですか。それは不可解でもなんでもなく、吾々は逆封洲で殯雨が止《や》むのを待っておりましたからです」

「待っていたと？」

「はい。すこし早く国を出て、物見《ものみ》遊山《ゆさん》気分で諸国を巡った後、こちらに来る予定にしておりました。しかし龍ノ原に入る直前に殯雨が降り始め、皇尊の崩御を知りました。新たな皇尊が即位なさるまでは、わたしどもも入国はできぬと古の例からも知っておりましたので、そのとき滞在していた逆封洲にとどまりました。皇尊の空位はさほど長くないだろうと。しかし思いの外、待たされました」

　丁寧な態度と言葉だが、どこかふてぶてしさがあった。こちらを値踏みするような目と、堂々としすぎている佇《たたず》まいのせいだろうか。

(やはり隣国で待っていたのか。しかしなぜ？　それほど暇なものか？　国主の長子というのは。それとも目的があってのことを遊山と称しているのか)

　対面し、彼の言葉を聞いても、得体の知れなさが大きくなるばかり。目の前にいる者の輪郭も摑《つか》みきれないままだが、しかし日織はこの者をこの場所にとどめなければならない。毒蛇を招き入れるのかもしれないが、常のように粛々と事が進めば、居鹿は明日か明後日には命を落とす。

　諦《あきら》めばかりが良くなった少女の哀《かな》しい目が、宇預や月白と重なる。それが胸を締め付けた。空露が言うように、焦れば未来を失うと充分に知っているのに。

　懐《ふところ》に毒蛇を抱こうが、居鹿を連れて行かせたくない。

　日織は微笑した。

「それは悪いことをした。その詫びと言ってはなんだが、そなたたち、わたしの宣儀を見てから帰国してはどうか。それまで祈社にとどまれば良い」

「皇尊？　なにを仰せですか」

　真尾が日織をふり返った。

「反封洲の使者を随分待たせたようだ。すこし体を休めてもらい、宣儀なりとも見物して、帰ってもらうのが良いと思ったのだ。宣儀は龍ノ原の民も楽しみに眺めるものだ。八洲の者が見ても悪くなかろう」

「良い悪いではなく、なぜそのようなことを」

真尾の言葉の最後が低く掠れたのは怒りのせいか。感情を抑えてはいるが、内心は驚き呆れ、沸騰《ふっとう》しているだろう。なにを勝手なことを言いだすのかと。

祈社が、八洲の者を長く留め置いた例は今までない。さらに皇尊の儀式である宣儀を余興のように他国の者に見せるというのが、真尾には我慢ならないのだろう。

「祈社は、そのようなことを認めるわけには参りませぬ。他国の者を滞在させ、なにかが起こっては」

「真尾」

言いかけたのを遮る。

「わたしに従え。祈社のやり方を守っていたところで、不始末は起きる」

呼笛のことを皮肉られたのがわかったらしく、傷口を引っ掻かれたような嫌な色を一瞬見せて、真尾は口を閉じた。日織は再び有間に向きなおる。

「どうだろうか」

真《ま》っ直《す》ぐ日織を見つめて有間は沈黙した。しばらく沈黙が続き、それに耐えきれなくなって再度問う。

「どうした、有間」

「さて、どうしましょう」

落ち着き払って有間が口を開く。

「吾々も暇ではない。殯雨が止むのを待ち時を無駄にしたので、すぐに帰国の途につきたいのが本音です」

「疲れもあるだろう。物見遊山をしていたというのだから、多少日が延びても構わない身の上ではないのか」

「そうですね……」

再び考えるように顎《あご》に手をやる有間に、内心日織は焦《じ》れる。

遊山気分で諸国を巡り、さらに殯雨が止むまで悠々と待っていたのに、なにを今更悩むのか。かなりの時間黙り込んだ有間だったが、ようやく口を開いたときにはとんでもないことを口にした。

「吾々が滞在するか、どうか。皇尊と二人で話し合いをさせて頂けるなら、考えましょう」

重臣でも一族でもない、しかも他国の国主ですらない者と、皇尊がさし向かいで対話するなどあり得ないことだ。当然、

「無礼な。皇尊と話し合いなど、八洲の国主ですら滅多に」

空露が吐き捨てるのを、日織が手をあげて制する。

「滞在の決断に、なぜわたしと二人で話が必要だ。有間」

「多くの目があっては語れないこともございますゆえに。もしできぬのであれば、吾々は常と同じく滞在など考えず媛を頂き、帰国いたしますが。わたしはどちらでも構いません」

「わかった。承知した。有間は反封洲の長子、いずれ国主となる者だ」

「しかし突然、あまりにも不躾《ぶしつけ》な」

と、身を乗り出したのは真尾だ。日織はそちらにもふり返り、「良い」と制した。

礼にかなっているのかなど、日織は気にするたちではない。皇尊の自覚が足りないとすら、空露に叱《しか》られるのだから。

他国の者と向かい合うとき気になるとすれば、彼らがたずさえて来ただろう太刀の類《たぐ》いだ。しかしそれらは祈社に入るさいに護領衆に預けられているはずで、突然刃物で斬《き》りかかられはしまい。

「わたしが良いと決めた。特に問題は無いだろう。皆、簀子縁に出ていれば良い。何かあろうはずもないが、戸一枚を隔てているだけだから、何かあれば呼ぶ。鳥手たちも控えている」

　日織は、空露と真尾に目配せして外へ出ろと命じる。二人は不承不承立ちあがり、それと同時に有間も、反封洲の男たちに顎をしゃくって出ろと合図した。

　全員が外に出ると、最後に采女二人が枢戸を閉じて出た。人が去り、静寂が落ちる。無言でしばし見つめ合った後、問う。

「これで良かろう、有間。そなたの、多くの目があっては語れない話というのはなんだ」

　有間の口もとが吊りあがる。

「わたしがいつ、多くの目があって語れないことが吾々にあると申しましたか？」

「さきほど、そなたは言ったではないか。多くの目があっては語れないこともあると」

「それは吾々のことではない。わたしは、あなたに気を遣ったのですよ。多くの目があっては語れないこと——それがあるのはそちらだろう、皇尊」

　有間の顔に浮かぶ笑みは、先ほどのお行儀良い笑みとは全く違う、野性味のある、狩猟する者が獲物《えもの》を見つけた笑み。

　虎狼《ころう》が、被《かぶ》っていた兎《うさぎ》の皮を脱ぎ捨てたようだった。

三

「なに？」

「吾々を引き留めたい理由があるのだろう、あなたに」

さも窮屈だったと言わんばかりに大きく肩を回し、有間は膝を立てて座り直すと、挑発するような目を向けてくる。

「ご相談に乗ってさしあげても良いぞ、皇尊」

がらりと調子を変えた声音と言葉遣い。

日織の緊張は高まったが、それを気取《けど》られないよう目を細める。怯《おび》えを見せれば喰いつかれると、生き物が捕食者を前にして感じるのに似たものを覚えていた。

「わたしの相談に乗る？　また、妙なことを言うではないか」

「そうか？　あなたは何かの理由で、吾々を宣儀まで引き留めたいと願っている。しかしその理由を公にできない。おそらくその理由は、周囲の者にすら言えないのだろう？　その理由が知られては周囲の者がそれを止める、あるいは妨害する。それをさせないために黙っている、というところか。あなたは即位したばかりで、なおかつ非常に立場が弱い皇尊だ。なにしろ龍を呼べない皇尊だ」

（なぜ知っている!?）

ぎょっとしたのを察したらしく、有間は薄ら笑いを浮かべる。

「殯雨が止むまで吾々は逆封洲に滞在していたが、その後すぐに龍ノ原の国境を越えて、密かに護領山へ入ったのだよ。皇尊即位の後に宣儀があると逆封洲で耳にしたので、見てやろうと思ったのだ。神の眷属を呼ぶ皇尊の姿なりを見れば、龍ノ原に畏怖でも覚えようかとな。山中で数日を過ごして、宣儀なるものを拝見しようとしたが、あなたは龍を呼べなかったようだな。がっかりだったぞ、皇尊。これではわたしは到底、龍ノ原に頭を下げる気にはならないな」

なんという食わせ者だと、袖の下で拳《こぶし》を握った。

「龍ノ原に頭を下げる気にならぬ者が、なぜ龍ノ原との約定を守りに来た」

「龍ノ原という国を、この目で見たいのが一番の目的だったが、それ以上に上手《うま》いことになってきたと思っている。あなたがどれほど立場の弱い皇尊かわかったので、あなたの望みに協力してさしあげても良い。見返りは頂くが」

「見返り？」

「書札《しょさつ》を頂く。龍ノ原の皇尊は、伴有間を反封洲の国主とすると。そうだな、最後に、これは地大神のご意志であるとでも書いてさらに箔《はく》をつけてもらおう。神国の、神と縁《えにし》を成す皇尊のお墨付きは、おそらく反封洲の莫迦者には良く効く薬になる」

「そなたは次期国主と目されているのだろう。なぜそのようなものが必要だ」

「こちらにも事情がある。たかだか書札だ。それであなたに協力しようというのだから、良い話だろう」

「断る」

即座に答えた。

龍《たつ》ノ原《はら》の皇尊《すめらみこと》に、八洲《はつしゅう》の内情に口を出す権利はない。龍ノ原は神国として八洲の上に君臨しているわけではなく、神国として央大地を護り続けるためだけにある国だと、央大地に生を受けた者ならば誰でも知っていること。

「そのようなことはできない。龍ノ原は八洲の内情に口を出さぬ。出さぬからこそ、龍ノ原はこうしてあり続けられる」

小競り合いの多い八洲が龍ノ原に手を出さないのは、皇尊があるから央大地があり続けられるという、神国への畏怖からだ。

実際に、皇尊の空位が一年続いた三百年前には大災害が起こった。

しかし――それも遠すぎる過去のこと。

真実、皇尊があるから地龍が眠り続けるのか、そもそも地龍という神話の存在が大地の下に存在するのか。それを疑い、信じない者がいたとしても不思議ではない。

それでも八洲の国主たちが龍ノ原を侵さないのは、龍ノ原が神国として八洲に一切の口出しをしないからだ。毒にも薬にもならぬ神国だからこそ敬っている。皇尊がいなくなったとしても央大地が本当に海に没するかどうかわからないが、大人しい神国はそのままにして、危険な試みはやめておこう、と。

しかし龍ノ原が八洲の国情に口を出す、あるいは指図するようになれば、話は違ってくるはずだった。下手にかかわれば八洲も苛立《いらだ》ち、龍ノ原を侵しはじめるかもしれないのだ――国造りの神話など、所詮《しょせん》は神話と侮って。

感情が信仰心を超えることは存外簡単だ。

「八洲の国境の争いに口を出すわけではない。反封洲一国の、国主の後継にだけ言及する書札だ。神国の在り方に関わりはしないだろう」

「些《さ》細《さい》な干渉も、あちらが良ければこちらもと、様々に広がっていく。だからこそ歴代皇尊は一切それらを拒絶している。龍ノ原があり続けるために護るべき律だ」

「あり続けるために？　ほう？　そうかな？」

いきなり有間が、身を低くして床を蹴って前に飛び出す。あっと思う間もなく彼は正面に迫り、日織は身をかわそうとした。が、間に合わず、両腕を摑まれる。

藁蓋から崩れるようにのけぞった日織の両腕を摑み、片膝《かたひざ》を立てた有間は、歯を食いしばる彼女を覗き込む。

真っ白な髪が一房日織の肩に落ちかかり、彼の息が頬にかかる。

「なにをする……」

痛みに声が掠れた。掴まれた腕が軋《きし》むようだ。

「あなたは美しいばかりで弱々しいな。今の龍ノ原とて、あり続けられるとは限らんぞ、皇尊。ほら、このように。力があり、あなたを畏《おそ》れぬ者があれば、龍ノ原は消える」

睦言《むつごと》のように囁く。

皇子《みこ》として育った日織に、今までこのような乱暴を働いた者はいない。乱暴さに恐怖を覚え、掴まれた手の力の強さが恐ろしくて震えがきそうだ。それを堪えながら日織は相手を睨《ね》めつけた。

「手を放せ」

袖の上から握っているためか、有間は日織の腕が男にしては細すぎるのに気づいていないようだ。しかし彼がいつ、自らの手が握るものに違和感を覚えるかわからない。

（わたしが女だと気づかれたら）

その想像に全身がそそけ立つ。抜け目ない虎狼のようなこの男が秘密を知れば、日織を脅迫して征服し、龍ノ原を食い荒らそうとするかもしれない。そうなるくらいであれば、日織は自らの命を絶つべきだ。龍ノ原が蹂躙《じゅうりん》されれば、遊子《ゆうし》の少女たちは無論のこと民の全てが苦しむのだから。

（終わるかもしれないのか。全てが、ここで。この男と会ったがために）

背に嫌な汗が滲《にじ》む。摑まれた腕から、恐ろしさが這《は》うように全身に広がる。

「手を放せと言っているのだ、無礼者」

命じた声が引きつった喉《のど》に絡《から》む。

「残念だな、皇尊。わたしは神というものを胡乱《うろん》にすら思うのでな。そんなものに傅《かしず》く皇尊に、心から礼をつくす意味を見つけられないのだ。礼無くして当然なのだ」

有間はさらに腕に力を込めて日織を引き寄せようとした。体が密着すれば、衣の下にある体の線の細さに気づかれるだろう。身をよじり拒み、声で突き放すように鋭く告げた。

「皇尊をどうにかして央大地を海に沈めるつもりか!!　しかも龍ノ原を侵しても、さしたる利益はないだろう。龍ノ原には民と稲田と皇尊しかない」

有間は低く笑う。

「吾ら極寒の地にある国は、この暖かみのある土地だけで魅力的なのだぞ。国土は反封洲の十分の一でも、気候の良い土地であれば、吾々の国の民を充分養いうる農作物が得られる。反封洲の民をこの地に移し、この地を新たな国土としてもよい。そうなれば神話のとおりではないかな？　罪を負う者も、いつの日か許されて龍ノ原に戻ると」

「わたしの言葉を聞いていないのか？　龍ノ原を侵して滅ぼせば、央大地が海に沈むと言っただろう。それで良いのか」

「龍ノ原を侵しても、皇尊とその一族を殺さねば問題ないはずだ。だとすれば、皇尊の一族をどこぞへ集めて飼ってやれば良い」

「飼う？」

ぞっとするような言葉に、目を見開く。

「それはそれは大切に、敬い、閉じ込めて、面白おかしく暮らさせてさしあげるぞ。美女を抱かせ、子をなさせ、世継ぎを作らせ、それを次期皇尊として御位に即《つ》かせ。そうやって営々とあなたたちを飼えば、央大地《ひさしだいち》はあり続けるだろう」

「そなたは……っ！」

人を飼うなどという発想が、どこから生まれるのか。遊子を慰みものにする者どもと似た発想だ。日織の怒りに火がつく。

（この者は！　わたしが大嫌いな者どもと同類か！）

あまりの暴言に頭に血がのぼり全身が熱くなり、闇雲に逃れようともがいたが、日織を捕らえた腕の力は強く、びくともしない。

「大人しくなされよ、皇尊。落ち着け。八洲の国々はそれが可能だと言っただけで、吾々反封洲がそれをすることはない。なにしろ龍ノ原を侵すにも、龍ノ原と反封洲の間に他州が横たわっているし、海路を使ったとしても同様なのだから。現実的ではない」

抵抗が無駄だと悟り、日織は肩で息をしながら切れ切れに呻《うめ》くように問う。

「では、なんのために、このような乱暴を」

「あなたが言う、歴代の皇尊が信じて護り続ける律というものの本質はあり、それを護る意味はあるだろうが、時と場合というものがあるぞ。だから、わたしの望みを邪険にするものじゃないと言いたいのだ。ことに今あなたには、わたしの協力を得なければ叶わない望みがあるのではないか？」

驚かされ、怖《おそ》れ、怒り、気持ちも思考も引っ掻《か》き回されていたが、それでも唯一《ゆいいつ》理解したことがある。

（これは交渉か。この男流の）

なんという荒々しさだろうか。これが最北の国に生まれ育った者の強さか。

毒蛇を懐に抱くやもという危機感は最初からあったが、彼は毒蛇どころではない。原野で生きる白い狼《おおかみ》のようだ。大胆で、強く、知恵が回る。

悔しい。歯ぎしりするほどに、忌々《いまいま》しい。

（見透かされ、脅され、心乱され。わたしは莫迦者か。完全に足もとを見られたのだ）

しかしこうなったとしても、日織には有間と対面をしないという選択肢はなかったのだ。居鹿を見殺しにしないために、有間を是が非でも引き留めたい。

（どうすればいい。考えろ。考えろ……）

歯ぎしりしながらも、日織はこの場を切り抜けて、自らの望みを叶える方法をひねり出す。

（こうなっては覚悟が必要だ……厭《いと》わしいが）

必要なのは――彼を騙《だま》す覚悟。

今ここで彼に、宣儀《せんぎ》が終われば書札を与えると約束する。

しかし宣儀が終わって有間が書札を要求したとき、拒絶するのだ。約束が違うと罵《ののし》られても、気が変わったと言い張る。

騙されたとわかれば有間は怒るだろう。

しかし彼が怒ったところで、何もできないはずだった。彼らが太刀を手に襲いかかってきたとしても、人数は知れている。鳥手《とりて》や衛士《えじ》に阻《はば》まれれば、どうしようもない。

怒り狂った彼がそれでも執念深く、自慢の兵を呼び集めて襲ってくるのは不可能なはずだ。有間も認めたように、反封洲と龍ノ原の間には他国が横たわり、反封洲の人間が大挙して龍ノ原に入るには他国を通り抜ける必要がある。兵の集団を、他国も黙って通しはしない。

反封洲は今、国主の体調が思わしくなく代替わりの直前。

国情が落ち着かないこの時に、思いつきで要求した書札が手に入らなかった腹いせに、有間が他国とことを構えてまで龍ノ原を侵せる状況にはない。

（そもそも次期国主と目されているのに、なぜ皇尊の書札など欲しがる）

日織を立場の弱い皇尊と揶揄《やゆ》した有間も、同様なのかもしれない。そうであれば彼がいくら腹を立てたところで、彼が国主になって日織に復讐《ふくしゅう》することはない。

ただこれはあくまで推測。情報が足りない。

しかし的外れでもないだろう。

それらを咄嗟《とっさ》に考え合わせ、覚悟した。

有間を騙す。

これは皇尊としてどころか、人として最低の覚悟のはずだった。

しかし龍ノ原の皇尊として護《まも》るべきもの、そして日織としての望みを果たすためにはそうするしかない。龍ノ原と少女の命を天秤《てんびん》にかけ、少女の命に天秤を傾けた愚かな決断――そんなもの、できるはずない。

それくらいならば最低の者になり、天秤は傾かせない。

駆け引きとはこんなもので、騙し騙されは常のはずだ。

好きこのんでやりたいわけではない。だが他に方法がない。

（どうしようもない。しかも、この男は邪悪な思考をする者だ）

有間への嫌悪《けんお》感《かん》が強い。純白の美しい姿をしておきながら、吐き気のするような想像ができる。この男を騙してもさして心が痛まない。そんなことを思うのは人としては最低だろうとは、わかっているが。

覚悟を決めると急に力が抜け、項垂《うなだ》れて深く息をつく。

「……わかった。手を離せ」

有間が手を離したので、日織は衣を整えながら座り直した。

間近に膝をつく有間は、注意深く日織を見ている。

有間の視線に、背筋はぴりぴりと緊張した。先ほどまでの距離の近さで、彼が日織の秘密に感づいてはいまいかと不安が湧《わ》きあがる。もし感づいていたとしても、有間のことだ。今この場でそれを指摘せず、ここぞという機を見計らい利用するかもしれない。

そうなったとき日織はどうするのか。答えは見えない。

(わたしは怯えている、この男に)

それを強く感じる。今まで知らなかった種類の恐ろしさだった。

そうだとしても日織は、有間を引き留めるのだ。

「宣儀までここにとどまって欲しい。その見返りに、宣儀が終われば書札を渡す」

偽りの約束を口にした。

仮に、反封洲の一行が居鹿を連れて護領山《ごりょうさん》を越える前に、鳥手たちに命じて居鹿を密かに連れもどせないか、とも考えた。しかし鳥手たちは、令に反することに従わないはずだ。鳥手は日織個人に仕えているわけではなく、皇尊の御位に仕える者なのだから、歴代の皇尊の発した令をないがしろにはするまい。

有間に全てを打ち明け、居鹿を連れて行くふりをして、密かにこちらに戻してくれと頼むことはできるだろう。だがそれも結局は有間に足もとを見られ、望みに従うかわりに書札をと迫られるのは目に見えていた。

（この者の身辺、探らねば）

圧倒的な準備不足で向き合ってしまったのが悔やまれるが、準備万端に整えて対面するのは、時間的に不可能だった。

「では吾々はありがたく皇尊のお言葉を受け、しばらく体を休め、宣儀を見物しよう」

鷹揚《おうよう》に言って座り直した有間は、にっと笑う。

「今度こそ宣儀で、龍を呼ぶ尊い姿を見せてもらいたいものだな、皇尊。龍のような得体の知れない生き物を呼び集めるなら、わたしもあなたに跪《ひざまず》いてやろう」

疲れ果てた神経で、もはや日織は淡々と無表情に答えた。

「見せてやろう、きっとな」

有間との対面を終えた日織は、真尾に反封洲の使者は宣儀まで祈社《きしゃ》に滞在させると告げ、自分の殿舎へと向かった。

真尾は抗議したそうな顔をしていたが、有間との対面で疲れきっていたので、「わたしが決めたことだ」と、一言で彼を抑えた。その態度を空露が非難がましく見ていた。
殿舎へ帰る回廊の途中でも、空露は何度か「日織」と声をかけてきたが、「今は話をしたくない」と話を聞く前に突っぱねた。

(なにもかも良くない。わたしは何をしているんだ)

己の至らなさを自覚しながら、殿舎に戻った。

すぐに馬木を傍らに呼び、反封洲に国主後継争いがあるのか、あるとすれば有間の立場を探れと命じた。馬木は「三日頂きましょう」と答えた。おそらく逆封洲の津にでも鳥手を走らせるのだ。逆封洲の津には反封洲の船が入るので、そこで情報を拾い集める算段だろう。

そうしていると空露に、真尾からの呼び出しが来た。苦情を言われるのだろうと察して憂鬱《ゆううつ》そうな顔をした彼に、ようやく一言「すまない」と言えた。空露が出て行くと一人になった。

挟軾にもたれると、押さえつけられているかのように瞼《まぶた》が重くなり目を閉じる。

(皇尊になり、ずっと抱いてきた望みのために踏み出した。けれどその一歩が重い。最初の一歩で泥沼に踏み込んだように)

うつらうつらとしていると、几帳の絹が風に揺られて、さらさらと白杉《しらすぎ》の床を撫《な》でる音が耳につく。

衣擦《きぬず》れの音に似ているそれを聞いていると、月白を思い出す。

日織が邸《やしき》を訪れると、真朱《しんしゅ》の纈裙《ゆはたのも》の裾《すそ》を蹴飛《けと》ばすようにして駆けて来る彼女も、時にはしずしずと白湯の椀など運んできて日織の傍らに座った。乳母《めのと》の大路《おち》に、女らしいところもお見せしなければ日織様に嫌われますと説教されていた彼女は、そんなふうに努力もしていた。そうやって纈裙の裾が床を撫でる静かな音は、彼女の一生懸命さが伝わってくるようで、可愛《かわい》らしいと思って聞いていたのだ。

（月白。あなたはわたしの御代《みよ》を望むと言った。わたしはあなたが思い描いたような、わたしの御代を作り得るのか。これほど、たった一歩が困難なのに）

もし月白がいたら、と思う。か弱い彼女が側にいてくれるだけで、日織は自分を奮い立たせることができただろう。彼女のために、と。

でも月白はいない。それが哀しくて苦しい以上に、寂しい。無意識に寄りかかっていた若木が唐突に消え、ふっと体の均衡を崩してしまったかのように、自分が頼りなく思えてどうしようもない。今このときに月白がいてくれたら、彼女を膝に抱いて頭を撫でるだろう。そうするのは彼女に甘えられるふりをして、日織が甘えるためだ。

（月白）

夢うつつに呼ぶが返事はない。いない人は返事をしてくれない。月白を失ったことがこれほど寂しい。神をも欺《あざむ》こうとしていたのに、自分はこんなにも弱かったのかと思う。

寂しくて、寂しくて、どうしようもない。

誰かに縋《すが》りたい。泣きごとを言いたい。

背中がひどく寒い。

「風邪をひくよ、日織」

震えがきたのと同時に声がした。はっと目覚めて挟軾から身を起こすと、既に日が傾いており母屋の中は薄暗い。枢戸と蔀の一部から射し込む残光だけが明るかったが、それを背に受け、日織の前に端座する美女——悠花の姿がそこにあった。

「悠花？」

「そのように意外な顔をするものではないよ。あなたが呼んだのだろう。地上を歩く龍がいたとか？　莫迦なことを文に書いておいでだったね」

「本当にそんなものを見たんだけれど……。しかし悠花、なぜこんなに早く来られた」

「夜明け前に鳥手が運んできた文を見て、すぐに龍稜《りゅうりょう》を出たからね。輿《こし》を酷な程に急がせたから、後々文句を言われるかもしれない。あなたが謝っておいてくれ」

けろりと勝手なことを言う。

「それほど急がなくとも良かったのだが」

「そう？　文を見て、あなたが早く来てくれと言っているような気がしたけれどね」

気負いなく告げられた言葉に、こみ上げるものがあった。悠花は短い文の言葉の中から、日織の焦《あせ》りも戸惑いも不安も、すべて読み取ったのだろうか。

　だから夜も明けやらぬうちに無理をして、急ぎ駆けつけてくれた。

「どうかしたの？　妙な顔をして」

「悠花。わたしは」

　愚か者だ、莫迦者だ。不安だ。どうすれば良い。様々な言葉がその先に続きそうだったが、どの言葉を選べば良いかわからず、思わず悠花にしがみついた。

「悠花……っ！」

　驚いたように身を固くした悠花は、すぐに肩の力を抜き、しがみつく日織の背に手を回す。

「どうしたのだろうね、わたしの夫は。ああ、そうか。うたた寝をして体が冷えてしまったんだね。背中が随分冷たいもの」

　涙を堪《こら》え頷《うなず》く。

「そう。冷えて……、冷えてしまった」

四章　稚《おさな》きものならば

一

こめかみのあたりを優しく撫《な》でられ、日織《ひおり》は、なんと気持ちが良いのだろうかと軽く目を閉じる。

「書札《しょさつ》か。他国の政《まつりごと》に干渉してしまうのだね」

日織の頭を撫でながら、呆《あき》れたように悠花《はるはな》は言う。

日が落ちた母屋《もや》には三本脚の結《むす》び燈台《とうだい》が一つだけ灯《とも》され、かなり薄暗い。それでも灯りが追加されないのは、空露《うつつゆ》と杣屋《そまや》が気を利《き》かせたからだ。

日が落ちかけるときに空露が帰ってきたが、枢戸《くるるど》から日織と悠花の様子を認めたらしく、すぐに回れ右していなくなった。そのかわりに杣屋がそっとやって来て、枢戸近くの結び燈台に火を入れ、そそくさと出て行ったのだ。

日織は悠花の膝《ひざ》に頭を乗せ、横たわっている。昨夜から今日にかけて起きたことの詳細を語って聞かせるうちに、力が抜けて、そんなふうになんとなく横になってしまった。

悠花の膝は温かく、手は優しい。

不津《ふつ》の媛《ひめ》である与《よ》理《り》売《め》に石を投げられたこと。

宣儀《せんぎ》で使われた呼笛《よびぶえ》は偽物《にせもの》で、本物の行方が知れないこと。

それを見つけ出し、再び宣儀をするために祈社《きしゃ》にとどまる決意をしたこと。

地上を歩く龍《りゅう》に遭遇したこと。

さらには反封洲《たんのほうしゅう》からの使者、伴有間《とものありま》と対面し、彼の要求をのむことになってしまったこと。

悠花は軽く相づちを打ち、日織を膝の上で甘やかしながら聞いてくれた。

「わたしは龍《たつ》ノ原《はら》の安寧よりも、少女一人の命を優先させた愚か者と言われるな」

「まあ、たかが書札とも言えるね。たった一度国主選びに干渉したからといって、それが後々に禍《わざわい》になるとは限らない。国を天秤《てんびん》にかけたほど、大げさなことではないかもしれないけれどね」

「悠花の言うとおりかもしれないが。それを自分が差し出したに等しいのが、自分で腹立たしい。こちらの焦《あせ》りや望みを見透かされて」

「要するに、有間にしてやられたのが悔しいのだね。ご自分ではもっと簡単にうまく、有間を宣儀まで引き留められると思っていたのだろうから」

確かに日織は、反封洲の使者を引き留めようと決めたとき、彼らを歓待して掌《てのひら》の上で転がすようにしてやれば、機嫌良く応じてくれるはずと甘い期待を無意識に抱いていたのだろう。

おのれの生ぬるさが嫌になる。

「してやられたが、わたしは……」

自分の悪辣《あくらつ》な覚悟を口にしそうになり、慌《あわ》てて言葉を呑《の》み込む。悠花が「なに？」と問うが、なんでもないと誤魔化した。

日織の覚悟を聞けば悠花も眉《まゆ》をひそめるだろう。人として、皇尊《すめらみこと》として、最低だと。

「なんにしても、有間は宣儀まで引き留められるのだから良しとしなければね。一番の問題は、宣儀を再度おこなえるか、否《いな》か。呼笛がなければ宣儀もできない。できなければ有間はいつまで経《た》っても国に帰れないね。あまりに時がかかりすぎれば、彼も業《ごう》を煮やして書札をもたずに帰国するだろう」

「呼笛を捜さなければならないが、果たして、誰が本物の呼笛の在処《ありか》を知っているのか。祈社に詳しい者にしか、すり替えられないが」

「空露が言うように、護領衆《ごりょうしゅう》や采女《うねめ》は、どんなに唆《そそのか》されても神具に手を出すとは思えないけれどね」

「しかし祈社に住むのは、護領衆と采女のみだ。あとは遊子《ゆうし》の居鹿《いしか》と与理売。悠花と杣屋も、一時身を寄せてはいたが……」

自分の言葉にはっとして、日織は悠花の膝から頭を起こす。

「……与理売だ」

「なに？」

「祈社にいて、わたしを憎み、宣儀を妨害したいと願うのは与理売しかいない」

「まさか。いくらなんでも、七つかそこらの子どもが？　わたしは居鹿と一緒に与理売にも手習いを教えていたが、子どもらしい無邪気な子だよ。居鹿のように特別賢いわけでもない、年相応のね」

しかし空露や悠花も言うとおり、神に仕え神を畏《おそ》れる護領衆や祈社の采女が、神具に手出しをする可能性は低い。とはいえ枢鉤《くるるかぎ》の使い方や在処は、祈社に住む者にしかわからないはずなのだ。可能性を消していけば、残るのは遊子の二人、居鹿と与理売。

居鹿は日織の即位を喜んでいるのだから、与理売しかいない。

「しかし、それしか考えられない。悠花、お願いだ。頼まれてくれないか？　与理売をここに招き、彼女が呼笛について何か知っているか探ってもらえまいか。与理売は居鹿にも口をきかないと言っていたから、懐《なつ》いていた悠花になら気を許して何か喋《しゃべ》るかもしれない。悠花はいやいやながら、わたしの妻になったとでも伝えれば、与理売は気を許すだろう」

「いやいやながら妻になっているのは、本当だけれどね。わたしはどちらかと言えば、夫《つま》になりたいから。やってもいいが、……与理売を騙《だま》すような真似《まね》は気持ちが良いものではないね」

「それは申し訳ないと思うのだが」

口籠《くちごも》る日織の頬に、悠花の指が触れる。

「良いよ。お可愛《かわい》らしい、吾《わ》が夫の頼みだ」

「お可愛らしい？」

思いがけない言葉に驚いた。そんなことを言われたのは、子どものとき以来だ。からかっているようでいて温かい言葉は、悠花の労《いたわ》りだろう。そう思うと申し訳なくて、目を逸《そ》らす。

「皇尊選定の時から、随分あなたに助けられているな。そうしてくれるのは、あなたが自分の身の上をどうにかしたいからなのだと充分わかっているのだが、今はどうにもしてやれないのが不甲斐《ふがい》ない。だが、どうにかしたいのは本当だ。その思いを、何かで証《あか》し立てられればいいのだけれど。それこそ書札なりなんなり。しかし文字にするのは誰かの目に触れると危ういし。証《あかし》となるもので、あなたに何かさしあげられれば……」

言葉の最後が不明瞭《ふめいりょう》になってきたのは、悠花に対して、なにもできない自分が情けなかったからだ。

わざわざ目を逸らしたのに、逸らした視線の先を悠花は覗《のぞ》き込む。

「あなたとわたしは妻と夫だからね。結ばれた仲なのだから気遣いは無用」

「結ばれているならば、その証が」

「いらないね、そんなものは。証など欲しがるのは、相手を信じ切れない不安な臆病者《おくびょうもの》だ。わたしは臆病じゃない。それでも、あなたがわたしに何かを与えたいというなら言葉や態度で示して。その方がずっと嬉《うれ》しい」

そこで目を細める。

「あなたが心から愛《いと》しい、と言ってくれるとか。口づけしてくれるとか、ね」

「そんなこと……っ！」

火でもついたように頬が熱くなると、

「お可愛らしいよ」

悠花は満足そうに笑って言った。それから機嫌良さそうに日織の側《そば》から離れ、杣屋を呼ぶ。結び燈台に幾つか火を入れさせ文をしたためた。それを杣屋に託し、与理売に渡すように伝える。

「日織に呼ばれて祈社に来たので、与理売に会いたいと文には書いたよ。あなたの悪口も少しね。明日あなたが外へ出るはずだから、こっそり会いに来てくれと」

「ありがとう、悠花」

「このまま宣儀ができなければ、あなたは地大神《ちのおおかみ》とは縁《えにし》を成したものの、龍とは縁を成せない宙ぶらりんの皇尊のままだろうからね。それをああだこうだと、穂《ほ》足《たり》あたりに言われ出したら面倒だし。不津も黙っていないだろうから」

そこで悠花は膝を打つ。

「さあ、全《すべ》ては明日のこと。酒でも飲みたいね、日織」

気分を変えるように明るく言って、悠花は空露を呼んで酒をねだった。日織は苦笑しながら、渋い顔をする空露と、散々理屈をつけて酒を所望する悠花のやりとりを見つめていた。

証などいらないと言ってくれたのが嬉しかった。その言葉そのものが悠花の真心で、信頼されている証だ。

良い妻だ、と思う。

翌朝の朝餉《あさげ》を終えると、日織は母屋の奥に垂れた五色布の裏側に身を隠した。

与理売がいつやってくるか——来るか否かもわからなかったが、もし彼女がやってくるとするならば、こっそり来るだろう。案内は請《こ》わないはず。不意に現れたときに日織の姿があれば、与理売は声もかけずに逃げ去るだろう。

空露と杣屋にも、殿舎から離れるように指示した。

鳥手《とりて》たちは殿舎の周囲に潜んでいるが、与理売が忍んで来たときには姿を見られないようにして、彼女をそのまま通せと命じてある。

与理売が石を投げたのを目《ま》の当《あ》たりにしている馬木《まぎ》は、「大丈夫なのですか」と心配顔だった。しかし相手が少女なので、大事ないと請け合うとすんなり引き下がった。

「来ないね」

五色布の前に座り、挟軾《きょうしょく》にもたれ悠花が退屈そうに口にしたのは何度目か。悠花の「来ないね」を数えるのを既に放棄していた日織もまた、五色布の奥で嘆息した。

昼を過ぎて気温があがっていた。蒸し暑さが母屋の中を満たし、五色布で遮られて風の抜けない場所に座る日織は、全身がしっとり汗ばむ。

森の奥で、早生《はやむ》れ蝉《ぜみ》の声が微《かす》かに聞こえる。蝉の羽化が本格的になるのと同時に、駆け足で夏が訪れる。

（嫌だな）

胸元をくつろげて体の熱気を逃がしながら、夏が来るのが嫌だと思う。日織は夏が嫌いだ。突き刺さるような日射《ひざ》しと降るような蝉の声と、蒸し暑い空気。幼い頃は、木々や草や、日の光や、川の流れ、全てがぎらぎらとしている中を飛び回るのが好きだったが、——あの時から嫌いになった。

蒸し暑い山の中で、宇預《うよ》の亡骸《なきがら》を目にしたあの時。

全身を押し包む熱気と、草いきれと日射しが日織の中に刻み込まれ、夏が嫌いになった。とてつもなく不吉で、不愉快で、残酷な季節に思える。

きしりと階《きざはし》が小さく鳴った。きしり、きしりと、軽い足音が階をのぼる気配に、五色布の向こうにいる悠花が緊張したのが伝わってくる。

来たかと、日織も息を殺す。

「わぁ……。本当に、悠花様」

幼い声は与理売に違いない。ととっと軽く母屋に駆け込んでくる足音がした。

五色布の隙間《すきま》から垣間《かいま》見《み》ると、悠花の前に与理売がぺたりと座り込んで、甘えるように悠花を見あげていた。

頭上二《ずじように》髻《けい》に結った髪に飾りもなく、うす黄の衣も纈裙《ゆはたのも》も、くすんで汚れが目立つ。大人の手で身なりを整えられていないのだ。随分意固地になっていると居鹿は言っていたが、おそらく采女や居鹿たちの手助けや世話を拒絶しているのだろう。

（なんとかしてやらねば）

あれほど母に会いたいと泣き叫んでいた子が、その母や父に見捨てられ置き去りにされた衝撃は想像に難くない。だからこそ、どうにかしてやりたかった。

「会いたかったです。悠花様。わたし、ずっと」

傍らにあった筆と巻紙を手に取り、悠花は何かを書いて差し出してみせる。すると与理売がくすぐったそうに首をすくめ、笑顔になった。

「嬉しい。悠花様も、わたしのこと忘れてなかったの嬉しい。すっごく……」

再び巻紙に文字をしたためて見せると、与理売は「うん」と無邪気に頷《うなず》き、「悠花様は？」と問い返す。しばらく他愛《たわい》ない会話を楽しむ様子だったが、そのうち悠花が少し長めに文字を書いて巻紙を差し出す。

覗き込んで読み終えた与理売が、悪戯《いたずら》そうにくすくす笑う。

「そうなんですね。あいつ困ってるんだ。いい気味。うん、そうです。その笛、盗んだんです、わたし。それがなくなったら、あいつがうんと困るって教えてもらったから」

それを聞いた悠花の顔が緊張する。

（笛を盗んだと、そう言ったか!?）

五色布の隙間に身を寄せ、日織は床についていた手に力を込める。笛とは呼笛に違いない。

「見ますか？　悠花様？　わたしずっと持ち歩いているの。大切なものだもん」

秘密の宝物を大好きな人にだけこっそり見せるときの、子ども特有の勿体《もったい》ぶった表情で与理売は懐《ふところ》に手を差し入れて、灰褐色に輝く、太く短い横笛を取り出す。

（呼笛！）

思わず膝を立て脚に力を込めた。飛び出して与理売を取り押さえようとした。

その前に、悠花がいち早く呼笛に手を伸ばす。

しかし悠花の手が呼笛に届く前に与理売は呼笛を懐にしまい込み、跳ねるように立ちあがっていた。さらに晴れやかに、楽しいことを思いついたように声を高くした。

「そうだ！　悠花様、ここから逃げようよ。わたしが助けてあげる。悠花様、逃げようよ。わたし良いところ知ってるんです」

はしゃいだ声で言うと、与理売は悠花の右手を両手で握った。

「逃げましょう。逃げようよ、悠花様」

苦笑いで悠花は首を横に振る。与理売の眉がつりあがる。

「なんで!?　あいつが怖いの？　怖くないよ、あいつなんか。だって、わたしには神様の助けがあるんだもの」

（神の助け？）

引っかかる言葉に、悠花も反応して眉をひそめた。

「逃げよう」

与理売が悠花の手を引くと、悠花は摑《つか》まれていない方の手で自分の脚を指さして、首を振る。歩けないのだ、と。与理売は思い出したようにあっと声をあげ、「どうしよう」

と呟《つぶや》くと周囲を見回す。

「悠花様、歩けないんだ。どうしよう、どうしよう。早くしないと、あいつが帰って来ちゃったら」

　見えない敵が周囲に迫っているかのように、与理売は焦った様子で、目をぎょろぎょろと動かす。「どうしよう、来ちゃう。あいつ」と取り憑《つ》かれたように呟いて、尋常ではない神経のたかぶりを見せる与理売に、悠花の顔が曇る。

　日織もその様子に気を呑まれ、いつ飛び出して与理売を取り押さえるべきか、機を捉《とら》えられずにいた。下手に飛び出して取り押さえ損ねたら、この少女がどうにかなるのではないか――、そんな恐怖に襲われていた。

「どうしよう、どうしよう」

　落ち着かせようと、悠花が与理売の手に触れようとしたとき、不意に風が吹いた。蔀《しとみ》から吹き込んだそれが五色布を揺らしたので、まずいと日織は隙間から身を引く。

　しかしわずかばかり遅かった。

　揺れて開いた隙間から与理売の顔が正面に見え、目があう。

　与理売が悲鳴に似た声を上げる。

「あいつがいる！　いる、いる、いる！　そこに！」

　甲高い叫び声が突き抜けるのと同時、突然だった。

開いた枢戸から突風が吹き込み、五色布を激しく翻弄《ほんろう》した。森のなかから真《ま》っ直《す》ぐに吹き付けた風は几帳《きちょう》を倒し、結び燈台を倒し、油皿が砕け散った。

「そこにいる！」

与理売は金切り声をあげ続けている。

顔を歪《ゆが》めた悠花が、片手を耳に当てて身をかがめた。苦悶《くもん》の表情と仕草から、悠花が何かを聞いているのだとわかる。この場にいる者には聞こえない、しかし悠花にだけ聞こえるもの。それは——。

悠花の片手は与理売に握られたままだ。与理売は両手で悠花の手首を握り、叫び続けている。

「いるの、そこに！　助けて！」

日織は這《は》いつくばって風の勢いに耐えつつ、翻《ひるがえ》る五色布の下から這い出て悠花に近づこうとしたが、まともに目を開けていられない。

階を駆けあがる音とともに馬木らしき声が、突風の唸《うな》りを突き抜けて聞こえた。

「皇尊！　ご無事で……っ！」

馬木の言葉の最後を引き千切るように、息が苦しくなるほどに風が正面から叩《たた》きつける。風がはらむ樹皮をはぎ取ったような強い香りに、ぎくりとした。

（この香り）

風の唸りと突風とともに、片方閉じていた枢戸が跳ね返るような勢いで開き、白銀の生き物が母屋に飛び込んできた。

ぴたりと激しかった風が止《や》む。

強い日射しに照らされた殿舎の外は、眩《まぶ》しく明るい。大きく開いた枢戸の四角い縁の向こうには、白杉《しらすぎ》の森。その景色を背景に、ほっそりとした龍が鎌首《かまくび》をもたげるようにして、髭《ひげ》をそよがせて立っていた。

濡《ぬ》れ光る金の目で睨《ね》めつけられて、身が竦《すく》む。

さして大きな龍ではなく、頭から尾の先までの長さは日織の身の丈の倍ほど。白銀のぬめる輝きの鱗《うろこ》に被《おお》われた胴は日織が抱えられるほどに細く、四本爪《づめ》の前足も後ろ足も、子どもの脚のように細い。龍特有の全身から発する香気は強い。髭と尾をざわざわとそよがせ、佇《たたず》み、こちらを凝視していた。

与理売が瞳《ひとみ》を輝かせてふり返った。悠花が目を眇《すが》めて顔をあげる。

「助けて！　ねぇ、助けて！」

龍に向かって与理売は叫ぶ。

悠花の、緊張が限界に達したような速い呼吸が聞こえる。

枢戸近くで馬木が呆然《ぼうぜん》と立ち尽くしていた。

（なぜ龍がこのような場所に）

龍が一歩踏み出す。床に爪が立ち、がりっと音がする。と、思った途端に龍は床を蹴《け》った。

顎《あご》が悠花の腰に食らいついた。悠花が身を震わせ、気を失ったらしく仰《あお》のくと、龍は悠花を咥《くわ》えて勝ち誇ったように頭を振り立てる。

「悠花！」

呼んでも、顎にはさまれた悠花の体はぐったりし、垂れた手もゆらゆらと力なく揺れて目も開かない。

勢いをつけて跳ねた与理売が、龍の首にしがみつく。

「逃げよう！」

悠花を咥え、与理売を首にぶら下げた龍は、陸《おか》にあげられた魚のように身をくねらせた。龍の爪に掻《か》きむしられ、床板から木片が跳ねあがる。几帳をなぎ倒し、五色布をちぎり取り、殿舎の壁に何度か尻尾《しっぽ》を激突させてから身を震わせ、再び枢戸から外へと飛び出る。

外へ出ると簀子《すのこ》縁《えん》の欄干に飛び乗り、蹴る。蹴られた欄干が軋《きし》み、鈍い音とともに折れた。龍は欄干を蹴り折った反動で前方へ跳躍すると、身を低くし、風を巻いて樹間へと駆けた。渦のような風が巻き起こり、白杉の細い葉が千切れて乱舞し、礫《つぶて》のように日織の顔を打つ。目を開けていられない。

龍を追おうとした馬木も鳥手たちも、風圧に押されてよろめき膝をつく。

這いつくばって日織は叫んだ。

「悠花！」

二

呆然と、日織は床の上にへたり込んでいた。

（悠花が……）

母屋の中は几帳が倒れ、五色布は破れ千切れて床にわだかまり、墨が飛び散り、筆や巻紙や、その他細々したものが散乱していた。

大きな尾に叩かれた枢戸の片方は傾《かし》ぎ、踏み折られた簀子縁の欄干も無残。

「皇尊、お怪我《けが》は」

気遣う馬木に、日織は震えながらふり返った。

「悠花が」

「鳥手が追っておりますが……龍の速さに人はおよびません。見失った可能性は高いですが、吾《われ》らは痕跡《こんせき》を追いますので必ずや」

「龍？」

衝撃に鈍った頭で、日織はぼんやり周囲の惨状を見回す。首を横に振り呻《うめ》く。

「龍ではない。あんな龍はいない」

「しかしあれは、龍」

「あれはわずかも飛翔《ひしょう》しなかった。しかも人に——与理売に従っていた。龍のはずがない。形は龍だとしても、あれは龍ではない。神の眷属《けんぞく》ではありえない」

形は龍に違いなかったし、母屋の中に濃く残る香りも龍の芳香に酷似しているが、動きが奇妙すぎた。

龍は飛翔するものだ。地面を歩き走るだけの龍など誰も見たことがない。龍はそもそも上空の叢雲《むらくも》の中に神気が凝《こご》って生まれ、飛翔しながら神気を喰らい成長していくのだから、空を常の場所とし、空を故郷とすると言っても過言ではない。

空は龍の領分で、地表は地大神たる地龍《ちりゅう》の領分。

しかも滅多に人に近づかず、人と交わりもしない龍が、与理売に従っていた様子だった。龍は人に従う存在ではない。

生涯に一度龍を呼び集められる皇尊ですら、呼笛をもって龍を呼ぶ。それが神代《かみよ》から続くことで、人が龍と交わる限界に違いないのに。

「では、なんなのでしょうか？　龍の形をした別の生き物とでも」

馬木が眉をひそめた。

不意にこめかみあたりが痛み、手を当てる。

「わからない。あれが、なんなのか。けれど悠花が……喰われた」

口にすると、全身の血が凍るように体の芯《しん》が冷たくなった。

「そうとは決まっていません。床も森の中も調べましたが、血痕は見当たりません。悠花様のお体に傷はついていない可能性が高い。早急にあれを見つけられれば、悠花様を取り戻せます」

不安と恐怖がない交ぜになって全身を被う。

両手で自分の肩を抱く。そうしなければ震えでがたがたと体が揺れそうだ。

悠花は無事なのか。生きているのか。焦りばかりが大きくなり、悠花を呼びながら闇《やみ》雲《くも》に駆けだしたいような衝動が大きくなる。

騒ぎに気がつき、采女や護領衆たちが駆けつけてきた。遠ざけてあった空露と杣屋も戻ってきて、殿舎の惨状に唖《あ》然《ぜん》とし、そして悠花が連れ去られたと知ると杣屋が泣き崩れた。

空露は日織の傍らに寄り添い、詳細を聞き、眉を曇らす。

「確かにそれは龍ではなく、別の生き物のように思えますが」

「ではなんなのだ、あれは？　姿形は龍なのに……龍ではない」

爪で抉《えぐ》られた床板の隙間に、涼しげに光るものがあった。這い寄ると、それは悠花の髪に飾ってあった曙草《あけぼのそう》を模した銀《しろがね》の釵子《さいし》。震える手で掴み強く握った。

「全て、わたしが招いたことだ。わたしが悪い」

呼笛を捜すためとはいえ、悠花に頼って与理売を探ろうとした。日織の読みは正しく、与理売が呼笛を盗み出したのは間違いなかったのだが。

それを確かめた結果が——これだ。

「与理売を呼んで話を聞くことが、こんな結果になろうとは。誰も予測できないことです、日織。ご自分を責めてはならない」

「いや。わたしの責任だ。わたしは何かを間違い続けている、きっと。だからこんなことになる」

その感覚は入道を終えてからずっとあるのだ。

一歩踏み出すごとに様々なものが絡《から》みついて、日織の足首を握る。それは誰かの悪意や、誰かの思惑か。それらを鮮やかに振り切れる方法があるはずなのに、日織はできていない。そんな気がする。

間違っている。

けれど立ち止まってはいられないと、銀の釵子を胸に引き寄せた。

(震えるな)

自分を叱責《しっせき》した。何度も叱責して震えを抑え込む。

ここに悠花がいたら言うはずだ、「今できること、自分がしなければならないことを考えたら如何《いかが》？」と。

心は、今すぐにでも、悠花を連れ去ったあの生き物を自ら追いたいと言っている。しかし皇尊の立場で、なおかつさして頑健でもない日織が追ったところで、鳥手たちの足手まといになるだけだ。彼らに託すしかない。

日織ができることは、このような状況を招いた原因を己《おの》が手で始末すること。

（悠花を追えない。だが、わたしは別の者を追うぞ。こんなことになった元凶を、放っておいてなるものか）

与理売は懐に呼笛を隠し持っていた。彼女が盗み出したのだ。彼女は幼い頃から祈社に預けられており、祈社のあらゆる場所に顔を出していたはず。だからこそ、この殿舎に身を寄せていた悠花とも知り合ったのだ。そんな彼女であれば、護領衆や采女が宝倉《たからぐら》を開く様子も見たことがあるだろうし、枢鉤の在処も、使い方も、なんとなく知っていただろう。

しかし。

宣儀が皇尊にとって重要な儀式であると知り、それを妨害する方法として呼笛を盗み出せば良いと思いつくには、与理売は幼すぎる。

誰かの入れ知恵があったのは間違いない。与理売は「あいつがうんと困るって教えてもらったから」と、口にしていた。

何者かが与理売の怒りや孤独、哀《かな》しみを利用して、彼女を手駒《てごま》として使ったのは間違いない。

日織の即位を快く思わない者はいる。それはその者の立場や思いなので、いくら日織を批難しようが、追い落としたいと考えていようが、対抗はすれど忌《い》まわしさや憎しみは感じない。

しかし——己が目的のために、少女の哀しみを利用する者は許せない。

(泥を吐かせてやろう、無様に)

悠花を失うやもしれない焦りを怒りにすり替えて、日織は歯を食いしばり命じた。

「馬木、龍稜《りゅうりょう》に控える鳥手も全て祈社に集め、与理売とあの生き物を捜せ。できるだけ早くだ。そして早急に二人の者を、ここに呼び出せ。引きずってでも連れてくるのだ」

□□□

ひどく暑い。

いやな湿り気が背子《はいし》や纈裙の下に籠《こ》もり、首もとが蒸れて不快だ。肩と腰にもごつごつとしたものが押しつけられていて、そのあたりが痺《しび》れるように痛んだ。

（ここはどこだろうか）

暗闇の中で悠花は目覚めた。目を開くと、ぼんやりとした視界の先に洞窟《どうくつ》の出口らしい、いびつな半円をなす輪郭が見えた。外は夜。しかし薄い月明かりのおかげで、洞窟の外にある白杉の幹や苔《こけ》むした岩の様相が見てとれた。自分の周囲は暗闇だが、何十歩かすすめばなんとか視界のきくところに出られるだろう。

体を起こそうと身じろぎすると、ふうっと、樹皮を削り取ったような強い香りを含む風が頬に当たった。びくりとして横目で自分の顔の横を探ると、金色のぬめった光沢のある大きな目が、悠花を見下ろしている。

息を呑み、体が強《こわ》ばる。

（龍が）

悠花は龍の声を聞く。幼い頃から空を泳ぐ龍たちの声は誰よりも早く耳に届いたし、幾度となく、それこそ毎日のように聞いているものだ。

しかし龍そのものを近くで見たことはない。最も近くで見た龍は、先だっての皇尊選定のおり、龍稜大殿《だいでん》の大屋根の上に現れた龍だ。それでも、おおよそ手など届かないところだったのに。

頬に龍の呼気があたる。暗闇にもかかわらず、濡れて透明な膜に被われた金の目の縦長の虹彩《こうさい》が、中心部から深緑や茶や黒の複雑な放射状の色をなしているのまで見て取れる。龍の目の奥が仄《ほの》かな光をおびているからだ。

悠花がわずかに動くと、虹彩が引き絞られていく。こちらを意識している。

(声は……龍の、声……)

耳をそばだてた。

自分を間近に見つめる龍の声が聞こえないかと思ったが、なにも聞こえない。

殿舎に龍が飛び込んできた直後は、猛《たけ》り狂った声を聞いた。声といっても、ほとんど言葉にならない雄叫《おたけ》びのようなものだったが、そこに含まれる意味は感覚的にくみ取れた。

——助けに来た。

そんなふうに龍は叫び、荒れ狂っていたのだ。

呼吸すらひそめ、瞬《まばた》きもできずにいると、肩に誰かの手が触れた。それに驚き悲鳴をあげそうになり、身を起こす。

「悠花様、よかった」

与理売の声だ。なにがどうなっているのか問いたかったが、悠花は喋れないことになっている。どうしようかと迷いながら、与理売がそこにいるのを確かめるために手を伸ばすのも躊躇《ためら》われた。正直、幼い少女であるはずの与理売が怖かった。

(龍は与理売に従っている)

人に従う龍などいない。しかもこの龍は、一切飛翔せず地表を走る。それは龍の形をした別の生き物のように思えたが、悠花はこの生き物の声を聞いたのだ。ということは龍に違いないのだが——なにかが、違う。

奇妙な龍。それを従えている与理売が恐ろしい。

与理売は何者になったのか。いや、そもそも、この龍はなんだろうか。

「もう大丈夫ですよ悠花様。あいつは、こんな遠くまで追ってこられないから」

遠くまでとは、どこのことを言っているのか。

悠花は洞窟の出入り口へ再び視線を走らせた。

(ここはどこだ)

生ぬるい汗が背中を伝う。

□□□

鳥手らが悠花の居所を見つけ出すのを待つしかないのが、もどかしい。

この変事は、委細をしたためた文をつけた鳥を飛ばし、龍稜にも知らせている。

阿知穂足《あちのほたり》は内心ほくそ笑みながら、あちこちで「不吉だ。あの皇尊の即位後に不吉ばかり起こるのは、やはり即位が間違っていたからだ」と、吹聴《ふいちょう》して回っているだろう。

太政大臣《おおまつりのおとど》の淡海皇子《おうみのみこ》からは、きちんとした反応があった。宮内上《くないのかみ》、もしくは刑部上《ぎょうぶのかみ》に命じ、賦役《ふえき》の衛士《えじ》を護領山《ごりょうさん》に入れて捜索させてはどうか。そう進言する文を鳥が運んできた。

馬木に相談すると、彼は淡海の進言を拒否した。

賦役の衛士は龍ノ原の民であり、普段は農耕をしている者たちだ。それらが無闇に山に入れば、鳥手たちが手がかりにする痕跡が踏み荒らされてしまう、と。

あの生き物が逃げ込んだのは護領山。護領山は龍ノ原をぐるりと取り巻く外輪山で、かなりの規模。痕跡を追わず、闇雲に捜しても、時間を無駄にするだけだ。

追跡の技のある鳥手たちが捜索するのが、最も効率が良い。

悠花が連れ去られてから既に半日以上。

真夜中を過ぎていたが、今夜は雲が厚く月の姿はなく、護領山は暗闇に閉ざされていた。この暗さではさすがの鳥手たちも捜索はままならないだろう。それでも彼らは休まない。

護領山は広い。いくら身体能力や探索手法に長《た》けている鳥手たちでも、悠花を見つけられるかわからない。

念のため日織は真尾《まなお》に命じて、祈社の炊屋《かしきや》や護領山裾野《すその》にある里《り》や郷《ごう》に、護領衆を見張りとして置くように指示した。空腹になった与理売が、ひそかに食べ物を捜しに現れる可能性を考えてのことだった。

龍に似た――しかし龍とは思えない生き物が祈社に現れ、皇尊の妻をさらった。呼笛が盗まれたのに続き神代以来経験のない凶事に、さすがの真尾も動揺し畏れたらしい。彼は正殿に籠もり、払邪《ふつじゃ》の修儀をおこなうと決めた。

正殿から、静かに低い護領衆たちの祓詞《ふつし》が響く。白杉の林立する暗い斜面を這いのぼる声が、日織に絡みつく。微かに払邪香《ふつじゃこう》の香りが漂う。一昼夜焚《た》かれ続ける香りは、そのうち祈峰《きほう》を被うような気さえした。

焦りのために叫び出したいような衝動を堪《こら》えながら、護領衆たちの低く這うような祓詞と、下生えの中でリリッと甲高く鳴く虫の声をともに聞きながら、簀子縁に佇んでいた。

不安のために体を横にすることもできない。

（今どうしている、悠花）

回廊にひとつ手灯《てあかり》が揺れ、采女が姿を現した。日織の前に来て礼を取る。常ならぬ事態とはいえ、深更に采女が来るからには急ぎの用件に違いない。

「皇尊になにか？」

日織の傍らに控えていた空露が采女に問う。

「夜更《よふ》けに申し訳ありません。しかし夜更けだろうが早朝であろうが、すぐに知らせよとの仰《おお》せでしたので。皇尊の命によりお呼びしたお二方が参られました」

その知らせに、額の方からすっと体が冷たくなっていく。

（来たか）

憤怒《ふんぬ》というのは、度を過ぎると冷たく冴《さ》え冴《ざ》えとするらしい。

日織は静かに命じた。

「二人、こちらに通せ」

空露に目配せすると、回廊とは反対側の簀子縁にまわり、結び燈台の明かりが届かない場所に立つ。

しばらくすると采女に案内され、青年二人が回廊を歩いてきた。簀子縁にあがると、促されて枢戸をくぐる。

采女が退くと、母屋の中に取り残された二人は訝《いぶか》しげに周りを見回した。暗がりに潜む日織は、開かれた蔀から彼らの表情を確認する。

「なんだこれは。皇尊が暴れでもしたのか。祈社がこのような惨状になっているのは、見たことがないぞ」

浅黒く日焼けした肌で、いかにも遠乗りや狩猟が好きそうな筋肉質の体躯《たいく》の青年が嘲笑《ちょうしょう》する。

隣に立つ、細身の優しげな面立ちの青年が遠慮がちにたしなめた。

「兄君、お静かに。外に聞こえてしまいます」

日織が呼び出したのは不津王《ふつのおおきみ》の二人の子、能市王《のいちのおおきみ》と高千王《たかちのおおきみ》だ。

三

「聞こえてなにが悪いというのだ。皇尊はいないではないか。明日まで待てと吾々は言うのに、すぐに来いと、遣いの者にせっつかせておいて」

阿知穂足の邸《やしき》は役宅として左宮《さのみや》に与えられているので、そこに身を寄せている能市王と高千王が祈社に到着するには、かなり時間がかかる。日織が彼らを呼べと命じたときには、既に日は高かった。そこから遣いの馬が走ったのだから、夜更けに到着したとはいえ、彼らは随分早く到着した方だ。

鳥手たちは日織の命令に、良くしたがってくれているらしい。

「兄君。ご配慮を」

高千王は兄を宥《なだ》めようとしているが、効果はない。不満の声は高くなる。

「呼びつけておいて姿もない。どういうことだ。お祖父《じい》様も母君も、龍を呼べない皇尊が、不津王の子たる吾らに失礼だと憤慨していたではないか。しかもこのような荒れた場所、気味が悪い。人っ子一人おらず。なんのつもりだ」

彼らの声をしばらく聞いていた日織は鼻で笑い、空露に目配せする。

「苛立《いらだ》ちも限界だろう。行くぞ、空露」

「どうなさるおつもりです、彼らを。問い詰めたところで、しらを切られて終わりではないでしょうか」

「だろうな」

「では、なぜ彼らを」

「語るに落ちる、と言うだろう。語るに落とさせる。行くぞ」

意味を問いたげな空露を従えて枢戸の前に立つと、日織はあえて声を張った。

「待たせたな、治部任《じぶののり》ども」

能市がきっとふり返る。敵意の塊のような能市と、びくついて身をすくめた高千とを交互に見て、日織は悠然と見せつけるように彼らの横を通り過ぎ、母屋の最奥《さいおう》に立つ。

彼らよりはるかに立場が上のその位置に立つと、薄ら笑いを浮かべて命じる。

「治部任よ、頭《ず》が高くはないか？」

慌てたように高千が、ささくれだった床に膝をついて平伏《ひれふ》そうとするが、能市は眦《まなじり》を吊《つ》りあげて肩をふるわせていた。それに気づいた高千が、兄王の袖《そで》を引く。

「兄君、どうか」

「龍を呼べない者を、皇尊などとは認めぬぞ」

「兄君」

懇願する弟の小さな声に被せ、日織は鋭く言った。

「愚か者が！　平伏せ！」

気迫に、能市がびくりと一歩足をひく。

「誰が殯雨《もがりあめ》を止めた⁉　誰が入道を終えた⁉　それを知り、わたしを皇尊と認めたからこそ、不津王は龍ノ原を去ったのだ。それを認めぬとは、おまえたちの父が認めたものを認めぬということ。ひいては、自らの父の判断を誤りと公言するのと同様だとわからぬか。おまえたちの父は、誤解で龍ノ原を出て行くような阿《あ》呆《ほう》か⁉」

高千が泡を喰って平伏し、ぐうっと能市が歯を食いしばりながら、頭を無理矢理押さえつけられているように、ぎくしゃくしながら膝をつき平伏す。

ともに母屋に入った空露が、やり過ぎを咎《とが》めるような視線を向けてくるが、日織は容赦する気がなかった。

弱気になって気を緩めれば、甘く見られて喰いつかれる。こちらの弱腰や優しさをあざ笑い、陰で何かを企《たくら》む。それくらいならば、喰われる前にこちらが喰いつく。そう思うほどに、怒りが胸の内に溜《た》まっていた。

今も日織は、焦り、不安で、怯《おび》えている。

それでも真実を語らせるため、強者を演じるのだ。

「よくできた。褒めてやる。そのくらいの芸当は、できるのだな」

侮蔑《ぶべつ》の言葉に耐えるように、ささくれだった床についた能市の手指がぐっと曲がる。

高千はそんな兄を気遣うように、しきりに兄の方へと視線を向けていた。

「顔をあげろ。二人に訊《き》きたいことがある。おまえたちの妹媛《いもうとひめ》のことだ」

射殺《いころ》しそうな視線で日織を睨《にら》む能市が、口を歪めて答えた。

「妹媛？」

心あたりがないと言いたげな、不審げな声音。

「与理売だ」

「ああ、あれのことですか。それが？」

能市は鼻先で笑う。道ばたにある、野菜屑《くず》の山のことでも思い出したような目。あざけりを含む短い言葉に、日織の怒りはさらに膨れた。

「そなたたち、与理売になにを吹き込んだ」

「吹き込む？　あれに？　あれとは、関わり合いございませんな。仰《おつしや》る意味がわかりかねます」

胸を張って、誇るように能市は声を張る。

「宣儀《せんぎ》の詳細を知るのは護領衆《ごりようしゆう》と、先の皇尊《すめらみこと》の御代《みよ》で宣儀にかかわった一部の者だろう。

しかし治部は儀式に携わる役所《やくどころ》。治部任であれば、治部にある文書をひもとけば、宣儀の概要はわかるはずだ」

「それが？」

「与理売を唆《そそのか》し宣儀を妨害できたのは、そなたたちだけだ。そなたたちが与理売を唆し、宣儀を妨害させた。違うか？」

　呼笛《よびぶえ》を盗み出せば宣儀を妨害でき、日織の立場が悪くなると、与理売が考えつくはずはない。入れ知恵されたのは間違いないが、居鹿や祈社《きしゃ》の者に対して頑《かたく》なになった与理売が、言葉に耳を貸す者は限られている。

　与理売が耳を貸すとすれば、同じ思いを抱いているはずだと彼女が疑いなく信じられる者——身内だ。不津の血に繋《つな》がる者たちであれば、不津を皇尊にと願っていたのだから。

　さらには宣儀の詳細を知り得る者。

　その二つの条件を満たすのは、能市王と高千王しかいない。

　能市は驚いたように目を見開くと、直後に、天井を仰いで声を出して笑った。

「なにを仰るかと思えば、なんという言いがかり！」

　笑いの余韻を口もとに浮かべ、能市は皮肉に言い放つ。

「龍《りゅう》が呼べず宣儀が失敗したのを、吾らの責任にするおつもりか。よくよく見下げ果てたものです。やはり吾が父君に譲位された方がよろしいのでは？　お苦しいでしょうに。皇尊にふさわしくないのを誤魔化すために、見苦しい言い訳を捜し続けるのは」

譲位せよとは、死ねと言うのと同じだ。

皇尊に対してとは思えない無礼な言葉は、己が不津王の子だという自信から出るのだろうか。空露の目が剣呑《けんのん》になるが、日織は冷えた気持ちで無表情に聞いていた。

（よくも、こうも、自信がもてる）

祖父の穂足や父の不津が、周囲から傅《かしず》かれ敬われている傍らで育ったために、穂足と不津に示される人々の敬意や恭順を自分のものと勘違いし、勘違いを正されないままにここまで来ているらしい。

不津は皇尊の甥《おい》であるから、一族の中では血の濃い方だ。しかしその子となれば、一段格は下がる。

左《さ》の大臣《おとど》阿知穂足の孫であるから、いずれ左の大臣にものぼれる血筋ではあったが、それも確定しているわけではない。他にも大臣格を輩出する臣下の一族はあり、彼らのなかから飛び抜けて優秀な者が現れれば、左の大臣は阿知の一族から他の一族へと移ることもある。

能市はその事実を知識として知っていても、実感としてわかっていない。幼少より育《はぐく》まれた、根拠のない自信ばかりが強い。そんなふうに見て取れた。

常に己の身のあり方を問い、周囲との距離と位置を測り、用心深く成長した日織とは違う。日織はそうしなければ身の破滅であったから、当然そうしたのだ。

だが能市は強く大きな繭《まゆ》の中で護《まも》られて育ち、その繭を、自分が作り出したように錯覚をしながら幸福に成長したのだ。

祈社に足を運ばされた腹立たしさをぶつけるように、能市は言葉を重ねる。

「そもそも、なんですと？　あれがなにかしたのですか？　そうだとしても吾々にはまったく関係のないこと」

「兄君、もう、それ以上は」

冷め切っている日織の表情になにを察したのか、高千が小声で制止しようとする。しかし能市はそれを振り切るように続けた。

「父君が龍《たつ》ノ原《はら》を出たあと、高千は莫迦《ばか》なことにあれを憐《あわ》れんで、時々かまっているようですが。わたしは関わりなどもっていません。あれは遊子《ゆうし》なので」

「お許しを、皇尊。兄は気が立っております」

高千は懇願して頭を低くするが、能市は高千を叱責した。

「言いがかりをつけられて、頭をさげる莫迦者がどこにいる！」

「申し訳ありません。どうか」

「高千！」

口角泡を飛ばす能市と、ただひたすら畏《おそ》れるように頭を低くする高千を前に、日織の自信がわずかに揺らぐ。

与理売に入れ知恵するのが可能なのは、この二人しかいない。

しかし能市の傲慢《ごうまん》な矜持《きょうじ》からすれば、与理売に関わるのすら拒否するだろうと思わせた。高千はもとより兄を宥める一方で、日織に敵意を向けはしない。

この二人ではないのかもしれない――そんな風に思えるのか、空露がもの問いたげに日織を見やる。日織もそんな考えが脳裏に浮かびかける。

しかし彼ら以外、あり得ない。最も可能性が高いのは二人だ。

自分に言い聞かせながら、言葉を継ぐ。

（注意深く聞け、注意深く語れ）

「高千。そなたは与理売を憐れみ、かまっていると」

「はい。ほんの時たまですが」

問うと高千は、首をすくめながら、おどおどと従順に答えた。

「不津と加《か》治媛《じのひめ》は、龍ノ原を出る前に与理売に会ったか？　そなたたち兄弟以外に、与理売が気を許す身内はあるか？」

「父君も加治様も、会っておりません」

予想通りの答えだ。不津が龍ノ原を出ると決めてから、彼らは三日後に出発した。その慌ただしさを思えば、置き去りにする娘に会いに行くほどの暇《いとま》はないだろうし、また暇があろうとも行くと思えない。

捨てて行く子どもに何かを託すほど、不津はせせこましい謀略を好まないはず。

加治媛はもとより宣儀の詳細や、呼笛のことを知らないだろう。

それを承知で語らせた。ただ、語らせるために。

目顔で先を促す日織に向かい、高千は続けて言う。

「さらに身内で、あれに気を許すほど親しくした者はいません。遊子なので」

高千が口にしたわずかな言葉が、ふと日織の胸に引っかかる。

「身内から見向きもされない与理売を、おまえはなぜかまう」

ここに来てはじめて、高千の口もとに微笑が浮かぶ。

「あれでも、父君の血を引いていますから」

まただと思う。言葉が引っかかった。

「能市よりも、おまえの方が話ができそうだな、高千」

幾分、わざと、日織は表情と声をやわらげた。

「兄は真っ直ぐな気性ゆえに、お気に障《さわ》ろうかと思います。ただ、わたしと同様に後ろ暗いところは全くありません」

「与理売を唆し、宣儀を妨害するように仕向けた覚えもないのか」

「宣儀を妨害するなど、考えもつきませんでした」

「まことに？」

「皇尊」

感情的になっている相手に冷静さを求めるように、高千は説得する口調で続けた。

「兄の無礼は幾重にもお詫《わ》び申し上げますが、皇尊が妨害だと仰る意味も、吾々には最初はわからなかったのです。なんのことだと困惑するばかりでした。そんな状態だったのです。ですからあれがなにを盗んだとしても、吾らとは関わり合いはないと断言できます。皇尊が宣儀の妨害をしたと、吾らをお疑いなのは理解いたしました。が、吾らはこのように従順に、皇尊のご命令で参上もいたしました。証拠もなく、ただの推測なのであれば、ひとまずさがらせていただけないでしょうか。このような夜更けに、皇尊もお疲れかと存じます」

誰が聞いてももっともな言い分を聞き終わり、日織は、——目を細めた。

その反応をどう解釈したのか、空露が囁《ささや》く。

「日織。今夜は、これまでにしてはどうでしょうか」

反応しない日織が決断を迷っているのかと思ったのか、空露が助け船のつもりらしく、

「高千様の仰るとおり、皇尊もお疲れです。お二人もおさがりください」

と、二人に言う。

能市はまだ一言二言文句を言いたそうだったが、高千はほっとしたように礼を取り、兄を促しながら枢戸《くるるど》を出ようとした。

枢戸を出る一瞬、ちらりと見えた高千の横顔が笑っていた。安堵《あんど》の笑顔ではなく、嫌らしく、にやにやと。

「待て」

静かに日織は命じた。足を止めてふり返った高千と能市に、日織は薄く冷酷な笑顔を向けて言う。

「待て。そこを動いてはならぬ」

日織はゆっくり、口もとに笑みを浮かべたまま二人に近寄っていく。能市を無視し、高千の前へずいと歩み寄り、鼻先がつくほどに顔を覗《のぞ》き込む。

「皇尊。いったい何でございましょう」

「みごとに、落ちてくれた。そのうかつさに礼を言うぞ。高千王」

じりじりと詰め寄られた高千は退き続け、追い詰められ、傾いだ枢戸に背をつけた。

「なんのことを仰っているのか、わたしにはわかりません。皇尊」

「わからないだろうな。だからこそ落ちたのだ」

五章　白邪《はくじゃ》

一

「日織《ひおり》？」

日織のふるまいを訝《いぶか》るように、空露《うつつゆ》は眉間《みけん》にしわを寄せた。

いない者のように無視されている能市《のいち》はぽかんとしていたが、すぐに割って入ろうとする。

「さがらせてもらえるのでは、ないのですか⁉　無理矢理呼び出され、しかも長々と引き留めるなら、ことと次第によっては！」

「控えろ、能市王《おおきみ》！　そなたに用はない。用があるのは高千王《たかちのおおきみ》にだ」

能市を一顧だにせず、しかし鋭く強く吐き捨てた。その圧力に能市が一歩足を引く。

助けを求めるように、高千は目を泳がせる。

「どうなさいましたか、皇尊《すめらみこと》。わたしがなにか無礼をいたしましたか」

「無礼はない。だが、そなたは嘘《うそ》をついた」

「嘘とは、いったいなにを」

「様子から察するに、能市は知らないのだろう。おまえだな。おまえが与理売《よりめ》を唆《そそのか》したのだな」

　気迫に押されたままの能市は、口を半開きにし、日織と高千から数歩距離をとって呆《ぼう》然《ぜん》としている。

　空露は「日織」とたしなめるように呼んで駆け寄ってきたが、それも日織は睨《ね》めつけ、「来るな」と無言で命じた。

「なにを根拠にそのように仰《おっしゃ》いますか。それこそ言いがかりです」

　高千は誤魔化すような笑みを見せる。

　日織は、さらにぎりぎりに詰め寄る。息がかかるほど近く。

「そなたは能市と同じく、与理売を己の妹媛《いもうとひめ》とも身内とも思っていないのに、利用するために憐《あわ》れむふりでかまったのだな。あの子を、かまいたくてかまったわけでもなく、憐れんでもいない。言葉の端々にそれが見え隠れしていた」

「そんな。わたしがあれをかまっているのは、多少なりとも」

「それだ！」

言葉を遮った。

「そなたは、けして与理売を名で呼ばなかった。常に、あれ、と。まるで器物のように言う。能市と同じくな」

高千が喋《しゃべ》る度に、感じたひっかかりがあった。

与理売を憐れみ、多少なりとも情けがある者が、異母妹を「あれ」とだけは呼ぶまい。能市も高千も徹頭徹尾、名を呼ばない。名を呼ぶのが穢《けが》らわしいがごとく、「あれ」と平板に呼ぶ。情愛がこもっている場合は、「あれ」という言い回しや使い方に温かみがあるものだが、彼らには皆無だ。それが二人に共通していた。

「さらには、けして妹媛とは口にしない。身内とも言わない。なぜ与理売をかまうと訊《き》いても、ただ『不津《ふつ》の血を引いている』とだけ言った。自らと切り離し、別物だと言いたげに」

「それは、けしてそのような考えからではありません」

「わたしの勘ぐりすぎなのか？　では言ってみよ。与理売は己の妹媛で、身内であると」

「そのような必要がどこにありますか。口にする必要もない、莫迦莫迦《ばかばか》しいことで」

「莫迦莫迦しくともよい。必要がなくとも、無駄だとしても、口にせよと言っているのだ。なぜ拒む。言いたくないか？　このように簡単な言葉。言えば終わりだろう」

高千が助けを求めるように能市を見やると、自分の腰が引けていたのに気がついたのか、能市は正気づいたように食ってかかる。

「意味もなく、そのように穢らわしい言葉を口にさせるのか、あなたは」

横目で睨《にら》み、静かに日織は応《こた》えた。

「穢らわしい？　そうか？　名を口にするのも穢らわしい者を、高千はかまっていたのか。そうなのか、高千。なぜだ。なぜそのような者をかまった」

「穢らわしいと言ったのは、兄です。わたしは言ってない。言ってません」

「穢らわしくないなら口にせよ、高千。与理売は濃い血で繋《つな》がる大切な妹媛であると。言えば終わりだ。口にすればそれでいい。口にすれば、それが事実と認めることになるぞ。おまえは与理売の兄で、血が繋がり、父を同じくする者と。それを聞いてわたしは納得してやろう」

「高千、そのようなことを口にするのはもってのほかだぞ」

焦《あせ》ったように高千を牽制《けんせい》すると、能市はさらに声を高くする。

「口にしたからといって、それを事実と認めたことにはならぬ。そのような乱暴なことがあってたまるか。あなたは、いったい何がしたい」

能市の言う通り。乱暴な言い分で、無意味に言葉を弄《ろう》するだけ。それを当然知っていて、日織は言っている。こだわりなく言ってしまえば終わりのことを、こうして無闇《むやみ》に言葉を重ね、ありもしない重みを意識させている。

口にしたくないことを口にさせる心の牆壁《しょうへき》を、あげているのだ。

「与理売は妹媛であり、身内であり、大切な一族の一人だと。そう口にすれば、おまえの与理売に対する心からの気遣いや憐れみを信じて納得しよう。いや、さらに、それを口にしたとわたしが保証しよう。おまえはこのように口にしたと公《おおやけ》に語る。わたしが語らずとも、空露も、外に控える鳥手《とりて》たちも聞いている。彼らの口からも語られるはずだ」

「それは」

高千が、歯を食いしばる兄王と日織を交互に見やって声を震わせた。

「嘘偽りなど口にするまい？　誇り高い、不津王の子であればな。さあ、口にせよ。与理売は自分の妹媛であり、身内であり、大切な一族と」

日織が言葉を重ねるほどに、ひしひしと高千の嫌悪《けんお》感《かん》が伝わってくる。

（それほどまでに穢らわしいと思っているのか、与理売を）

与理売の名を口にするのすら穢らわしいと感じているのだ、彼らは。

にもかかわらず、高千は与理売を利用した。

会いたいと泣きじゃくっていたほどに恋しい母と、泣きすがった父に捨てられ、それでも父と母を憎むこともできず。ただ、父と母を龍《たつ》ノ原《はら》から追いやった皇尊を憎み、周囲の者全《すべ》てを拒絶するほど傷ついた幼い子を――あれ、と呼んで蔑《さげす》みながら、利用した。

「言え！　高千！」

鋭い日織の声に、高千は一つ身震いしたが、忍耐の限度を超えたのか、突然に顔中を口にしてわめいた。

「言いませぬ、そのようなこと！　口が裂けても、絶対に！　そもそもですよ！」

震える人差し指を、高千は日織の顔へ向けた。無礼にも皇尊を指さしたのを、興奮した高千は自覚していないようだった。咄嗟《とっさ》の身振りは、彼の心にあるものを現す。

高千もまた能市と同様、日織を皇尊だと思っていない。

「不津王の子たる吾《われ》らを、理由もなく責め立てるふるまいが許されるのか！」

「理由はある。そなたが嘘をついているから、責めている」

「嘘をついている？　わたしが？　先ほどもそう仰っていたが、なにを根拠に」

「嘘をついていると、おまえは自らの言葉で暴露したんだ、先刻」

「そんな覚えはございません」

「わからないのだから、覚えもなかろう。教えてやる」

日織は、はっきりと静かに告げる。

「わたしは、与理売が何者かに唆された結果何をしたのか、口にしていないんだぞ」

「いいえ。皇尊は、宣儀《せんぎ》を妨害したと仰いましたぞ」

鼻息荒く答えた高千に、日織は思わず笑いが漏れた。

「そうか。言ったな確かに。そう聞いたから勘違いしたのだな。わたしは、――勘違いさせたかったのだ」

「意味がよくわかりません、皇尊。いったい」

「わたしは確かに、与理売が何者かに唆され宣儀を妨害したと口にした。だが与理売が具体的に何をしたのかは言っていないぞ？　それなのにおまえは先ほど、なんと言った？」

自分が何を口にしたのか高千はまだわからないらしく、間の抜けた表情になる。

日織は、自分に突きつけられた彼の指を強く握った。

「盗む、と」

低く告げる。

じっとりとまとわりつくような温かい湿気を含み、ゆるい風が吹く。

「盗む、と。そなたは、そう口にしたな」

高千の顔色が変わった。

数歩離れた場所で日織の背を見つめていた空露が息を呑《の》む気配がし、呟《つぶや》く。

「確かに高千王は仰った。盗むと」

日織は、与理売が儀式を妨害したとしか言っていない。

しかし高千は「盗む」と口にした。

与理売が儀式を妨害するために何をしたのか知っているのは、日織と空露、悠花《はるはな》、そして真尾《まなお》の四人のみ。祈社《きしゃ》の不始末を、真尾は口外しない。日織も空露も、悠花も、無論口外していない。

四人の他に、与理売がどのように儀式を妨害したかを知るのは、彼女を唆した者のみ。

高千が口にした「盗む」の一言は、たった一言ではあったが秘密の暴露。

「与理売を唆し、儀式を妨害させたのはそなただ。高千」

能市と高千を呼びつけておいてしばらく姿を見せず、彼らを苛立《いらだ》たせたこと。そしてその後に、くどくどと彼らと会話を続けたこと。すべて計算ずく。

漫然と言葉を使わぬように、自分が口にする言葉の一つ一つを慎重に選び、さらには彼らの言葉の一語たりとも聞き逃さないように神経を張り詰めさせていたのだ。

腹を立てたふりをしていても、冷静だった。日織の様子に引きずられて彼らが声を高くしたり、びくついたり、そうして感情を揺すぶられた彼らの注意力が散漫になるのを狙《ねら》った。

能市が訝しげに呟く。

「盗む？　なにを」

「能市にはわからぬようだぞ、高千。おまえが口にした言葉の意味が。兄に教えてやれ、与理売が何を盗んだのか」

「……知りません、わたしは」

日織は高千の指を握った手に力を込める。折れよと、念ずるように。

「そなたは盗んだと言ったぞ。空露も聞いた。わたしを護《まも》るために、数人の鳥手たちも簀子《すのこ》縁《えん》には控えている。彼らも聞いたはず。言い逃れはできぬ」

震えを帯びる高千の指が、力をなくしていく。顔色を失い、額に珠《たま》の汗が浮く。

「与理売は何を盗んだ」

「知りません」

瞬《まばた》きもせずに高千を見つめた。まだここまで来てもしらばっくれるのかと、侮蔑《ぶべつ》と嫌悪が強くなる。

今一度、静かに問う。

「与理売は何を盗んだ」

「知りません。わたしは、かかわりがない」

言葉を最後まで聞かず、無表情で、渾身《こんしん》の力で高千の頬を平手打ちした。

高千は悲鳴をあげ、身をよじり逃げようとしたが、暴れたせいで日織が強く握った指の関節がねじれ、そのためにさらに声をあげた。

「お許しを！」

高千は腰を抜かしたようにずるずると枢戸《くるるど》に背をつけて縮こまり、指を握られていない方の手で頭を抱えた。不津を父に、左《さ》の大臣《おとど》を祖父にもつ彼は、手を上げられた経験はないだろう。初めての痛みに怯《おび》え、混乱している。

平手をみまったのは、腹立ち紛れでも、憎しみでもなかった。ただ冷静に、ここではこれが必要だと判断していた。自分の冷酷な判断に心のどこかがぞっとしているが、それでも、「ここでは必要だ」と淡々と告げる声に従った。

「与理売は何を盗んだ」

痛むらしい指をさらに強く握り、日織は三度問う。

すすり泣きながら、高千がか細い声で答えた。

「……呼笛《よびぶえ》です」

日織は握っていた高千の指を放した。

「よく言えたな。その一言で、そなたは自らの罪を証《あか》しだてた」

頭を抱えた高千はその場に横になって、細い哀れな声で泣きながら丸まった。能市は怯え立ちすくみ、空露さえ、信じられないものを見たような顔をして身じろぎ一つしない。

ひりつく己の掌《てのひら》を見下ろす。日織の手は、一発の平手で真っ赤になっていた。

（たった平手一つ。それすらも耐えられぬ者が、引き裂かれた子どもの心の痛みには平

然としている）

なんとも言えず胸がむかつく。

暴力を振るった己が野蛮で吐き気がした。

「わたしを皇尊の御位《みくらい》から下ろすのが目的か。不津に頼まれたか？」

「父君はそのような卑劣な真似《まね》はせぬ！」

震えながら能市が言うので、日織は鼻で笑った。

「責め苦を負い続けた少女の苦悩を利用しようとはするが、確かに秩序を重んじる不津ならば、龍ノ原で定められている大切な儀式を妨害する真似はしないだろう。高千、そなたの独断だな？　そうまでして父を、皇尊の御位に即《つ》けたかったか。しかし不津が皇尊となっても、そなたに利益はあるまいに」

「父君が皇尊となれば、吾々兄弟は皇子《みこ》になれた」

泣くばかりの弟を庇《かば》うように、能市が恨みをこめた声で言う。

「それが利益になるのか？」

「父君の次はわたし、もしくは高千が皇尊になれたはずだったのだ」

「皇尊になりたかったのか」

「当然だ。わたしも高千も、いずれどちらかが御位に即くのを願って。だから高千は、きっと」

「皇尊になってなんとする？」

能市は、何を問われたのかわからないように、「はっ？」と問い返す。

「皇尊になって何がしたかったのだ」

「なに、とは。誰しも龍稜《りゅうりょう》に住み、皇尊と呼ばれ傅《かしず》かれたいだろう。皇尊になりたいから、なりたいと」

深く、日織は溜息《ためいき》をつく。

「目的があり皇尊になりたいのではなく、皇尊になるのが目的なのか」

それは結局、ただの虚栄心だ。虚栄心を充足させるのが兄弟の目的で、それが今回、高千が与理売を唆した動機なのだろう。

（そんなもののために、与理売は引き裂かれた心を利用されたのか）

日織の言葉の意味も呑み込みかねているらしい能市と、卑怯《ひきょう》にも泣くしかしない高千を交互に見やって、日織は心の中で断じた。

敵とする価値もない、と。

「二人の、治部任《じぶののり》の職を解く。追って左の大臣にその旨《むね》伝える。疾《と》く失《う》せよ」

衝撃を受けたらしい能市は「お祖父《じい》様が黙っていないぞ」と吐き捨て、高千を助け起こして支え、逃げるようにその場を去る。

ああ――と、日織は胸の内で呻《うめ》く。

（虚栄心。わたしの足に絡《から》みつくものは、そんなものが元凶か）

心底、ろくでもない。

ろくでもないものならば、無慈悲に蹴散《けち》らしてやっても良いと静かに思う。

遠のく二人の背中を見つめていると、体から虚《むな》しさに似た嫌悪感があふれ出て力が抜ける。彼らの姿が回廊の闇に溶けると、日織はその場に腰を下ろし頭を抱えた。

自己嫌悪と、与理売の境遇に対する心の痛みが一緒くたになって、胸の内で暴れている。しばらく動けなかった。

ざわっと、白杉《しらすぎ》の枝葉が庇《ひさし》の上で騒ぐ。

湿気と、土と、濃い樹木の香りが混じり、闇を満たしていた。

「日織」

躊躇《ためら》いがちに声をかけてきた空露に、日織は苦笑して顔をあげた。

「酷《ひど》いやり方だ。安易で、野蛮で、感情任せだ。言われなくともわかっている。けれど早急にかたをつけたかった。悠長に調べ、証拠を固め、公の判断を仰いだ後に断罪するのが正しい手順だ。わかっている。だが今すぐに、混乱の原因を消したかったのだ。そうでなければ、また何が起こるかわからない。この状況でさらに何か起こされれば、わたしは本当に悠花を失い、全てを失いかねない」

日織の前に膝《ひざ》をついた空露は、神妙に頷《うなず》く。

「感心いたしません。このようなやり方は。相手ばかりか、あなた自身も傷つく」

真夜中の静寂の中、虫の音が一つだけ聞こえている。鳴き競うほどの虫はいない。一匹で鳴く虫の音は、ひどく頼りない。

□□□

静かに。ただ静かに涙を流す父を見るのが、子どもの頃はつらかった。

外へ出たいと泣いた悠花を杣屋《そまや》が叱《しか》っていると、それを聞きつけた父皇尊がやってきて、必ず「申し訳ない」と静かに泣いた。

父皇尊が泣くと、悠花は自分の涙が乾く。そしてしょぼしょぼと、泣いていたときよりも一層胸の中が萎《しぼ》むような感じがして、俯《うつむ》く。

――ごめんなさい、父君。わたしが……わたしで。

幼い悠花がそう謝ると、父皇尊は彼を抱き寄せて、また泣く。

（泣かないで、父君。父君が悪いのじゃないのですから。わたしが、わたしであるのが悪いのです）

眦《まなじり》から涙が滑り落ちる感触で、悠花は目覚めた。

蒸し暑い洞窟《どうくつ》の薄暗がりの中。身を横たえているのは、岩壁からせり出して低い棚のようになった岩の上だ。

横になった悠花に寄り添うようにして、体を丸めた与理売が眠っている。

いやな夢を見た。気持ちが不安定になると、いつも悠花はこの夢を見るのだ。ここしばらくは見なかったのに、久しぶりだった。

首筋に浮く汗を袖《そで》で拭《ぬぐ》い、上半身を起こして視線を巡らすと、洞窟の出入り口が小さく明るく口を開いていた。さらに洞窟の奥へと目を向けると、少し先に、仄《ほの》明るい光が丸く落ちている。洞窟奥の天井が一部崩れて外の光が射《さ》しているのだと知ったのは、昨日の昼のこと。

その光の下に、うずくまる龍《りゅう》の姿があった。顎《あご》を前足の上に乗せ目を閉じている。鱗《うろこ》の一部は光を受けて、薄く輝いていた。

龍の鱗には、よく見れば所々に青く苔《こけ》がこびりつき汚れている。空を飛翔《ひしょう》する龍にはないものだった。右の角《つの》の先端も欠けていた。さらに髭《ひげ》の片方が少し短いのは切れてしまったのだろうか。

汚れの具合から、最低でも数十年は地表を彷徨《さまよ》っていると思われた。若い龍ではないが、それにしては小柄だ。年経る毎《ごと》に大きくなる龍の標準からすれば、あり得ないほどに小さい。せいぜい四、五歳の龍と同じ程度だ。

この場所に連れてこられて、三日目の朝。

与理売は洞窟から出ようとしなかったし、それに従うように龍もその場を動かず、うつらうつら眠り続けている。

悠花と与理売が横たわる周囲には、くったりとしおれた白い花が沢山散っていた。忍冬《すいかずら》の花だ。洞窟の出入り口に蔓《つる》を伸ばしているらしく、与理売がその花を摘んできて蜜《みつ》を吸ったのだ。悠花にも沢山の花を運んできたが、いくらほんのり甘い蜜を吸ったところで、空腹は満たされなかった。

空《す》きっ腹《ぱら》を抱えて、あの生き物はなんなのだろうかと悠花はずっと考えているが、正体がわからない。

（与理売がこの生き物を操るのは、呼笛をもっているのと関係しているのだろうか）

龍を呼ぶ力のある笛は、ことによっては龍を支配するのかもしれない。与理売が従えているのは、確かに龍だと呼べる生き物ではないが、姿形が似た生き物だからこそ影響を受ける可能性はある。

（もし呼笛に吾らが知らぬ力があれば、龍のみならず魔性も操るかもしれない。しかし与理売が従えているのは、この生き物のみ。龍は姿すら現さない。龍には影響をおよぼさないのか？　だとすれば呼笛は関係ないのだろうか）

呼笛に龍を呼ぶ以外の力があるのか？　あるとすればどんな力なのか？――考えてはみるが、おそらく誰にもわからない。作られた経緯やその真の力は、神代《かみよ》には知られていたはずだ。しかし長すぎる年月のうちに伝承は掠《かす》れ消え、縁起だけが残った。

誰一人、真の力を知らない神具を懐《ふところ》に抱えたために、与理売は偶然にも得体の知れない生き物を従えたのだろうか。

起きている間の与理売は悠花の傍らから離れず、他愛《たわい》ないことを喋っていた。その内容はもっぱら、彼女が祈社に送られる前に経験した様々な出来事で、母君が父君がと言葉の端々に出てきた。懐《なつ》かしむというよりも、それが昨日のことのように楽しげに喋る。

筆も紙も手にない悠花は、ただ頷いて聞いているのみだった。

与理売が怖い。

子どもらしい考えなしの行動で、与理売は憎むべき皇尊から悠花を奪い逃げた。これから彼女の思考が加速度的に激しくなったなら、未知の力を宿す呼笛を胸にして、どんな暴走を始めるのだろうか。それが怖い。

しかしお喋りして、こうして悠花に甘え寄り添って眠る様子は、ただの子どもだ。

（この子は、なんでこんなことになってしまったんだろうか）

風邪でもひいて鼻を詰まらせているのか、与理売はふすふすと寝息を立てている。額の生《は》え際《ぎわ》を撫《な》でてやる。しっとり汗ばんでいたし、汗と土の臭《にお》いが強く感じられた。

悠花の衣の下も汗で湿っている。

（日織は心配しているだろう。それどころか自分を責め、苦しんでいるに違いない。思いあまって、莫迦な真似をしなければ良いけれど）

生きていることにすら罪悪感を抱き続けてきた日織なので、間違いなく、悠花が連れ去られたのを自分の責任だと思うだろう。

己を責めながら、責任を果たしたい一心で焦っているに違いない。

この事態は誰にも予測できず、悠花は多少危険があろうとも、それを承知で日織に協力しているのだから気にする必要はない。そう言っても、きっと彼女は自分を責める。日織は幼い頃に、自分を罪深い存在だと思い込んでしまっているのだろう。

だから今もずっと、周囲で禍《わざわい》が起こると自分のせいだと思ってしまうのだ。

その気持ちは悠花にはよくわかる。

ただ悠花は、それを意識的に自分の中から追いやろうとしてきた。自分の責任だ、ごめんなさい――と、俯いていたのは幼い頃。長ずるにつれ、それで悪いのかと開き直るような気持ちになってきたのは、生来強気な質《たち》だからだろうか。

「悠花様。起きたの？」

触れられて目が覚めたらしく、目をこすりながら起きあがった与理売は、寝ぼけた声で言う。

「お腹《なか》すいた」

悠花も空腹でたまらなかったし、喉《のど》が渇いていた。与理売はこの場所に何度も来ているらしく、洞窟には椀《わん》などが幾つも持ち込まれていた。昨日、与理売はそれに水をくんできて悠花に渡してくれたが、それももう空になっている。

身振りで食べる真似をしてみせると、与理売も頷く。

「うん。悠花様も、お腹すいたよね。わたし食べ物もってくる」

与理売は立ちあがると洞窟から出ていった。彼女の姿が出入り口の向こうに消え、足音も遠ざかる。

(今なら逃げられる)

見れば、龍は前足の上に顎を乗せた姿勢で目を閉じていた。

立ちあがろうとして、静かに岩だなから足を下ろす。

——動くな。

鋭い声が耳の奥に刺さり、ぎょっとしてふり返った。

前足の上に顎を乗せたまま、龍が目を開いてこちらを見つめている。

ぞっとした。

（この生き物は、与理売の意図を理解して従っている。与理売はこの生き物を、ここまで完璧《かんぺき》に支配しているのか）

二

「祈社の門を閉じよ。わたしの許しあるまで、開いてはならぬ」

夜明けとともに日織は、真尾にそう命じた。

理由がわからずいぶかる真尾に、

「これから、能市王と高千王の職を解けと命じた勅書を采女《うねめ》に託し、式部上《しきぶのかみ》に届けるように指示する。祈社と左宮《さのみや》の距離、受け渡しの手間を考えても、今夜には式部上がそれを手にするだろう」

と、告げた。それを聞いた真尾は、驚いたらしく幾度も瞬きをした。

真尾にもわかったはずだ。勅書を受け取った式部上は、左の大臣、阿《あ》知穂《ちのほ》足《たり》のもとへ泡をくって馳《は》せ参じるはずだ。蜂《はち》の巣をつついたような騒ぎになり、明朝に穂足が目を吊《つ》り上げて祈社に押しかけてくるのは必定と。

それ故《ゆえ》に真尾に、祈社の門を閉じよと命じたのだ。

驚きに言葉もない真尾だったが、凶事の続く祈社にこれ以上問題を持ち込まれてはたまらないと思ったのか、彼は案外にすんなりと門を閉じるのを承知した。

門を閉じて二日が経《た》ち、悠花が連れ去られて三日目の朝が明けようとしていた。

護領衆《ごりょうしゅう》たちのおこなう払邪《ふつじゃ》の修儀は終わっていたが、変わらず払邪香は焚《た》かれ続けて祈《き》峰《ほう》を被《おお》い、祈社のどこにいても香りが漂ってくる。

護領衆や采女たちは、門を閉じ、息をひそめるようにしているらしい。

昨夜も、日織はほとんど眠っていない。挟軾《きょうしょく》にもたれてうたた寝するだけ。荒れた殿舎から他に移るのも拒んだ。悠花が連れ去られた場所が、悠花に最も近い場所のような気がして、そこを離れるのがいやだった。

食欲はほとんどなかったが、空露が運んでくる膳《ぜん》のものは全て呑み込んだ。そうしておかなければ、自分の体がもたないとわかっていた。しかし寝られない。空露に勧められて横になっても、横になった途端に目が冴《さ》える。

「皇尊。ご報告です」

枢戸の外、階《きざはし》の下から馬木《まぎ》の声がした。報告の言葉に跳ね起きて母屋《もや》の外へ出ようとしたが、敷居に躓《つまず》きそうになり、危うく空露に支えられた。

簀子縁に立った日織は欄干に手をつき、階の下で跪《ひざまず》く隻眼《せきがん》の男を見下ろす。

「なにかあったのか」

「ご報告です。祈峰の稜線《りょうせん》まで、あの生き物の痕跡《こんせき》を追えました」

「それで⁉　悠花の姿は」

身を乗り出した日織に、馬木は首を横に振る。

「稜線に出たことはわかりましたが、そこから先が判然といたしません。ただその周囲にいるだろうとは思われます。気配が近い気がします。これから手分けして捜索いたしますが……」

報告する馬木の声が、申し訳なさそうに揺れた。

「どうした」

促すと、馬木は一呼吸置いて口を開く。

「鳥手たちが多少、動揺しております。相手が龍……龍に似た生き物なので。もし二日前のように猛《たけ》り狂ったとき、どうすれば良いのかと」

「あれは龍ではないはずだ」

「しかし見た目は龍なのです。吾らとて龍ノ原の民なので」

龍は神の眷属《けんぞく》だ。幼い頃から飛翔する龍を見あげ、敬いながら育った龍ノ原の民である鳥手たちは、龍が牙《きば》をむくなど考えたこともない。もしそんな尊いものが自分に向かってきたら、彼らは咄嗟の抵抗を躊躇うのだ。

たとえ龍ではなく、それに似た生き物だとしても。

馬木自身も困惑しているように見えた。

龍ノ原に生を受けた者が、尊崇の念が染《し》みついた神の眷属と対峙《たいじ》するなど考えたこともない事態。どんな兵《つわもの》であれ、どんな悪辣《あくらつ》な者であれ、相手が人ならば鳥手たちは怯《ひる》みはしないだろう。だが神には怯む。畏敬《いけい》の念ゆえに。

「そういうものか」

日織は自嘲《じちょう》気味に笑う。

もし龍がこちらに向かってくれば、日織ならば護り刀で躊躇いなく斬《き》りつける。龍に怒りを覚え、神に抗《あらが》おうなどと考えて育つ者はごく少数なのだ。

あの龍に似た生き物が追われた末に、反撃に出たならば、幾人か鳥手が犠牲になるかもしれない。そうなったとき立ち向かえる者がいれば安心だろうが、日織以外にそんな者がいるとは思えない。とは言え、日織が同行してもただの足手まといだろう。

(鳥手たちですら躊躇うならば、どうすればいい。龍ノ原の者で、龍を畏《おそ》れない者はいないのに)

さらに、鳥手たちが畏怖を乗り越えて戦う姿勢になったときでも、彼らがどこまで対抗できるかわからない。

徒手空拳《くうけん》では、欄干をへし折る力を持った生き物に敵《かな》うまい。彼らは小刀を身につけてはいるが、刃渡りが短すぎて、よほど接近しなければ使えない。

（鳥手たちの使うのが、太刀であったなら）

あの生き物は龍に酷似している。となれば龍が嫌う金気があれば、こちらが有利になるやもしれない。しかし金気ではあっても小刀は短すぎて、刃《やいば》が届く範囲に接近するのは至難の業。短い刃を構えただけでは威《い》嚇《かく》にも使えない。

もっと強力な鋼《はがね》の武器――太刀が必要だ。

太刀に近い武器となり得るのは、皇尊や皇子、皇女《ひめみこ》に与えられる護り刀のみ。仮に護り刀をかき集めても数は五本に満たないし、刀身は太刀に比べて半分ほど短い。斬りこむには、相手にかなり近づく必要がある代物《しろもの》。それらを鳥手に貸したとしても、ひどく心許《こころもと》ない。

（不津の思考も、一部は認めねばならない。常ならぬことがあったとき、これほど手詰まりになるとはな）

自分が皇尊となれば都を造り、八洲《はっしゅう》と比肩《ひけん》しうる国にすると口にしていた不津は、龍ノ原では太刀の一本も作れないと嘆いた。

国そのものを八洲のように作り替えるのは乱暴だし、神国として龍ノ原が八洲と比肩すれば、それだけで他国は警戒するので賛成はできかねる。

しかし龍ノ原も足りないものを補いながら、龍ノ原らしく変わっていく必要があるのかもしれない。

　そこまで考えがおよんだとき、閃《ひらめ》くものがあった。

「馬木。反封洲《たんのほうしゅう》の使者、伴有間《とものありま》の調べはついたか？」

　唐突な問いに、馬木は訝しげに小さく首を傾《かし》げたが、それでもすぐに答えた。

「はい。先ほど、わたしのもとに報告が来ましたが」

「反封洲には後継争いがあるか？」

　馬木は頷く。

「伴有間が、伴屋人《とものやひと》の長子であるのは間違いありません。当然、家臣が有間を次期国主にと推しています。しかし父である屋人本人が、有間を『白邪』と呼んで忌《い》み嫌っている節があり、弟たちの誰かに国主の座を譲ろうとしている模様です。この度、有間が屋人の命令で龍ノ原に使者として送られたのも、有間の留守中に彼を追い落とす算段がなされているのではないかと、有間を推す家臣たちは戦々恐々としているとか。無闇に長期間、有間が国を空けることになったのも、屋人の指示だったとか」

「なるほど、やはりな」

　思った通り反封洲には後継争いがある。そのために有間は、皇尊の書札《しょさつ》を求めようと思いついたのだ。

　日織を力のない皇尊と揶揄《やゆ》した有間も、危うい立場の後継ということ。

「しかしなぜ、実父の屋人がそのように有間を嫌う。『白邪』とは？　その意味は」

「詳しくはわかりませんが、有間の髪が白くなったのと関わりがあるとか」

「白くなった？　あれは、生まれつきではないと」

「そのようです」

　有間にとって皇尊の書札は、彼が国主となるために大切な一手になり得るのだろう。彼はそれを簡単に諦《あきら》めたくないはず。

（有間を利用できる。皇尊の書札をちらつかせれば）

　彼が日織からもぎ取ろうとしたもので、逆に日織が彼を利用するのだ。最初に有間がそうしたように、彼の足もとを見て。

　そして裏切る。全てが終わった後に、書札など渡さないと拒否するのだ。

　有間は日織の書札を望むほどに立場が弱い。となれば、いずれの日か彼が国主となって、龍ノ原に牙をむく可能性は高くない。彼は反封洲での後継争いに敗れ、殺されるか、追放されるか。

　それは知ったことではない。邪悪な発想ができる男の人生など、心配してやる謂《い》われはない。

　しばらくの沈黙の後、決意した。

「よくわかった。礼を言う、馬木。このこと利用させてもらおう」

傍らにいた空露が心配そうな声を出す。

「日織。何をするおつもりです」

「利用できるものは、利用しようと思う。馬木」

改めて階の下に目を向け、鳥手の長《おさ》に命じた。

「これから来殿《らいでん》へ行く。ともをせよ」

「お待ちなさい、日織。なにをしに行くのです。しかも皇尊自身が、再び来殿に出向くなど。反封洲の者たちが、皇尊を軽々しく見てしまいます」

行かせまいと前に立ちはだかる空露の肩を、叩《たた》く。

「密《ひそ》かに会うのだから、皇尊としての威儀は必要ない。そしてそもそも、有間には皇尊に対する尊崇の念などない」

「そうだとしても、いえ、そうだというならなおのこと、有間殿と会って、日織の身に何がないとも限りません。尊崇の念がないからこそ安心できません」

「尊崇の念などかかわりなく、有間はわたしの身を護ってくれさえするだろう。彼はわたしから、受け取らねばならないものがある。それがあるからこそ——今度は、わたしが有間の足もとを見るのだ。なあ、空露」

彼とともに過ごした年月を、ふとふり返る。

「わたしたちは同じ望みを抱いた。しかしそれをなすためには、祈りながら、何年も待つしかなかった」

遊子《ゆうし》の少女たちが、毎年何人か死ぬのは知っていた。それに耐えかねた日織は一度、彼女たちを祈社から救い出し、密かにかくまい育て、それから八洲へ逃がすことも考えた。しかしそれは空露に止められた。

遊子が祈社からいなくなれば、護領衆が威信をかけて捜しだす。最初の数人は護領衆の目をうまく避け、逃亡に成功しても、その後は祈社も用心を重ねて容易に助け出せなくなる。

そんなことをして、日織が犯人だとわかれば身の破滅。

それよりも皇尊となり、令を廃せる御位を手に入れる機会を待つべきだ。皇尊に男子が生まれなければ、可能性はあるのだから。

無茶をするならば、皇尊に男子が誕生して希望を断たれてからにすれば良い、と。

だから日織はずっと待ち続けたのだ。

自身の秘密が露見しないように、目立たず、動かず、ただひたすら静かに堪え忍んだ。

それが御位を得るために必要だったからだ。

「これまでわたしたちには忍耐こそが必要で、なにもせず目立たず、ただじっとしていることが望みを果たすために最も必要だった。しかし皇尊の御位に即いた今、この身を隠し待つだけでは駄目になっているんだ。そんな気がする」

日織も空露も、忍び堪え続けた長年の癖が抜けない。慎重に身を隠し、動かず、状況を見て危険を避けろ、と。

しかし入道を終えてから、日織は少しずつわかってきた。

状況を見ながら、慎重に無理をせずに事を進めようとしていると、いつの間にか泥の中に足を突っ込んでいる。

なぜ、と思った。何が間違っているのかわからなかった。

しかし、ようやくわかってきたのだ。

慎重に事を進め、無理せずにと考えている間に、ろくでもない理由で日織の周囲に泥沼を張り巡らせる者たちがいて、だからこそ一歩踏み出すと泥に突っ込む。

それは日織の立場が変わったからだ。

目立たない皇子だった日織の周りに、泥沼を作ろうとする者はいない。だが、不津のように多くの者に期待された男を押しのけて皇尊となったからには、泥沼を巡らされるのを覚悟しなければならない。

「今のわたしは、多少危うかろうが悪辣だろうが、動かねばならないんだ、きっと。そうでなければ、いずれ最も大切な望みまで取りこぼす」

空露はすこし驚いたような顔をし、日織の目を見つめた。日織が無言で頷くと、わずかに心配そうな色を見せながらも問う。

「無茶はしないと、約束してくださいますか」

「約束する。多少の危うさは覚悟しているが、どう見積もっても敗色が濃ければ、わたしとて手出しをしない」

「日織が、どことなく悠花様に似てきた気がしますね」

呆《あき》れたように空露は口にし、馬木をふり返った。

「馬木殿。日織を……皇尊をお願いいたします」

重々しく馬木は頷く。

日織は馬木とともに森へ入った。

樹間には薄い靄《もや》が立ちこめている。白杉の香りが常よりも濃い。

視界がいやに良いと思い見あげると、杉の枝葉を通して、薄紫に染まった夜明けの空があった。ここ二晩はほとんど眠れていないが、眠いとも疲れたとも感じなかった。ただ体の芯《しん》がどこかふわっとして、定まらない感覚があるだけだ。

来殿の見える場所まで来ると、驚いたことに既に来殿の枢戸は開き、庭――といえども形ばかりの、ただ切り拓《ひら》かれただけの白杉に囲まれた空地《くうち》――に、有間の姿があった。

彼はどこから拾ってきたのか、太く長い枝を手にしており、同様のものを手にした男と打ち合っている。

階には反封洲の男たちが座り、気怠《けだる》そうにそれを見ていた。しかし態度とは裏腹に、有間の動きを追う彼らの目は真剣だ。

相手の男が両手で顔の正面に木ぎれを構えているのに、有間は軽々と片手で木ぎれを持ち、体を斜《はす》にかまえて、いかにも気負いのない姿勢。相手が打ちかかる。白髪をなびかせ、有間はそれを片手の木ぎれで簡単に弾《はじ》いていなす。相手の渾身の一撃に込められた力を、游気《ゆうき》の中へぱっと散らすように。

有間の技を、階の男たちは盗み取ろうとするように見つめている。

幾度か打ち込まれ、それをことごとくかわした有間が、ふとこちらに視線をくれた。

日織と馬木の姿を樹間に認めたらしい。

すると彼は、再度打ちかかってきた相手の木ぎれを高く跳ね上げると、くるりと手首を反《かえ》し、自分の木ぎれを相手の木ぎれの上に擦《こす》るようにして打ち沈めた。突然の剽悍《ひょうかん》な身ごなし。急激な上下運動に握力が追いつかなかったのか、相手の手から木ぎれが離れて土の上に転がった。

「やめた。客のようだ」

木ぎれを放って投げると、階にいた一人がすかさず走りそれを受け止める。

有間が森の陰へ向けて歩き出すと、男たちがようやくこちらに気づいたらしく不可解な表情になり、何事か囁《ささや》きかわす。有間は大股《おおまた》で迷いなく近づき、日織の前に立った。

首筋にうっすらと汗が浮かんでいた。

「皇尊。ご尊顔を拝する栄を賜り光栄に存じます」

慇懃《いんぎん》に告げて腰を折る。しかしすぐに顔をあげて、探るような目をした。

「なにか御用で、こちらにいらっしゃいましたのか」

丁寧なのにふてぶてしさが滲《にじ》む有間の挨拶《あいさつ》に、彼に対する嫌悪感を刺激される。しかし彼は利用価値がある。今、彼を利用しないでどうするのか。

「頼みがある、有間。三日前から祈社が騒がしいこと、ここにいても気づいたはずだ」

「そうですな。なにしろあの日の夜は夕餉《ゆうげ》を忘れられましたので、何かがあったのだろうとわかりました。采女をつかまえて飯を求め、事情を訊いても教えてはくれませんでしたが。何がありましたか？」

「三日前の昼間に、龍に似た生き物がわたしの殿舎に乱入し、妻をさらって逃げた」

「ほお」

さすがに驚いたらしく、白い睫《まつげ》に縁取られた目を見開く。

「その龍に似た生き物とは？　なんですか」

「正体はわからない。姿形は龍そのものだが、飛翔しない。地表を走るのみだ。空から生まれ、空を住処《すみか》とするのが龍だ。飛ばない龍はいない。しかも龍は人に従うはずはないが、その生き物は祈社に身を寄せている遊子の少女に従っている。その少女がわたしの妻を慕っていて、連れて行ってしまった。鳥手と呼ばれる手練《てだ》れが少女とその生き物を追っているが、鳥手《とりて》たちは怯えている」

「なぜ」

「龍ノ原の民は龍を前にすれば、畏怖で竦《すく》む。もし襲いかかられたとき、彼らが咄嗟に神の眷属の姿をしている生き物に、立ち向かえるか不安なのだ」

「いくら神に似ていようが、襲われれば戦うだろう」

　八洲の民らしい反応だ。おそらく彼らには、龍ノ原の民の抱く畏怖は理解できない。

「尊敬して愛する者、たとえば母と同じ姿をしたものが襲いかかってきたとき、それが偽物《にせもの》とわかっていても、そなたは即座に躊躇いなく戦えるか？　一瞬でも怯まないか？　鳥手たちも意を決すれば戦うはずだ。だが意を決するまでの一瞬が危うい。だからこそ、その一瞬の間をうめるための者が必要だ。しかも龍は金気を嫌う。あの生き物は龍に似ているのだから、金気を嫌うかもしれない。太刀で囲むだけで動きを止められる可能性すらある。龍ノ原には太刀がないが、そなたたちは持っている。太刀があれば、あの生き物を囲むこともできる」

「あなたの妻をさらった生き物を追い、それと対峙せよと。要するに化け物退治か。それをわたしたちに頼みたいと？　そういうことか」

　頷くと、有間は腕組みした。

「さて、しかし。吾々には、そのような危険な化け物退治に力を貸す義理もなし」

こちらを脅しすかすような一言。「来たな」と思いつつ、返事する。

「そなたを国主に推す書札を約束した。そのみかえりに働いてもらいたい」

「その書札は、吾らを宣儀まで引き留めるために必要な書札ですが？」

「そなたにも必要なものだ。しかし必要ないというなら、仕方ない。頼みはしない。そのかわり書札も渡さぬ」

「あなたはそれで良いのですか？」

「妻が無事に戻らなければ、わたしは自分が許せないだろう。そうなるくらいならば、わたしは自分が抱く望みを全て捨て去ってもいい。そなたが力を貸さないなら、自分で行くのみ。命も未来も顧みず、悠花を救うために己であの生き物を見つけ出し、対峙する。それでわたしが死んだとしても、わたしは満足するし納得する」

背後に控えている馬木が、息を呑んだ気配がした。皇尊《すめらみこと》の命を護るのが勤めの鳥手の長には、聞き捨てならないだろう。

「皇尊。吾々がおります。この方々が行かれなくとも、皇尊がお出ましになる必要はございません」

「あなたが行っても、同じでは？　あなたも龍ノ原の民。龍に竦むのでは？」

揶揄する有間に、日織は静かな目を向けた。

「わたしは龍に畏怖を覚えない。七つの時に龍の眷属に怒りを覚え、憎みさえした。鳥手たちは躊躇うだろうが、わたしならば、龍を前にして躊躇いなく護り刀を振るえるだろう」

「……皇尊？」

信じられない言葉を聞いたかのように馬木が呟いたので、ふり返って笑ってやった。

「そうなのだよ、馬木。わたしは」

わずかに顔をしかめ、馬木は軽く首を横に振る。

「畏れ多いことを。いかな皇尊とはいえ、神はお怒りになるやも」

「わたしは神に、神に怒りを覚え憎むようなわたしが即位し、わたしが望み作る御代《みよ》で良いのかと問うために入道した。そして殯雨《もがりあめ》が止《や》み、ここに戻った。それが神の答えだ」

絶句した馬木から、有間に視線を戻す。

「そなたが力を貸さないなら、わたしは自分で行く。そうなれば、わたしの命の保証はない。もう、望みだのなんだのと言っていられない。だからこそ、そなたに約束した書札もなしだ」

はじめて有間の瞳《ひとみ》が揺れた。

日織の決意は、半分本気、半分はったりだ。自ら鳥手たちの先頭に立ち悠花を探しに行くのは愚かだ。ただ、そうしても良いと思うほどに焦《あせ》ってはいる。

が——そんなつもりはない。

有間を動かす。そのためだけに、こうして莫迦《ばか》な決意を口にしていた。

（有間は最初から書札を望んで龍《たつ》ノ原《はら》に来たわけではない）

二人は睨《にら》みあう。

（わたしとの対面で、こちらの思いを見透かし、それを書かせることを思いついたのは間違いない。ただ一旦《いったん》手に入ったも同然と思ったそれを、簡単に諦められはしないだろう。有間の立場では）

有間は危うい立場の次期国主候補だ。

「ならばわたしは、すぐにでも遊子の媛《ひめ》を頂いて龍ノ原を去ろうか」

傲然《ごうぜん》と言い放った有間に、日織は淡々と返す。

「すればよかろう。そなたが、それで良いならな。白邪よ」

白邪の一言に有間の顔色が変わる。

「おっとりしているのかと思えば、わりと抜け目ないな。この数日で調べたのか」

「初手は、こちらの準備不足だった。だからそなたにしてやられたが、今度はそうはいかない。やられた分、働いてもらいたい」

「わたしの足もとを見るか、皇尊」

有間の顔がゆがむ。

「お互い様だ。しかし互いに利があれば、文句はあるまい。しかも宣儀《せんぎ》が終わるまで、ここで暇をかこつだけだろう。力も有り余っているようだ。わたしに協力しても、そなたの損はないはず」

「損はない。ただ、あなたの命令に従うのは業腹《ごうはら》だ」

「しゃくに障《さわ》るわたしの書札を求めるのか」

「求めるのは、国の頭に座る莫迦者に効果があるからだ。わたし自身は、あなたがどんな有り難い御言葉を書こうが、鼻で笑って丸めて捨てる」

　皇尊を飼うと口にするような男なので、この程度は予想の暴言だ。

「これは命令ではなく取引だ」

「取引？　にしては、あなたの取り分が多いな。宣儀までの猶予《ゆうよ》と吾《われ》らの協力、二つ。吾らには書札のみ」

「二つの条件を呑《の》む程度には、わたしの書札に価値はないか？　二つの条件は、そなたにとっては痛みもない、簡単なことだろう」

　有間はにやりとする。

「皇尊、気づいているか？　取引とは、対等な立場でしか成立しないものだということを。一方が圧倒的な強者である場合、あるいは圧倒的な強者であると勘違いしている場合は、取引など成立しない。あなたは今、わたしを対等と見なしたのだ」

「それが？」

「龍ノ原の皇尊が、科人《とがにん》の末裔《まつえい》と対等に取引をして良いのか？　しかもわたしが、国で白邪と呼ばれていると知って」

「対等な立場で取引をする。それで正しいと信じている。科人の末裔だろうが、なんと呼ばれていようが関係ない」

　皇尊の御位に即こうとも、日織は一族の者が蔑《さげす》み、名を口にするのさえ嫌悪《けんお》する遊子だ。能市と高千の与理売に対する侮蔑《ぶべつ》で、改めてそれを思い知った。

　しかし、それがなんだと言うのか。

　一族が最も蔑む遊子も、最も尊ぶ皇尊も、この身のこと。余人が知らないだけで、実際は一人の者の中に人の侮蔑と尊敬が同居しているのだ。

　それを思えば、科人の末裔だの神に見放された者だのというのは、ただ、ひたすら莫迦らしくなる。それと同じく、神と縁《えにし》を成す皇尊の権威も莫迦らしい。

　日織は自らが侮蔑されるべきとは思わないし、また同時に、高き者であるとも思わない。それと同じく、有間が国でどんな立場だろうが、どう呼ばれていようが関係ない。利用できる、あるいは協力できるのならば、すれば良い。取引もするし腹の探り合いもする。

　しばらく沈黙が続いた後、有間が目を細めた。

「……面白い。あなたは」

そう呟《つぶや》き、続けて声を張る。

「承知した、皇尊。力をお貸ししよう」

三

反封洲の者たちの協力を仰ぐため、祈社《きしゃ》が預かっている太刀を彼らの手に戻せ――。日織の居所となっている殿舎に真尾を呼び出しそう命じると、間髪いれずに真尾は拒絶した。

「なりませぬ」

木《こ》っ端《ぱ》が散り、ささくれになった荒れた床に端座しても、真尾は眉《まゆ》一つ動かさなかった。拒絶の言葉には怒りが滲んでいる。

「彼らの太刀ならば、あの龍に似た生き物を抑えられるかもしれない。龍に似ているのだから金気は効くだろう。それを期待して彼らを頼るのだ。太刀が必要だ」

「そもそも他国の者を聖域である祈社の中で自由にさせるとは、どういうおつもりですか、皇尊」

「聖域に禁足地《きんそくち》はなかったと思うが？」

「八洲の者は科人の末裔です。科ある者が聖域を穢《けが》すような」

「くだらない」

真尾の言葉を遮った。彼は信じられないことを聞いたかのように、目を見開く。

「くだらない？　そう仰《おつしや》いましたか」

「言った。治央尊《おさのひさしのみこと》によって八洲に流された者は科人だろうが、それは神代《かみよ》のこと。幾世代も隔て、その地に生きる者を科人というのか？　原初に罪があろうとも、隔てられた時によってもはやそれらは薄まって、消え果ててしまうだろう」

「科人の末裔であると、『古央記《こおうき》』に記されていますぞ」

「科人の末裔だから穢れていると？　川の流れにひと雫《しずく》垂らし落とした紅の色が、何百年、何千年経っても消えないと思い込み、それをしてその川を『この川の水は紅《あか》い』と言うのに似ているほど、愚か。水は流れ、川の色は紅くもなんともないだろう」

「いや、さらに。それ以上に。その者たちが太刀を振るうのは危うい。祈社は地龍《ちりゅう》と龍に祈る場所。龍も祈社の周囲に多く姿を現します。そんな場所で太刀を振るうなど、龍を脅すようなもの。そんなことをすれば、龍が怒るやもしれません」

「龍に向かって太刀を振るうわけでもなく、無闇《むやみ》に振り回したりもしない。しかし、そんなことで龍が怒るというなら、その時はその時。とにかく、わたしは許可を求めているのではない。命じているのだ、そなたに」

「では、お答えいたします。その命令、応じかねます」

強い真尾の視線を受け止めた日織は、しばらく間を置き口を開く。

「真尾。神代の科人の罪を云々《うんぬん》する前に、そなた自身に今、償いが必要ではないか？」

ぴくりと、真尾の眉が動く。

日織は淡々と続けた。

「祈社は、身内という理由から与理売と高千が会うのを許したな？　その結果、与理売が呼笛《よびぶえ》を盗み出した。これはあきらかに祈社の不手際。呼笛が盗まれるのも不手際だが、盗まれる原因を作ったのも祈社だ。その結果どうなった？」

真尾の視線が日織から外れ、床の一点に移った。日織は続ける。

「結果、わたしの妻悠花の身が危うい。もし悠花の身に何かがあった場合、祈社はそれを償えるのか。償うためには祈社として許しがたきことにも目をつぶり、反封洲の者の力を借り、太刀を振るうのを許そうとは思わないのか。当初から言うように祈社の不始末を厳しくは問わぬ。そのかわり祈社として曲げがたきこともあろうが、それを曲げて協力をせよ」

「このように……」

嘆くように真尾が呟く。

「このように様々なことをないがしろになさる皇尊は、歴代おられなかったでしょう」

「ないがしろにするのではない。わたしは、見直したいだけだ。当然と思われているものも、当然ではない。それを知っているから」

「何もかもあなた様は、今までと違う皇尊であらせられる」

「褒め言葉ととっておく」

違いますと、そう言いたそうな目をした真尾だったが、そのまま口を閉ざす。長い逡《しゅん》巡《じゅん》の後に頷いた。

「わかりました。太刀をお戻ししましょう」

鳥手たちと、伴有間率いる佩刀《はいとう》した反封洲の者どもは、じりじりと祈峰稜線の捜索をすることになった。

有間の協力を仰いだ翌日。

馬木から、護領衆の一人が与理売を目撃したと報告があった。

祈峰裾野《すその》の里《り》で、見張りに立っていた護領衆の一人が、夜明け前に与理売を目撃した。彼女は農家に忍び込み、飯桶《めしおけ》を抱えて出てきたのを目撃されたらしい。護領衆は遠目にそれを発見し追おうとしたが、すばしっこい小柄な姿をすぐに見失った。

しかし与理売であったのは間違いなく、彼女は祈峰の斜面へと駆け上っていったのだった。彼女が残した足跡を鳥手が追い、姿を消した方向を定めているという。

最初に悠花を連れて逃げ去ったさいに残された痕跡と、今回の与理売の足跡。二方向から推測すれば、居場所を特定できる確率は飛躍的にあがる。

そのうえ食べ物を求めて、再び与理売が現れる可能性も充分あった。そこで馬木は鳥手の一部を与理売が姿を見せた里と、その周囲に集中的に配置したらしい。

「動物は一度味をしめると、同じ場所やその近くに現れます。大人の入れ知恵がない子どもの感覚であれば、本能に近い行動をしますから」と、馬木は言った。

さらに行動を共にする有間たちの存在が、鳥手には心強いらしく、腰が引けがちだった配下の動きが良くなったとも言って再び捜索に戻った。

着々と悠花の居場所に近づいている。

悠花を慕う与理売は、彼を傷つけはしないだろう。

しかしあの生き物はどうだろうか。

不安と焦りは常にあり、苛立《いらだ》たしい。

さらに面倒なことに、能市王と高千王の件があった。

王《おおきみ》兄弟罷免《ひめん》の勅書が左宮に届けられた翌日に、阿知穂足が怒りにまかせ、数人のとものみを連れて祈社に怒鳴り込んできた。日織はそれを予想し祈社の門を閉じさせていたから、真尾に命じ、「しばらく皇尊は祈社から出ぬし、門も開かぬ」と伝えさせて追い返した。

ただ、それで大人しくしている穂足ではない。すぐに太政大臣《おおまつりのおとど》淡海皇子《おうみのみこ》に泣きついた。淡海は真尾に文を送り、開門するように日織を説得せよと意見する。変事があり祈社に籠《こ》もってしまった皇尊を、淡海は案じて気を揉《も》んでいるらしい。どうしたものかと真尾は日織に相談にきたが、取り合うなと命じて無視していた。

そうしていると今朝のこと。淡海から日織にあてた開門を勧める文を、穂足が自らたずさえ祈社の門前に現れたのだ。文を手渡す名目で日織との対面を望み、さらには開門を要求した。

これにも日織は応じなかった。「皇尊は体調が芳《かんば》しくないと言って追い返せ」と命じると、真尾は反論するのにも疲れたように、仕方ないと言わんばかりに帰って行った。

その後ろ姿を見送った空露が、不安げに日織を見やる。

「よろしいのですか、左《さ》の大臣《おとど》にお会いにならなくて。待たせれば待たせるほど、左の大臣の怒りは募ります」

「どのみち、能市王と高千王を許すつもりはないのだ。今は穂足につきあえない。全《すべ》て事が終わってから、穂足への対処も考える」

「大事《おおごと》になりますよ、きっと」

「二人を罷免したときから、大事になるのは決まっていた」

今は悠花を救い出すのが優先で、穂足にかまっている時間も彼への対処を考えている時間もないし、心の余裕もない。こんなときに会うのこそ得策でない。大事になると空露は言ったが、それはその通りだろう。最初からわかっていて日織は決断を下したのだ。

絶対に許せなかったから。

許さないと決めた。それを曲げるつもりもない。だから穂足に、してやられるわけにはいかない。考えなしに、焦りで有間と対面したときのようなへまは、できないのだ。

(悠花、どこだ)

ささくれだった母屋の床に座り挟軾にもたれ、開かれた枢戸《くるるど》の外に広がる白杉《しらすぎ》の森を見つめた。樹間を渡る風が吹きこむ。この静かな森が日織の妻を隠してしまっている。

(鳥手も有間も休みなく動き続けている。近づいているはずだ、きっと)

そう思おうとした。しかし悠花が連れ去られてからずっと、息を吸うのが少し苦しい。胸の中が不安でいっぱいで、息すらも吸い込む余地がないかのように。

月白を失った。大切に護《まも》ろうと決めた妻を死なせてしまった後悔と、寂しさと哀《かな》しみが日織の中にこびりついている。その上さらに、もう一人の妻も失ったら——。

(不吉なことを考えるな)

きつく目を閉じて己を叱責《しっせき》する。

（悠花は戻ってくる。それを信じろ）

あえて思い込もうとした。美しい顔に浮かぶ強気そうな笑みにも、人をくったような軽口にも、日織は再び会えるだろう、と。

きっと会える——会いたい。そう思った途端に、胸の中に言葉が吹き出す。

（会いたい、悠花に。会いたい、会いたい、会いたい、会いたい！）

不意に息が詰まり、前屈《まえかが》みになって己の胸を抱く。空露が驚き、「日織」と呼びながら背中に手を置く。

「悠花、どこにいる」

頼りない呻《うめ》き声がこぼれる。日織の苦痛を受け止めたのか、空露は痛みを堪《こら》えるかのように沈黙したが、しばらくすると「鳥手が見つけます」とだけ答えた。そして日織の背中をさすり続ける。「そうだな」と返したかったが、声にならなかった。

居鹿《いしか》は悠花が連れ去られたと知り、一度だけ顔を見せて泣いた。悠花の身を案じ、それ以上に与理売の身の上と彼女の気持ちを慮《おもんぱか》って泣いていたように思う。

ただそれ以降、居鹿は日織たちの邪魔にならないように気を遣って姿を見せない。そのかわり、悠花が連れ去られた衝撃で寝込んでしまった杣屋の傍らについて、看病しているらしかった。

馬木は毎日昼前には現れ、状況を報告するのが日課だった。

しかし与理売が目撃されて二日後の昼間には、姿を見せなかった。

妙だと思っていると、夕暮れ、樹間に闇が溜《た》まり始める頃に有間が来た。

鳥手たちの動きがあわただしく、馬木の手が離せないので、代わりに自分が報告に来たと告げたらしい。応対した空露は驚いた顔をしながら、「このように言っていますが、有間殿にお目にかかりますか？」と、訊《き》いた。

会おうと告げて、空露と一緒に母屋《もや》を出た。日織も少なからず驚きつつ、階の下に膝をつく、腰に太刀を佩《は》いた白髪の美丈夫を見下ろす。

（馬木が、わたしへの報告を有間に託すとは）

それ以上に不思議なのは、有間が馬木の代理で遣いを引き受けていること。

仮にも有間は、次期国主と見なされている男。そんな男が、馬木が鳥手の長とはいえ、身分を持たない者の代理など普通は引き受けはしない。身分にこだわりが強い者ならば「自分に代理をさせるなど莫迦にするな」と、怒り出すだろう。

（まったく身分に無頓着《むとんちゃく》なようだ、この男は）

だからこそ日織に、散々無礼をはたらけるのかもしれない。

姿を見せた日織に一礼し、有間はそつなく告げる。

「鳥手の長、馬木の代理でご報告に参った。馬木は手が離せぬ。というのも、鳥手が何かを見つけたらしい」

「なにかとは」

「詳しくはわからんが、馬木が泡をくって駆け出すほどのことだ。吾ら反封洲の者は、あの生き物の痕跡と与理売とかいう子どもの足跡から推測される、奴《やつ》らの隠れ潜んでいるだろう場所の近くに待機となっている」

　今までと馬木の動きが違うことに、期待が芽生える。

「見つかりそうなのか」

「鳥手たちは、なかなかできる。馬木のような者が無駄に慌《あわ》てまい。それでもなお、空振りやもしれんがな」

　口ぶりから、彼が鳥手たちと密に連携して動いているのだろうと察せられた。

「代理とは、随分と馬木に信頼されているようだな、有間」

「今、反封洲の者は待機なので手が空いているのでな、役割を振られたのだろう。とは言え、信じてもらっていると自負はしている。同じ目的で動いていれば、よほど互いに反発していない限りは、信頼というのは急速に生まれるものでな」

　自信に満ちてはきはきと口にする言葉には強さがあり、不安のある鳥手たちが、有間を恃《たの》みに思う気持ちが強くなるのも頷《うなず》けた。

足もとを見られての取引ながら、有間は誠実に動いている。

それを実感すると、ずくりと胸が痛んだ。

この男は非道な発想をする。そんな者に負い目を感じる必要などないと思い、彼を利用する覚悟をしたのだが――。

「そうか。感謝する、伴有間」

自然と口から出た言葉に、彼はすこし意外そうな表情をした後に微笑する。

「妻を愛しているのだな」

「それは！　その、……妻だから」

有間の言葉がひどく恥ずかしく、咄嗟《とっさ》に反論しかけたが、反論するのも違うような気がして語尾を濁す。

傍らにいた空露がその様子を見て顔を伏せ、小さく微笑《ほほえ》んだ気がした。

有間が目もとを和ませる。

「妙な顔をするな、皇尊。褒めているのだ。身内を愛せるのは良いことだ」

言葉に胸をつかれた。

（白邪という蔑称《べっしょう》で有間を呼ぶのは彼の実父、反封洲国主、伴屋人）

唐突にそのことを思い出したのは、彼の言葉に滲む羨望《せんぼう》に似た響きのためだった。身内を慈《いつく》しむ者を、微笑みながら「良いことだ」と言った。

初めて、有間に人らしい情を見た気がした。邪悪な発想をする男だと、獣のように嫌悪していたのだが。

今の一瞬、彼は日織が抱き続けた印象とは全く違うものを覗《のぞ》かせた。

(この者は……もしや)

無礼で悪辣な言葉や態度。それら全て、有間の交渉術であると同時に、防御であったのかもしれない。

(取引が成立した今、彼は防御をやめ、本来の彼らしさで事に当たっているとしたら?)

防御をやめた有間は、鳥手たちとの間に信頼を育てるほどに誠実に事に当たっている。身分の隔ても気にせず、他者と親しみ動く。

そうだとすれば、有間は日織が思っているような男ではないかもしれない。

「では、わたしも仲間の所へ戻る」

(仲間?)

有間は今、彼の配下や鳥手たちをひっくるめて仲間と呼んだ。次期国主と目されている男が、自分が引き連れてきた配下や、身分のない鳥手たちを仲間と。

立ちあがりきびすを返そうとする有間を、日織は思わず呼び止める。

「待て、有間」

足を止め、有間はふり返る。

この男には書札を与える約束をした。

だが――日織は約束を破るつもりでいる。

その自分の覚悟を思うと、じりじりと、気持ちが焦《こ》げ付くような嫌な感じがある。

(呼び止めて何かを問う資格があるのか、わたしに。彼を騙《だま》そうとしている、わたしが。

しかし確かめたい。彼の本性)

強い衝動だった。それを知らなければ、日織はまた何か大きく間違って歩みを進めそうな気がした。

どうすれば本性を見られるのか。

「なんだ、皇尊」

「有間。そなたはなぜ国主になりたい」

思わず訊く。咄嗟にその問いしか思いつかなかった。

「藪《やぶ》から棒に、なにを」

傍らにいた空露も、不審な目で日織を見やる。

「訊きたいのだ。教えて欲しい」

すると有間は迷わず答えた。

「そんなもの単純だ。反封洲を、人が飢えない国にしたいからだ」

いつもそれが念頭にあるのだと、きっぱりした物言いでわかる。

愕然《がくぜん》とした。

能市に似たことを問うたとき彼の口から出たのは、端的にいえば虚栄心だった。

有間の口から出たのは、迷いない民のための決意。

（こんな男を騙すのか、わたしは）

呆然《ぼうぜん》としていると、有間が白い眉をひそめた。

「どうした、皇尊。顔色が悪いぞ」

「なぜ、おまえのような者が白邪などと呼ばれる」

訊かずにはおられなかった。有間の一言を聞くだけで、彼が国主となる資質があると思えた。数日行動を共にしただけの馬木にすら信頼されている。さらに屈強で知恵も回る。この男が国主の後継であれば、誰も文句は言うまいと思えるのに。

有間は驚いたように何度か瞬《まばた》きし、ふんと鼻で笑う。

「次々、おかしなことを訊く」

「なぜなんだ。答えて欲しい」

「父は、わたしが怖いのだろうな。穴から還《かえ》った者だからな」

「穴？」

知っているかと空露に目顔で問う。

「反封洲にある、罪人を落とす場所と聞いた記憶はありますが」

有間が腕組みして答えた。

「まあ、その通りだ。わたしは五つの時に、母とともにそこに落とされた。穴は、科人や国主に逆らった者を落とす、文字通りの巨大な天然の縦穴だ。大地の裂け目と呼んでもさしつかえないほど巨大だが、穴と呼ばれている。絶壁で登るのはままならず、穴の底にはいくつも横穴があり、複雑に奥へ奥へと絡《から》み合うようにして、岩盤の奥へ広がっている。その穴に科人を下ろすのだ。それだけのことだが、――それが反封洲で最も過酷な刑罰だ」

「刑罰？　罰を？　国主の長子がなぜだ」

「父国主の悋気《りんき》だ。わたしの母は葦封洲《あしのほうしゅう》の地方豪族の媛だったが、国境の争いを和議で終わらせるため、和議の証《あかし》として父国主に差し出された人だった。吾《わ》が母ながら、とても美しい人だったが、それが悪かったのだろうな。父国主が、母とわたしを溺愛《できあい》するのが面白くなかった他の妻たちの讒言《ざんげん》で、父国主は、母とさる臣下との不義を疑い、わたしも自分の種ではないと言い出した。そしてその臣下を処刑し、わたしと母を穴に落とした。気の毒なのは、その臣下だった。まるっきりのとばっちりだ。しかし良心ある臣下たちがいてくれたのでな。彼らが父を説得して、わたしは十年後に穴から助け出された」

「穴の底に十年？　よく、そこまで」

思わずのように空露が呟くと、有間は目を細めた。

「穴には少しの湧《わ》き水と、雑草と虫。時々気まぐれに放り込まれる、布や木ぎれ。年に数回、うっかり落ちてくる鹿《しか》や兎《うさぎ》くらいしかなかった。そこに下ろされる科人たちは年間およそ五十人。生きるために穴の底で、無残な闘争や駆け引きをする。女子どもであれば、十日も生きられないと言われている。しかし母は四年生きた。わたしは十年」

「どうやって生き延びたのだ、そんなに」

訊いた日織に、有間は首を横に振る。

「聞かない方が良い。胸が悪くなる。問われて、臣下の一人に話して聞かせたことがあるが、その者は三日間食事が喉《のど》を通らなくなった。尋常な場所ではなかった。生き残ったものの、穴から助けあげられたわたしの髪は、こんな色になっていた」

肩にかかった白い髪を、有間は一房つまむ。

「この世で最も醜悪なものを見て、体験した、とだけ言っておく」

瞳の奥にある暗い光に、おののく。

有間は、人を飼うという残酷な発想をする男だ。日織はそう思っていたが――違う。

（有間はそれを考えたのではなく、目の前で見た、あるいは体験したに違いない。だからそんなこともありうるのだと、言える）

聞いただけでぞっとするような穴の中で、彼はありとあらゆる残酷さや非道を見たはずだ。口にした非道は、彼の発想ではなく、ただ知っているということ。

「臣下たちも諦めきっていたから、わたしが生きていたのに心底驚いていた。そして生き残ったのが、父国主は信じられなかったのだろうな。しかも、このなりだ。父国主は自分の罪を知っているからこそ、わたしが怖いのだろう」

「復讐《ふくしゅう》したいと思わないのか、国主屋人に」

日織の問いに、有間は声を出して笑った。

「莫迦なことを訊くな！　したいに決まってるだろう？　それに気づかぬほど阿呆《あほう》でもないから、父国主はわたしを恐れるのだ。しかしただ殺すのは、生ぬるすぎると思っているのでな。あなたの書札《しょさつ》をもらい、首尾良くわたしが国主になったあかつきに、じっくりと残酷な復讐の方法を考える」

書札をもらうと、今、有間は口にした。しかし、ありとあらゆる非道を体験した有間が、騙し騙されるのを計算に入れないはずはない。それを確信して問う。

「わたしが、そなたを騙すとは考えないのか？　有間。書札など知らぬと、最後の最後に拒否すると思わないのか」

案の定、問われた有間はそんなことは先刻承知とばかりに驚きも慌てもせず、唇の端を吊《つ》りあげる。

「騙し、騙されは世の常。あなたがそう振る舞う可能性も、あるだろう」

「ではなぜ、宣儀まで留まると約束した？　今も力を貸す？」

「吾らに損がないからだ。宣儀まで留まり力を貸せば、龍ノ原の実情を見聞きできる。他国の実情は、神国である龍ノ原のことであれ、知っていて損はない。書札がもらえずとも、わずかばかり時間と体力を使ったというだけで終わる。書札は欲しい。父国主は地大神《ちのおおかみ》を畏れ敬っているゆえ、それを鎮《しず》める皇尊の言葉となれば、かなりの効果があるはずだからな。しかし、もとよりそれを望んで龍ノ原まで来たわけではない。諦めは肝要だ」

有間は挑むように日織を見つめた。

「ただ、はるばる龍ノ原まで来たのだ。知り得ることは、知っておきたい」

その目を見て卒然《そつぜん》と悟った。日織が有間を騙すかどうかすらも、彼は知るべきことだと考えているのだ。

龍ノ原の皇尊の人となりを知り、これから自らが国を統《す》べるときに、龍ノ原に対してどう対処するかの指針とする。そのために彼は、日織の最終決断を知りたがっている。

暗に問われているのだ。吾らは、真摯《しんし》にあなたの望みのために動く。それに対してあなたがどう出るか？　それによって、あなたの皇尊としての器量をはからせてもらうと。

有間は日織よりも遥《はる》かに様々なことを知り、体験し、考え抜いている。彼の存在が大きく見えた。そして鳥手たちが、彼を数日で信頼し得た根源を見た気がした。

不意に嫌な緊張を感じ、掌《てのひら》が汗ばむ。

有間には間違いなく、国主としての力量がある。

（そんな男に、わたしは試されている）

その時、森の向こうから鋭い声がかかった。

「若君！」

有間がふり返り、日織と空露も、声の方へ視線を走らせる。

白杉を避け、左右に跳ねるようにして走って来るのは、腰に佩いた太刀を重そうに揺らす反封洲の者。

「与理売が、現れました！」

六章　古《いにしえ》の約束と、そのあかし

一

（与理売《よりめ》が！）

急ぎ階《きざはし》を駆け下りると、日織《ひおり》は有間《ありま》の傍らに立つ。それとほぼ同時、息を切らせて駆けつけてきた有間の配下が彼の前に膝《ひざ》をつく。

有間が鋭く問う。

「馬木《まぎ》の指示は」

「鳥手《とりて》たちが、気づかれぬように後を追っている模様です。方向から察するに、おそらく吾《われ》らが待つ場所に近づくはずと。その近辺に身を潜めて待ち伏せよとのことです。そこから追えば必ず、与理売が塒《ねぐら》にしている場所へ行けると」

「すぐに行く」

走り出そうとする有間の腕を、日織は摑《つか》む。

「わたしも行く！　連れて行け」

日織の後を追ってきた空露《うつつゆ》が、高い声を出す。

「何を仰《おつしや》いますか！　なりません」

「わたしのせいで悠花《はるはな》は連れ去られたのだ。もはや待つだけはできない！　与理売も、庇《かば》ってやる者がいなければならない！　鳥手たちは気が立っている。何が起こるかわからない。わたしが側《そば》にいれば与理売を庇ってやれる」

「断る。足手まといだ」

　にべもない一言の後に、有間は続ける。

「しかし塒の場所がわかれば話は別だ。塒には、あなたの妻もいるはず。塒を見つけたら踏み込む前にお呼びする。あなたの妻の命がかかっているのだ、あなたの判断を仰ぐ場合もあるはず。それで良いか」

「良い。それで良い。頼む、どうか」

「承知した」

　短く応ずると、有間は配下をともなって駆けていった。

「日織、行く気ですか。本当に」

　心配顔の空露に、日織は硬い横顔だけを見せて答えた。

「行く。止めても、行くから」

空露は諦《あきら》めの声で答えた。

「わかりました。わたしも参ります」

急速に周囲の色が褪《あ》せ、視界がきかなくなってきた。みるみるうちに闇《やみ》に沈む護領山《ごりようさん》は、鳥手や有間たちが緊迫した追跡を続けている気配など、みじんも感じさせない静寂に包まれている。

払邪香《ふつじやこう》の香りが漂っていた。

階に腰かけて待っていると、日が沈み、しばらくして馬木が姿を見せた。

立ちあがり急《せ》き込んで問う。

「どうなった。状況は」

「祈峰《きほう》の西、稜線《りようせん》に近い場所に洞窟《どうくつ》があり、与理売がそこに入っていくのを確認しました。おそらく悠花様も中におられると思いますが、あの生き物もいるはずです。反封《たんのほう》洲《しゆう》の者たちとともに洞窟の出入り口を囲み、いかにして与理売とあの生き物を抑え込み、悠花様を救い出すか算段しております。おいでになりますか？」

「無論。案内を頼む」

馬木は、日織と空露を連れて森へ入った。月は満月からわずかに欠けていたが、それでも手灯《てあかり》を必要としないほどの明るさはあった。

洞窟に近づくと馬木は、「お静かに願います」と声を潜め、足音を忍ばせるようにと指示した。落ち葉が降り積もる斜面を静かにのぼっていくと、傾斜はゆるやかになり平らになり、白杉《しらすぎ》の向こうに、崖下《がけした》の開けた空間が見えた。日当たりの加減なのか崖下には大樹がなく、葛《かずら》や笹《ささ》が浮島のように茂っている。

崖の一部に真っ黒い縦長の亀裂《きれつ》があった。

おそらくあれが与理売の塒だ。

(悠花が、あそこに)

鼓動が早まる。

笹藪《ささやぶ》の陰に有間が膝をついて潜んでいた。他の反封洲の者はもちろん、鳥手たちも同様に、洞窟を囲むように散開して潜んでいる。

馬木とともに有間の側に膝をつくと、有間は洞窟を顎《あご》で指した。

「静かなものだ。さて、どうするか」

「まずは与理売を抑えるべきでしょう。いきなりあの生き物をつつき出すのは、骨が折れるはずなので」

答えた馬木に、有間は渋い顔をした。

「与理売が腹を空《す》かせて出てくるのを待つのが、得策か。長丁場になるが、致し方なし。皇尊《すめらみこと》の妻が中にいるのでは、突入するわけにもいくまいしな」

与理売は呼笛《よびぶえ》を大切なものと言って、持ち歩いている様子だった。彼女を抑えられればすぐさま懐《ふところ》を探り、呼笛を取り戻さなければならない。

悠花の命の次に呼笛は大事だ。それがなければ日織は皇尊として、御位《みくらい》にあり続けるのさえ危ういのだから。

笹藪の鋭い葉の合間に見えるのは、深緑と青が入り交じった、苔《こけ》が濃くはびこった断《だん》崖《がい》。洞窟の出入り口の亀裂の周囲には忍冬《すいかずら》が蔓《つる》を伸ばし、しぼんだ白い花びらが幾つもついている。

人の手が入っていない、湿気《しけ》った重々しさの漂う場所だ。

祈峰にこのような、人の立ち入りがない場所があるとは知らなかった。おそらく誰も知らないのだろう。人が踏み込むことのない、空白地のようになっているらしい。

不思議なことだ。

護領山、とくに祈峰の周囲は、護領衆《ごりょうしゅう》が頻繁に入って山菜を採ったり薪《まき》を集めたりする。にもかかわらず、稜線近くで祈社《きしゃ》から西に外れているとはいえ、わりあいに近いこの場所が手つかずで残っているのは不可解。

人の足が向かないように、仄《ほの》かな結界でも作られていたかのようだ。

もしそのように結界めいたものが作られていたとしたら、それはおそらく、あの龍《りゅう》に似た生き物の仕業だろう。

(悠花。そこにいるのか)

暗い岩の裂け目を見つめていると、暗闇の奥で何かが動いた。その何かは、ゆっくりと洞窟の出入り口に姿を現す。

息を呑《の》む。

(与理売！)

薄汚れた衣に、ほどけた髻《もとどり》。遠目でもわかる荒《すさ》んだ姿。夢を見ているようなぼんやりした目をしながら、微《かす》かに笑みを浮かべている。その様子に胸が痛む。

(あの子を助けなければ)

与理売は絶望の暗闇の中にいる。悠花が一緒にいたとしても、きっと与理売を取り囲む闇の中には入れていない。入れていたら、とっくに悠花は日織のもとに帰ってきていただろう。

闇から救い出し、手を引き、与理売を明るい場所へ連れて行きたい。

救えなかった月白《つきしろ》のようには、させたくない。

与理売は洞窟の出入り口にはびこる忍冬の花に手を伸ばすと、幾つも摘み取り、片手で持ち上げた纈裙《ゆはたのも》の上に落としていく。

馬木と有間、空露も、緊張したのが気配でわかった。

どうすると、無言のうちに有間と馬木が視線を交わす。馬木が手指で自分を指し、片手で何かを伏せるような身振りをした。それで伝わったらしく、有間が頷《うなず》く。

馬木が周囲の鳥手たちに、手で何事か合図した。

有間も配下に向かって指を立てて合図すると、彼らは身構え、太刀の柄《つか》に手をかけた。

有間も太刀の柄に手をかけ、腰をかがめて飛び出す姿勢を取る。

与理売がこちらにふり向く。持ちあげた纐裙の下に、痩《や》せて黒ずんだ脛《すね》があらわになっていた。彼女は周囲を見回し、他にも忍冬を捜しているようだ。日織たちが潜む笹藪の方向に朽ち木があり、そこにからまる忍冬に目をつけたらしい彼女は、纐裙に乗せた忍冬の花をこぼさないように気をつけながら、こちらに向かってくる。摘んだ忍冬を数えているのか、与理売の視線も注意も持ちあげた纐裙に注がれていた。

鳥手たちがじりじりと位置を移動し、包囲を狭めていく。

リリッと、虫が小さく与理売の足もとで鳴いた——、その時。

馬木と、さらに別方向から二人の鳥手が飛び出し、与理売に襲いかかった。

甲高い子どもの悲鳴があがるのと同時に、三つの影が与理売に殺到して覆《おお》い被《かぶ》さり下草の中へ突き倒した。

有間が飛び出し、さらに日織も飛び出す。

下草を蹴《け》散《ち》らし、噛《か》みつこうと暴れる与理売を、鳥手が三人がかりでうつぶせに抑え込んでいた。「いやだ、いやだ、いやだ」と、悲鳴のような声を与理売が張りあげている。

「与理売！」

抑えつけられた与理売は、顎をあげて日織を見ると、目を吊《つ》り上げ悲鳴を止めた。

そして怒鳴った。

「だいっきらい！　おまえ、死ね！　死んじゃえ！」

憎悪《ぞうお》に怯《ひる》みそうになった。しかし同時に、与理売の哀《かな》しみが自分のもののように思えて胸が詰まる。自分が自分であったから、大好きな父と母に捨てられた。自分が自分であることが、哀しくて、惨《みじ》めだ。それがよくわかる。

日織も、ずっと自分が自分であることが哀しく、悔しく、惨めで、罪悪感さえ抱いていた。

しかし幼い与理売は、自分の哀しみや惨めさを認められない。そんなものを直視すると、押しつぶされると幼心にわかっている。だからそれを認めないため、責任を全部自分以外のものに押しつけて別の者を憎むのだ。

「助けて！」

日織から目をそらし、与理売は滅茶苦茶《めちゃくちゃ》に頭を左右に振る。その声が何に助けを求めているのか察し、まずいと思った。

樹皮を削り取ったような強い香りが漂ってくる。

有間が、突然太刀を抜く。それに呼応し、藪から出ていた彼の配下も抜刀して同じ方を向いて身構えた。

ふり返ると、彼らは洞窟の出入り口に向かって半円を描くように散っている。

がちり、がちりと、硬い爪《つめ》が岩を踏む音が奥の暗闇から響く。

洞窟の暗闇の向こうに二つの金の光が灯《とも》る。それが外へと近づくと、ぬっと角《つの》のある頭が闇から突き出た。頭、首、前足、胴と、ゆっくりと月光の下へ出てきたのは龍に似た生き物。気配を感じたのか、抑えつけられている与理売が呼びかけた。

「助けて！　お願い。助けて。絶対に、絶対、悠花様も、こいつらに渡さないで！　お願い、護《まも》って！　助けて！」

うなり声が、龍に似た生き物の牙《きば》の隙間《すきま》から発せられる。びりびりと初夏の生暖かく湿った游気《ゆうき》を振動させる声を発すると、生き物の髭《ひげ》がうねった。

突然、素早く、生き物が駆けた。

有間たちが構えを低くして立ちふさがると、生き物はぴたりと動きを止める。一定の距離以上、有間たちに近づきたくない様子に見えた。

（金気、太刀か）

龍に似た生き物は、その場で足止めされている。有間たちが取り囲む周囲には鳥手たちが散っていた。

洞窟の出入り口と生き物の間には、かなり距離ができている。

今なら、日織が鳥手たちの背後を回り込み、洞窟に入れる。悠花を助け出せるはずだ。

(わたしが行かねば。あの生き物が洞窟に背を向けている、今)

悠花の状態がどのようになっているのか、わからない。もし彼が男とわかるような有様になっていれば、まずい状況になるだろう。人の目に触れる前に、日織が誤魔化す必要がある。

太刀に囲まれ立ちすくむ生き物を注意深く見ながら、静かにゆっくりと、日織は鳥手たちの背後に回り込み、忍冬がはびこる洞窟へと近づく。

あと数歩で、崖の亀裂に踏み込める。

「悠花様を護って!」

与理売の鋭い声が響いた。ぎょっとふり返ると、抑え込まれた与理売が顔をねじ向け日織を睨《にら》み付けていた。

「あいつが悠花様を連れて行っちゃう! いやだ、絶対いやだ!」

与理売の声に呼応するように、龍に似た生き物の瞳《ひとみ》が爛々《らんらん》と輝きを増す。首を振り立て、場を圧するような大音声《だいおんじょう》で吠《ほ》えた。白杉の幹や、下草や、忍冬の花が震え、耳に痛いほどの大音が崖下に弾《はじ》け、日織をはじめ、その場にいた誰もが咄嗟《とっさ》に片手で、あるいは両手で耳を覆った。

それが隙になった。抑え込んでいた男たちの力が緩んだ一瞬、与理売が、猫のようにするりと彼らの腕の下から抜け、跳ね起き、駆けだしていた。音の痛みに歯を食いしばりながら、彼女は走る。

「追え！」

片手で耳を押さえながら馬木は叫ぶが、与理売は日織の間近に迫っていた。

龍に似た生き物も首を洞窟の方へと巡らせ、四肢を踏ん張り身を低くし、さらに吠える。どっと、重く地を蹴る震動が日織の足裏に伝わった。その生き物が矢のように真《ま》っ直《す》ぐこちらに向かってくる。向けられていた太刀の隙間を怒りと興奮で強引に抜けたらしく、鱗《うろこ》に刃がかすって、きんと高い音がした。

（まずい！）

逃げ場がない。

洞窟に逃げ込むしかない。身を翻《ひるがえ》そうとしたが、既に与理売が目の前にいた。彼女の手が日織の衣を掴もうと伸ばされるのを、両手で耳を塞《ふさ》ぎながらかわす。勢い余った与理売がつんのめり転んだ。その拍子に懐から転げ出て日織のつま先にあたったのは、音《おと》孔《あな》が一つしかない仄かな光沢のある灰色の横笛。

（呼笛！）

素早く拾い上げて懐にねじ込むと、樹皮を削り取ったような強烈な香りと風圧が、間近に迫っていた。

咄嗟に逃げ込んだ洞窟の暗闇に向かって、叫ぶ。

「悠花！」

応《こた》えるように一つ、手を打つ音が暗闇から響く。

中に悠花がいる。

確信して足に力を込めて暗闇の奥へと駆ける。さらに奥の方に薄い光があった。それを頼りに、転びそうになりながらも走る。すると薄い光の近く、岩棚の上に座るほっそりとした影を見た。

背後から叩《たた》きつけるような強風が吹く。さらには轟音《ごうおん》とも呼ぶべき生き物の咆哮《ほうこう》が背中に当たり、石つぶてさながらに日織を打つ。

洞窟が鳴動した。

大きな岩が崩れ落ちる音が響き、背後から砂煙が襲った。風圧に突き飛ばされ転倒した。頭に鈍い衝撃があった。

悠花と再度呼ぼうとしたが、日織は視界を失った。さっきまであった仄明かりも消えた。なぜと思っている間に、視界とともに意識が薄れる。

二

こめかみをやわやわと撫《な》でられ、心地よかった。硬いものの上に横たわっているらしく、体の方々が痺《しび》れたように痛い。さらに頭が痛くて、蒸し暑く、体感は不快を訴えているのだが、撫でられていると気持ちが安らぎ不快さを和らげる。

（この手は悠花の手だ）

ぼんやりそう思った途端に、意識がはっきりした。

「悠花!?」

こめかみに触れていた手を掴み、目線をあげると、こちらを覗《のぞ》き込む整った美しい顔がある。苦笑交じりに悠花が口を開く。

「大変な所においでになってしまったね、あなた」

随分暗いが、悠花の姿は確認できる。綺麗《きれい》に通った鼻筋も、唇の形も、長い睫《まつげ》も見えた。間違いなく彼だ。日織は悠花の膝枕《ひざまくら》で横たわっているらしい。

（悠花だ。悠花の手。温かい）

握った手に力を込めた。

「悠花」

「うん？」

小首を傾《かし》げる仕草に、涙がこみあげる。化粧はすっかり落ち、多少疲れた感じはあるし痩せてはいたが、悠花はいつもの彼で、元気そうだ。視界がぶれて悠花の顔が歪《ゆが》む。

（無事でいてくれた）

ずっと全身を絞り上げられるようだった不安が、一気にほどけた。すると堪《こら》え続けていたものを、せき止められなくなっていた。

「日織？」

驚いたような声を聞くと、涙が頬を伝う。

「会いたかった」

声は情けなく震えていた。

悠花が連れ去られたのは自分の責任だ。責任を取るために悠花は無事に取り戻さなければならない。責任を取るために――と、そう思っていた。

しかし実際こうして悠花の無事な姿を目にすると、責任が果たせるとか、果たせないとか、そんなものは頭に浮かんでこなかった。

ひたすらに会えた喜びだけが大きかった。

心の表では責任と考えながら、実は心の奥では、ただただもう一度会いたいとそればかり思っていたのだ。もう一度会いたい。会えなかったら、どうしようか。願いと不安に心が揺れながら。

「会いたかったんだ。心配で、どうにかなりそうだった」

　こみあげる思いがどんな名であるのかは、わからない。会いたかったのだと言って悠花にしがみつき泣きたいような衝動は、初めて感じるものだった。

「悠花。会いたかった」

□□□

　酷《ひど》いざまだと悠花は思う。

　皇尊であるはずの人が、汗ばんだ衣を身につけ砂埃《すなぼこり》に汚れて、岩の上に横たわっているのだ。稀《まれ》に見る情けない姿の皇尊であろうが、悠花の膝に頭を預けてぽろぽろと涙を流している日織は、――可愛《かわい》い。

　自然と笑みがこぼれる。

「悠花。会いたかった」

　さらに涙声でそう言われると、喜びがこみあげた。

　日織のことだから、悠花が連れ去られたのを自分の責任と思い込み、そのために必死になっているだろうとは予想していた。しかし。心の底から絞り出すような声で、会いたかったと言ってくれるとは思っていなかった。

（求めてくれている）

暑く湿気た薄暗がりで、いつ来るともわからない助けを待つのは苦痛だった。得体の知れない生き物とにらみ合い、待つだけの時間は神経がすり減った。しかしそれでももう少し耐えようと思えたのは、日織が自分を助けるために動いていると信じていたからだ。

責任感に追い立てられて、日織は必ず助けに来ると。

けれど日織は責任感だけで、ここまで来たのではない。それを膝に触れる温《ぬく》もりで感じる。

（この人は、わたしの夫《つま》）

指先で日織の頬と眦《まなじり》に流れる涙をすくう。

「ありがとう、来てくれたね。わたしも会いたかった、あなたに」

囁《ささや》くとかがみ込んで、日織の唇に唇を寄せる。

□□□

悠花からの口づけを自然と受け入れられた。それを受けて感じるのは大きな安堵《あんど》ばかり。日織を責め続けたものが悠花の口づけでとろけていく。

口づけた悠花は、日織の頬に手を添える。

奇妙な形の夫と妻となった二人の、はじめての、本物の触れあいと呼べるものだった。触れあった場所から互いの思いが互いに流れ、それが気持ちを満たしていくような充足感を覚えて見つめ合う。悠花はいつものようにふざける様子はなく、ただ日織を優しい目で見ている。それだけで安らぎ、胸が温かくなり、気持ちが凪《な》ぐ。

「悠花。怪我《けが》はないか」

しばらくして日織はようやく訊《き》けた。

「それは、そっくりあなたにお返ししよう。怪我は？」

問われて、ようやく自分が砂埃まみれなのに気がつく。怪我の有無を確かめるために悠花の膝から起き上がり、腕や脚、方々に触れてみるが異状はない。

「大丈夫のようだ」

ほっとした顔をして悠花は目尻《めじり》を下げる。

「それは良かった。会えて嬉《うれ》しいのだけれど、困った人だね。こんなところまで来てしまって」

「ここ……」

周囲を見回してぎょっとした。

洞窟の中らしい。蒸し暑い湿気が溜《た》まる闇が広がっているが、天井の一部が崩れ落ちて外の光が射《さ》し込んでいるので、そこそこ視界がきく。朝方のようで、ぼんやりした光が落ちる場所に、前足に顎を乗せた龍が一頭うずくまっていた。

いや、龍ではない。

あれは与理売に従っていた龍に似た生き物だ。右の角が一部欠け、髭の片方もやや短い。鱗は一部に苔がはびこり汚れ、そのうえさらに砂埃を被ったように全身が灰褐色になっていた。背中の鱗がじんわり赤い色に染まっているのは、血だろうか。

「どうなってる、これは」

「あなたが洞窟に入ったのを、あれが追ってきた。咆哮の震動と、尾が岩壁を闇雲に叩いてしまったせいで、洞窟の出入り口が崩れた」

「出入り口が崩れた？」

「そう」

悠花は、おどけた表情をつくる。

「閉じ込められたんだよ、わたしたちはね」

「そんな」

「まあ、このまま放っておかれはしないでしょう？　あなたが来たくらいだから、鳥手たちも一緒のはずだね？　閉じ込められたのは皆が知っているだろうし、中にはあなたもいるのだからね。なんとかして助け出してくれるはず」

「外には鳥手たちがいる。助け出す算段をするはずだが。しかし、これがいる……」

恐る恐るふり返ったが、生き物は目を閉じて眠っているようだった。

「鳥手たちならなんとかするよ、きっとね。そして幸い、この生き物はわたしたちを襲ってきたりしない。与理売には従っているけれど、それ以外はごくごく大人しいよ。与理売は？」

「おそらく鳥手たちが抑えただろう。そうだ。呼笛も取り戻せた」

懐を探り呼笛の感触を確かめた。なぜかほの温かい。日織の体温が移ったのだろうか。

「あの子は、どうしてしまったんだろうね」

呟《つぶや》いた悠花に、与理売が高千《たかち》に唆《そその》かされて呼笛を盗んだのだと教えると、彼は鼻の付け根に皺《しわ》を寄せて綺麗な顔を歪めた。

「その男、父皇尊がご存命の時、わたしを妻に下されと頼みに来たよ。わたしの姿を見たこともないくせに。皇女《ひめみこ》が欲しかったんだろうけれど」

その話に、溜息《ためいき》がこぼれる。

「能市《のいち》と高千を罷免《ひめん》したので、阿《あ》知穂《ちのほ》足《たり》は怒り狂っている。祈社の門前に本人が二度も来て、開門せよ、わたしと対面すると騒いだ。さあ、これからどうするべきか。しかし……まず、ここを無事に出られたらだけれど」

蒸し暑く湿気の溜まる洞窟内には、樹皮を削り取ったような強い香りが満ちている。龍に似た生き物は、ただ目を閉じているのみ。すうっ、すうっと、呼吸の音がしていた。

悠花が言うとおり、この生き物は無闇に日織たちを襲いはしないようだ。

空露や馬木、有間たちは、日織を救出する策を練っているだろう。彼らは、どうするつもりだろうか。洞窟の出入り口を塞いだ岩を、人を集めて取り除くのが最も考えつきそうな方法だ。

あるいは洞窟奥の天井が崩れているのを、しばらくすれば周囲を探索した誰かが気づくかもしれない。外に繋《つな》がる縦穴を見つければ、そこから日織たちを助け出す算段をするか。

いずれにしても時間はかかる。

「待つしかないわけか」

岩壁に背を預け、膝を立てて座った日織の傍らに、悠花も腰を落ち着けた。

「どうなるのだろうね、わたしたちは」

悠花は眠る生き物に目を向けた。外にいる者たちが日織を助けるために現れても、この得体の知れない生き物がどう出るかわからない。今は大人しく眠っているが、そのときになれば何が起こるか――。

「馬木たちを信じるしかない」

そう言うしかなかったが、悠花は気を取り直したように軽く首をすくめる。

「まあ、そうだね。あなたに訊いてもはじまらない。けれど洞窟に閉じ込められた皇尊なんて、神代《かみよ》以来いないだろうね。珍しい皇尊の妻になって、随分面白い経験ができるね、わたしも」

「ご不満ではない？」

「殿舎から一歩も出られない時よりは、よほど良いよ」

そうかと苦笑を返してから、日織は、悠花が不在の間の出来事を語って聞かせた。その中で悠花は、有間が協力していることと、その身の上話に最も驚いた顔をした。

「一筋縄ではいかない男と思っていたけれど、強い国主になるのは間違いないね。強い国主は国を護れる。次期反封洲国主にふさわしいかもしれない。宣儀《せんぎ》が終わって、日織が彼に書札《しょさつ》を渡せば決まりではないかな？」

日織は黙り込む。

おそらく悠花の言うとおりだ。

皇尊の書札は、有間を国主の地位に即《つ》けるためには重要なものになるはず。それを確信したからこそ、迷う。

有間のような男が反封洲の国主となれば、かの国の民はおそらく大いに救われる。その一助をすべきではないのか？　龍《たつ》ノ原《はら》は神国であり、八洲《はっしゅう》とは別の存在だとして、殻に閉じこもっているのが果たして正しいのか？

それらの問題をひっくるめて、日織がどういう判断を下すのか。有間に国を統《す》べる者の器量を問われている。宣儀が終わるまでに、有間への答えを固めなければならない。

「宣儀か」

日織が懐に入れていた呼笛を取り出すと、悠花が覗き込む。

「呼笛をようやく手にしたね。ここから出られれば、あなたは宣儀ができる」

安堵の表情を見せた悠花が、ふと視線をあげて顔を強《こわ》ばらせた。彼の視線を追うと、薄い光の下でまどろんでいたはずの生き物が、顎を前足に乗せたままこちらを見つめている。

「わたしたちを見ている」

恐怖を押し殺すような細い声で悠花が言う。日織も身を固くした。

「あれは……なんだろう」

思わず口にすると、悠花はさらに声を低めた。

「わからない。姿形は龍そのものだし、あれの声も、わたしには聞こえる」

「聞こえるのか？　では龍なのか？」

悠花は眉《まゆ》をひそめた。

「けれどあれは飛翔《ひしょう》しない。地面を走るのみだからね。しかも与理売の意図を理解して従っていた。人に従う龍などいない。皇尊ですら、龍を従えるのは生涯に一度だけ、しかも呼笛をもって呼ぶのみなのに」

日織は己の手にある呼笛を見おろす。悠花が言葉を続けた。

「与理売がこの生き物を従わせていたのは、もしかしたら呼笛を手にしていたからではないかと、わたしは考えていたんだけれどね」

「あれは、龍とは思えないのに？」

「龍を呼べるのだから、龍に似た生き物を従わせる力があるかと。なにしろその笛は、宣儀以外で使われたことがないだろうし。龍を呼ぶ力があるなら、別の力があっても不思議ではない」

「では今、わたしの手に呼笛があるのだから、あの生き物は吾々《われわれ》を襲うこともない？　ことによると、わたしもあの生き物を従わせることができる？」

「かもしれないと思ったのだけれど」

不可思議な笛だ。まるで呼笛そのものに体温があるかのようなのは、材質のせいだろうか。

手触りは鹿《しか》の角に似ているが、鹿の角で同様に作っても音は鳴らないと真尾《まなお》は言っていた。

（祈社の縁起によれば、これは治央尊《おさのひさしのみこと》が、親しんだ龍から縁《えにし》を成した証《あかし》として授けら

れた角から作ったものと）

だが――、祈社はその縁起を信じていない。神話や縁起を重んじる祈社ですら、呼笛は龍の角ではあり得ないと判断している。

「祈社の判断は――正しいのか？」

ふと日織は疑問を抱く。

「なに？　日織」

不審げに問い返す悠花に、日織は呼笛を目顔で示す。

「呼笛は龍の角から作ったとされている。同様の形を鹿の角で作っても鳴らず、鳴るのは呼笛のみで、それによって龍が呼べる。呼笛が特別な素材で作られ、なんらかの力を有しているのは確かだ。特別な素材とは、まことに龍の角ではないのか？　それから作られていると考えても良いのではないか？　けれど祈社は、その縁起に懐疑的だ」

悠花はすぐに悟ったらしく、「そうか」と頷く。

「龍の命が尽きれば、その体は霧散して消える。この世に残すものはない。龍の命が尽きれば、龍の角から作られた呼笛も消えてしかるべき。だから祈社も縁起を信じていない。では、呼笛は何から作られたんだろう。その問題が宙に浮く」

掌《てのひら》に仄かな温《ぬく》みを感じながら、日織は口を開く。

「だからわたしには、これが龍の角に思えてしまう。この温もり。まるで生きているものの一部のようだ。特別な生き物から作られたとしか」

「わたしも祈社と同じく、それはないと思うね。これが龍の角から作られたとしたら、治央尊と縁を成した龍が今もまだ龍ノ原に生きているということだから」

「生きているとしたら？」

「神代から生きている龍？　龍とはそんなに生きるの？　百年、千年は聞いたことがあるが、よもや神代から生き続けている龍がいると？　莫迦《ばか》な。神代から生きているとなれば、どれほどの巨龍になっているか。龍ノ原の空を覆うほどになっていても不思議ではないよ。そんな巨龍、誰も見たことがない」

「莫迦なことと誰もが思うから、『よもや本物の龍の角ではありますまい』と真尾も口にしていた。しかし実際に龍を呼べるのだから、縁起の通りに、龍の角で作られたとしたら？　そう信じるなら、治央尊に角の一部を与えた龍は人の目に触れぬ場所で、今も龍ノ原で生きていると信じるべきなのだ」

　龍を呼べる呼笛は、龍の角から作られているからこそ力を発揮する。ということは神代から生きる龍は、龍ノ原のどこかに生きている。

　そう考えるのが自然な気がした。

「ただ神代から生きているかのような巨龍を、誰も見たことがない。でもどこかにいるのかもしれない。もし角の一部が欠けた巨龍がどこかにいれば、それが――」

そこまで口にすると、不意に悠花の顔が強ばった。

「……待て、日織」

悠花が日織の二の腕を摑む。腕を摑んだ指は、白くなるほど力がこもっていた。

「どうした、悠花」

「角が欠けた巨龍？」

「当然そうなるだろう。呼笛を作るために角を授けたのだから」

みるみる悠花は色をなくしていく。

「どうした？」

「あれは、とても神代から生きているようには見えない。けして巨龍ではない。けれど」

そこで言葉を切り、畏《おそ》れるように続けた。

「けれどわたしは、角の欠けた龍を……知っている」

「どこで見た」

悠花の指が日織の背後をさす。

ふり返った日織は、前足の上に顎を乗せ、金の瞳でこちらを見ている生き物の頭を見た。髭が片方千切れ、短い。鱗が砂埃でくすみ、角も同様にくすんだ色。そしてよく見れば角の片方が短い。

角の一部が欠けている。

自分の手もとを見た。

その生き物の欠けた角の大きさと、手にある笛の大きさは——ほとんど同じ。

背筋に悪《お》寒《かん》が走り、呼笛を持つ掌から震えが起こった。

「まさか。あれは龍？　この呼笛があの龍の」

声が喉《のど》に絡《から》みつき、うまく音にならない。

飛翔せず、人の意に従う龍などいないはずだ。

しかし悠花はあの生き物の声を聞く。悠花が聞くのは龍の声だ。

何度か唾《つば》を飲み、悠花は頷く。

「あれが——治央尊と縁を成した龍かもしれない」

三

まさかと、否定する声が日織の中に響く。治央尊と縁を成した、神代から生き続けるような尊い龍が、こんな惨めな姿のはずはないと。

体の大きさは人の倍ほど。胴は、日織が余裕をもって抱えられるほどに細く、四肢は与理売の脛と同じくらいに細い。

この大きさであれば、生まれて四、五年の龍と思われた。

しかし鱗の方々には、青い苔が斑《まだら》にはびこっている。数年では鱗が苔むすほどにならないはずだから、最低でも数十年は生きているようにも思われる、その矛盾。

今は全身に砂埃を被っている。しかも背中の鱗の周囲が一部、赤く染まっている。落石でもくらったのだろう。怪我をして呻《うめ》きも狂いもせずに、静かに横たわっている姿には数十年どころではない老練さもある。

（若いようでもあり、年経ているようでもあり……確かに奇妙な姿）

金の瞳は眼底が仄光っているように、薄闇の中でもはっきり見えた。

髭は片方が途中で切れてしまったかのように短い。

そして——角の一方が欠けている。

（そうなのだろうか？）

そうだとすれば、呼笛を抱えていた与理売が、この生き物を従わせられたのも納得がいく。この生き物——いや、この龍の角を抱えていたのだから、龍は己の一部を抱える者の意思をくみ取れたのかもしれない。己の一部を抱える者と意思を通じ、その望みに従ったとしたら。

見つめると、龍も日織の瞳を見つめ返してくる。縦長の虹彩《こうさい》は、黒や茶や緑の複雑な放射状の色味を見せていた。龍の瞳をこれほど間近で見たことはなかったが、ある程度の知性を感じさせる。

もし、と思う。

（もしあの龍と意思の疎通《そつう》ができるなら）

与理売の意図をくんで動いたのだから、不可能ではないだろう。

「悠花。お願いがある」

「なに？」

「あの龍の声が聞こえたら、口に出してわたしに教えてくれないか？　何を言っているのか」

「なにをするつもり？」

「話をする」

「話ができると？」

「やってみなくては、わからないだろう」

ふり返ると、彼は緊張した面持ちで頷く。

「わかった。良いよ」

日織は座っていた岩棚から下りると、数歩龍に近づいた。

手にある呼笛を龍に見えるように差し出す。距離はかなりあったが、瞳の虹彩がぎゅっと引き絞られたので、日織の手にあるものが見えたのだろうと察した。

脅かさないように静かな声で問う。

「これは、あなたの角か？」

龍の目が細まり、わずかに髭がそよぐ。

背後で悠花が息を呑む気配がし、しばらくの間《ま》があり、彼は口を開く。

「……そう、と、言った」

声が震えている。

やはりという思いと、まさかという思い。同時に二つが入り乱れる。

ある程度予測していたとはいえ、日織は目の前の龍――神代から生き続けている龍を愕然《がくぜん》と見つめた。

（これが龍。しかも治央尊と親しみ、縁を成し、神代から生き続けているのか）

それがなぜこんな姿なのか。

それを思ったとき、己の掌にある笛がほのかに温かいのが気になる。これは龍の体の一部で、その身から切り離されても龍の神気を宿しているのかもしれないと。

一部が欠けたために、龍としての何かが失われてしまった可能性はないだろうか？

「あなたは、角が欠けたから飛べないのか？」

問う。掠《かす》れた声で、悠花が背後から答えた。

「そう、と、聞こえた」

「どうして角が欠けたのです。そんな大切なものが」

勢い込んで訊くと、三度悠花が答えた。

「ともだちに、あげた。そう言ってる」

「あげた？　そんな大切なものを、なぜ？」

「あかし、と」

悠花の声が揺れる。

「ともだちの、あかし。その龍は、今そう言った」

岩棚からおりた悠花は、日織の背後に寄り添うと耳もとで囁く。

「日織。この龍の声は幼い子どものようだよ。つたなくて、たどたどしい」

殴られたように衝撃を感じた。

（龍とは、こんな生き物なのか⁉）

龍は、自由自在に龍ノ原を飛翔し、無慈悲に飛び去り、人の生き死になど一切関与せず、龍ノ原の天にある神の眷属《けんぞく》。心などなく、ただ神の一部として超然とある生き物。

それが人々が思う龍だ。

一族の女たちは龍《りゅう》の発する声を聞くが、全《すべ》て片言。複雑な言葉を聞く者はいないし、龍ノ原を護るためになされる龍たちの助言は全て断片的で、龍との意思の疎通はできない。地龍《ちりゅう》の対《つい》の存在である和魂《にぎみたま》が幾頭もに分散して龍に成るのだから、複雑な対話ができる存在ではないのだ、と。

　さらに。

　龍は人の意に従わないし、人が従えることもできないと、そう思われている。だから日織は神の眷属たる龍が嫌いだった。神の眷属でありながら何一つとして、日織にとって大切な答えをくれなかったから。

　ただ、それは人の方が、龍との意思の疎通ができないと思い込んでいたからではないのだろうか。心がないと勘違いしていただけではないのか。

　そもそも龍は飛翔するもので、こうして地上に張りつき動かない時がない。常に飛翔し、あっという間に目の前から消えていく生き物とは、意思の疎通を図る隙がない。

　しかし――何かのきっかけがあり、こうして龍と静かに向き合えば、意思の疎通がある程度可能だとしたら？

（可能だとしたら、ではない。可能なのだ。現に今、この龍はわたしの問いに答えた）

　しかも今、この龍はなんと言った？

「ともだちの、あかし？」

鸚鵡《おうむ》返《がえ》しに問うと龍の目が細まる。悠花が囁く。

「うん、と言った」

「治央尊にあげたのですか？　なぜ、あかしなどあげる必要があったのです」

「ともだちの名はしらない、と。『ともだちなら、あかしがほしい』と、ねだられた。そう言ってる」

そこで悠花が付け加えた。

「随分、嬉しそうな声だね」

不意に、腹の底に怒りが湧《わ》き出す。

（友の証にねだったというのか!?　角を!?　それでこの龍は飛べなくなった）

仮にも友と呼ぶ存在に、治央尊はなんというものを差し出させたのか。

角を差し出したゆえに、この龍は飛べなくなった。

龍は本来飛翔し、天にある神気を喰らって成長するものなのに、飛べなくなれば成長できない。この龍は神気を喰らうこともできず、神代からこの時まで、地上でさまよい続けているのだ。神の眷属である龍であるからこそ、こうして今まで人目につかず、護《ご》領山《りょうさん》の中で生きてこられたのだろう。

洞窟《どうくつ》とその周囲に人が踏み込んだ気配がなかったのも、龍の神気が、そのような結界めいたものを作り出したのかもしれない。

欠けた角は、龍を呼ぶ笛に作り替えられた。

神気をはらむ眷属の角が鳴れば、他の龍たちは奇妙に思い寄り集まる。龍を呼ぶという呼笛《よびぶえ》のしくみは、おそらくそんなもの。

「ねだられたから、そんな大切なものを、あげたのですか」

ぎゅっと、さらに龍の目が細まった。悠花に言われなくとも、龍が角を与えたことを嬉しがっていると察せられた。誇らしさすら伝わってくる。

それが言いようもなく哀れで、不意にこみあげた悔しさに似たものに歯を食いしばる。

大切なものを奪われてなお、己はともだちだと誇るような様子が、置き去りにされてなお、父母を愛し慕う与理売と重なった。

「治央尊は……どういう者だったのか」

呟《つぶや》いた声が怒りに震える。

治央尊は、なにかのきっかけでこの龍と親しんだ。そして「ともだち」という言葉を使い、龍に角をねだり、差し出させたということ。

「幼い子どもを騙《だま》し、その大切なものを、喜んで差し出させるような真似《まね》をしたのではないのか？」

呼笛は常に宝倉《たからぐら》にしまい込まれて、滅多に人の手に触れないし、外にも出ない。

しかし与理売に盗み出され、彼女の懐《ふところ》に抱えられた。自分の一部が誰かに抱えられたのを察し、この龍は与理売に近づいたのかもしれない。そして彼女に自分の一部を抱えられているからこそ、その意図をくみとれて従った。

与理売と己に似通った何かを感じ、共鳴したのか。

悠花が戸惑ったように沈黙する。

治央尊は地龍を鎮《しず》め、央大地《ひさしだいち》を作った皇祖。その人の姿が急に血肉をもち、生々しく浮かびあがってくる。神話という物語の中にある作り物めいたものではなく、その人はかつてこの地に在り龍を喚したのだと。

龍を前にして、ほくそ笑む者の影が目に浮かぶ。

神話や伝承が誰かに都合の良いように作られ伝えられているものだと、誰もが知っている。作られたものに消された事実を、誰も知らない。誰もそれを知ろうとしない。知ることは不可能だから、神話を信じるしかないから。

だが今、日織の目の前には、神話に消された事実があった。

「神話も伝承も、縁起も、嘘《うそ》ばかりだ……。誰かに都合の良い作り話」

唇を噛む。

「遊子《ゆうし》が神に見放された者だとか、禍皇子《まがつみこ》を生かしておいてはならぬとか、八洲の者が罪を背負うとか。そんなものも、いい加減な作り話から出てきた嫌悪や、怯《おび》えや、蔑《さげす》みだろうよ」

「そうとばかりも言えまいがね」

宥《なだ》めるような悠花に、日織は横に強く首を振る。

「そうだな、中には事実もあるかも知れない。だけどわたしはこれから全て、自分で確かめたもの以外は信じない」

一歩、日織は神代から生きる哀れな龍に向かって踏み出す。

龍が虹彩を大きくして警戒したのが見て取れたので、一度足を止めた。

(臆病《おくびょう》な子どものようだ)

神の眷属に抱くにしては不遜《ふそん》な感情だろうが、日織はこの龍が哀れで愛《いと》しく思えた。

龍は、人と複雑な意思の疎通はできないと言われている。こみいった複雑な思考は、龍にないかもしれない。

しかしある程度――幼い子どもほどの思考や、素直な感情があるのは間違いない。

神の眷属たる龍の真実の姿が目の前にあった。それは至極単純な幼子のようで、純粋であり、神気から生まれ神気を喰らい成長する生き物。

(なんという綺麗な生き物なのか)

単純で純粋で、神気をまとう。だから人に唆されて角を失う。だからこそ無残に殺された宇預《うよ》の亡骸《なきがら》の上を、気づきもせずに飛び去れる。哀れでもあり傲慢《ごうまん》でもある生き物なのは、神の眷属だからなのだ。

ようやく少し、龍というものがわかった気がする。

(与理売と共鳴するならば、人の心が通じるはず)

それを信じて日織は口を開いた。

「あなたのともだちは、もうこの世にいない。それは知っていると思う。だから今度はわたしと、ともだちになってもらえますか」

ざわっと龍の髭がうごめく。

「わたしは、あなたとともだちになりたい。その証に——この角をあなたに返す」

「日織!? 何を言ってる。呼笛を返したら宣儀が」

「良《い》いんだ!」

鋭く悠花を遮り、再び龍に語りかける。

「わたしはともだちの証に、なにも欲しない。そんなものを欲しがるのは、あなたを信じられない臆病者だ。わたしの妻も、わたしにそう言ってくれた」

胸をつかれたように、悠花が小さく息を呑《の》む。今の言葉は、悠花が日織にくれたものだった。証を与えたがった日織に彼は教えてくれたのだ、そんなものは必要ないと。

「だから角を返す。返すことで、それをともだちの証にする」

単純で純粋で、幼子のようでありながら、神の眷属としての力を持つ龍。それに対するとき、治央尊はそれを唆し角を手に入れた。

日織は、そんなことはしたくない。

相手が悪知恵の働く立ち回りの巧者であれば、それは駆け引きと言えるかもしれず、唆したり騙したりは必要不可欠なこともある。

　しかし純粋単純なものが相手であった場合は、唆したり騙したりしたくない。そんなことをすれば与理売を唆した高千と同じだ。

　龍の力が必要ならば、嘘偽りなく心を結び、それによって力を貸してもらいたい。

　それが真《まこと》の縁ではないだろうか。

　前足の上に置かれていた龍の頭が、ゆっくりともちあがった。ぐうっと上体を起こし、日織を覗き込むように頭をさげた。

　呼笛を握りしめ、日織は龍に向かって数歩進む。

　悠花が緊張しているのが、背中ごしに聞こえる呼吸でわかった。

　ゆっくりと進み、日織は龍の頭の正面に立つ。龍の瞳には、神の眷属らしい澄んだ輝きだけがある。

　もしこの生き物が「諾」と言えば、それは一切の疑う余地なく信じられるだろうと確信できるような、澄み切った金の色。

「わたしは、あなたの角で作られたこの笛を吹いて、龍たちを呼ぶ儀式――宣儀をしなければならない。龍が呼べなければ身の破滅だ。角を返したら、この笛で龍を呼べなくなる。それでも角を返すのは、あなたとともだちになり、あなたを信頼するからだ」

　宣儀は日織にとって絶対に必要な儀式。それがなければ、異様な状況で即位した日織を重臣たちはいつまで経《た》っても認めはしないし、不津《ふつ》の影も追い払えない。

呼笛を返せば、それを吹いて龍を呼ぶのは不可能になる。

しかし、日織は宣儀を諦《あきら》めたわけではない。

「わたしは宣儀に臨もうと思う。そのときわたしが呼んだら、あなたが来てくれれば良い。そうすれば、わたしは龍を呼んだことになる。あなたがともだちとして、そうしてくれると信じるから、これをあなたに返す——返したい」

その身を偽り続けて生きてきたので、真のものが大切だと知っている。だから真の縁を成したい。

宣儀で龍を呼ぶ確実な方法は、呼笛で龍を呼ぶこと。その後にこの龍に角を返しても良いかもしれないが、それは龍を信じていないからこその手段だ。それは龍にも伝わる。信じているから返す。だから来てくれ、と。それが信頼の証で、友の大切なものを奪うよりも真実の証になるはずだ。

縁を成せば、日織は本当の意味で皇尊《すめらみこと》になれるのだろう。そんな気がした。嘘を身にまとい続けた自分が、真の皇尊になれる。

歴代の皇尊の宣儀で呼ばれた龍は、十頭前後。この龍が日織の求めに応じて現れたとしても、たった一頭。頼りない皇尊の即位と人は思うかもしれない。

しかし龍を呼んだのには違いない。

頭数よりも、呼んだという事実が必要だ。一頭でも呼べれば良い。

龍は日織を見つめている。

「なにも聞こえない。声が」

怯えたように悠花が小声で伝え、日織は言葉を重ねた。

「あなたに再び天を飛んでもらいたい。天の神気を喰らい、大きく強くなり、自在になってほしい。わたしも後にいる彼も、自在になれない者だ。その息苦しさは良く知っているから、あなたが自在になる機会があるなら、自在になってほしい」

ぐっと龍が頭をさげて、ゆっくりと口を開く。日織の目の前に、白く細かい牙《きば》が並んだ口が突き出され、真っ赤な舌がうごめき、喉の奥から強い樹皮の香りが吐き出される。

「角、と」

掠れた声で悠花が言う。

「角、と言ってる。欲しがってる。いいの？　日織。呼笛がなければ宣儀が」

「いいよ」

日織は微笑《ほほえ》んだ。当然だろう。飛翔する力を奪われて、嬉しいはずはない。返すと言われれば、欲しくないわけはない。

「お返ししよう。随分長い間、人はあなたを苦しめた。すまなかった」

手にある呼笛を目の前に開かれた口に置き、囁く。

「請《こ》う。あなたと縁を成すことを」

日織が手を引っ込めると同時に、かぱんと音を立てて口を閉じた龍は、ぐっと仰《あお》のく。

突然、龍は全身を激しく震わせた。

鱗《うろこ》が擦《こす》れ合う玻璃《はり》を砕くような音が岩壁に反響し、風圧が日織を正面から叩《たた》き、よろめいて数歩後退《あとじさ》った。その背を悠花が抱き留める。

崩れた天井から射し込む光が、輝きを増した。

そう見えたのは、龍の鱗が強く光を弾《はじ》いたからだった。

龍を被《おお》う砂埃が溶け、苔《こけ》がばらばらと剝《は》がれ落ち、血の滲《にじ》む鱗から赤が消えた。全身を震わせた龍は白銀に輝く。

まぶしさに目を眇《すが》めながら、はっとした。

光を受ける頭部、そこにある二本の角に欠けがない。

鋭く、高く、咆哮《ほうこう》一声。

「飛べ!!」

思わず日織が叫んだのと同時、龍が岩を蹴《け》り、尾をうねらせ、頭上に開いた光の穴へ飛び出した。

龍の巻き起こす突風が狭い洞内に荒れ狂い、日織と悠花はよろけ、後退る。

強い、清々《すがすが》しい香りが頬を打つ。

光が、洞窟の天井からこぼれ落ちている。

龍の姿は既にない。

咆哮の余韻で耳が痺れたように、暫《しば》し音が消えた。

龍は空へ飛んだ。

七章　再びの儀式を

一

あっという間に龍《りゅう》が消えた光の穴を見つめ、胸にこみあげるものがあった。

「飛んだ……」

我知らず口にした声は震えている。

悠花《はるはな》が、日《ひ》織《おり》を背中から抱きしめたまま囁《ささや》く。

「日織。飛び去る一瞬に龍の声が聞こえたよ。吾《われ》を思って呼べば良い、と」

呼べば良いとは、どういうことだろうか。宣儀《せんぎ》のその時に、ただ龍のことを考えながら、「来てくれ」とでも声を張り上げるのだろうか。

（そんな頼りないことを？）

不意に情けない気持ちになる。

「わたしは莫迦者《ばかもの》なのかな」

目の前から龍が飛び去った途端に、不安が襲う。

角《つの》を返したいと思い、龍が約束を守ってくれると信じて返した。しかしもしあの龍が約束を果たしてくれなかったら、日織は進退窮《きわ》まるのに。

龍など信じず、宣儀で呼笛《よびぶえ》を吹いてから返しても良かったのではないか。治央尊《おさのひさしのみこと》のように呼笛を手もとに置いて、便利に使っても良かったのではないか。

そんな迷いが噴き出す。

「莫迦なのかもしれないね。でも信じたのなら、信じれば良い。今更迷ってもはじまらない。信じて宣儀をするのだね」

悠花の囁きに頷《うなず》く。まさに悠花が言うとおり、今更だ。

「するよ。できるだけ早く。ここから出られれば明日にでも」

背中を抱えられた日織は、ぐったりして頭を悠花の胸にもたせかけた。

「少し疲れたよ、悠花」

悠花の手が日織の頭に触れ、労《いたわ》るように撫《な》でる。

そのとき、龍が飛び去った光の穴から声が響く。

「下にいらっしゃいますか⁉　皇尊《すめらみこと》！」

馬木《まぎ》の声だった。

飛翔《ひしょう》した龍のおかげで、鳥手《とりて》たちは縦穴の存在に気づいたらしい。

「ここにいる！」

返事をすると、穴の上から安堵《あんど》のどよめきが聞こえた。

悠花は馬木に背負われて縦穴をのぼり、日織も鳥手二人の助けを借り、地上に出ることができた。

縦穴の周囲には多くの倒木があり、忍冬《すいかずら》が絡《から》みついているので、穴があるのを見落としそうだった。

地上に這《は》い出て、荒い息をして倒木の傍らに膝《ひざ》をつく日織に、空露《うつつゆ》が声をかけた。

「悠花様は、わたしがすぐに杣屋《そまや》の所へお連れしましょう」

見れば空露は既に、悠花を抱え上げている。数日碌《ろく》な食べ物を口にしておらず、悠花は弱っているはずだ。そのうえ彼の姿を長く人目にさらしておくのは危険だと、空露は判断したのだろう。

目顔で「頼む」と言うと、心得たように頷いた彼は、悠花を抱いて早足にその場を離れる。抱かれた悠花が空露の肩越しに、日織の方へ視線をくれて微笑《ほほえ》む。

頭が、すこしぼんやりしていた。龍の神気をまともに食らったせいなのかもしれない。

斜めになった朽木を手がかりにして、なんとか立ちあがった。ふかふかした下生えに足を取られて体が傾《かし》ぐと、近くにいた有間《ありま》が肩を支える。

「怪我《けが》はないのか、皇尊」

「ない。心配をかけた」

「中でなにがあった。あの穴から飛んだのは、龍だったぞ」

背後の穴をふり返った有間は、興奮を押し殺すような声で続けた。

「はじめて龍を見た。あんなに美しい生き物なのだな」

「なにがあったかは簡単に説明できないが、ことは終わった。そう思っていい。馬木」

「はい」

傍らに、鳥手の長《おさ》が駆け寄る。

「大祇《おおぎ》、真尾《まなお》に知らせよ。厄災は終わったと。それと、わたしの準備が整ったゆえに、明日には宣儀をすると」

「はい。しかしお休み頂ける殿舎まで、皇尊をお連れしなければ」

「おまえがいなくとも鳥手たちがいる。それよりも真尾に知らせる方が先だ、行け」

馬木は「承知しました」と礼をとり、配下の鳥手たちに指示を出し、真尾の所へ向かった。

鳥手たち三人が「殿舎へお連れします」と日織を囲んだ。頼むとは答えたが、多少ふらつく感はあれど支えが必要なほどではない。日織は有間や鳥手たちの助けを断り、一人で歩き始めた。傍らには有間がつく。

「明日宣儀をするというのは本当か、皇尊」

　歩き始めてすぐに有間が問う。

「本当だ。宣儀をするつもりだ」

「宣儀というのは儀式と聞いたぞ。卜占《ぼくせん》をして吉日を占い、おこなわれるものと」

「吉日など占っても意味はない。明日の宣儀はおそらく、全《すべ》ての様式を崩しておこなうことになるはずだ。そもそも宣儀をやり直すなど、神代《かみよ》以来なかっただろうからな」

　しかも呼笛がない。

（宣儀をしたとしても、あの龍が来る可能性は……どれほどだろうか）

もし龍が来なければ、日織の立場は今よりも一層厳しいものになる。

不確かなものにすがり、再び挑む宣儀。可能性があるのだから、やるべきだ。そしてやるならば可能な限り早く、と思う。あの龍への、自分の信頼が揺らがぬうちに、と。時が経《た》てば日織の気持ちは不安にぐらつく。心が揺れて怖さが増せば、再度の宣儀を自分は躊躇《ためら》うかもしれない。

　そうなる前に、ことを決したい。

「では、わたしは明日か、遅くとも明後日《あさって》には、あなたから書札《しょさつ》をもらえるかもしれない、というわけか」

有間の言葉に、日織は返事ができなかった。

日織のために尽力した彼に報い、書札を与えたい。それが正直な気持ちだったが、龍《たつ》ノ原《はら》の歴代皇尊が遵守《じゅんしゅ》してきた律がある。それは無意味な律ではなく、神国が神国であるための国を護《まも》る律。

その狭間《はざま》で揺れる。

崖下《がけした》、洞窟《どうくつ》前におりた日織は、踏み荒らされた場所の中央に二人の鳥手を認めた。彼らの間で、膝に顔を埋《うず》めてしゃがみ込んでいるのは与理売《よりめ》だ。

（与理売）

急ぎ足で近づくと、二人の鳥手が日織の姿に気づき、「皇尊、ご無事で」と安堵の色を見せた。

「心配をかけた。力を尽くしてくれたこと、礼を言う」

断りを言いつつ、うずくまって顔をあげようとしない与理売を見下ろす。日織が近づいたのは気配と声でわかっているだろうが、ぴくりとも動かない。

「この子を、どうするつもりか」

「祈社《きしゃ》にも相談するでしょうが、おそらく刑部《ぎょうぶ》の下官に引き渡すことになるだろうと、頭は言っていましたが」

「その必要はない。わたしが預かる」

「なりません、とんでもないことです。この者は悠花様をかどわかしたのです。子どもとはいえ許されません」

日織に付き添っていた鳥手の一人が声を高くし、与理売を見張っていた別の一人も眉《まゆ》をひそめる。

「しかも皇尊に手を出しかねません、この子どもは」

「与理売が犯した罪は良く知っている。それでも、わたしが預かる。わたしが預かり、わたしが適切に罪を償わせる」

日織は与理売の前に膝をつき、伏せた顔を覗《のぞ》き込む。

「与理売、すまなかったね。怖い思いも、痛い思いも、たくさんさせたかもしれない」

そこで言葉を切り、意を決して続けた。

「しかし、あなたが犯した罪は重い。見逃してやることなど、できないほどなのだ。ただ、これ以上怖い思いはさせない。罪は償わなければならないが、わたしが適切な方法を考える。わたしがこれから、あなたを預かる。だから心配は」

そこまで語りかけたとき、与理売が顔をあげた。日織を間近で見つめたその目には、獣のような凶暴さが宿っている。はっとするのと同時に、

「皇尊！」

背後にいた有間が警告の声を発するが、間に合わなかった。

膝を抱えていた与理売の掌《てのひら》には、握り込めるほどの小さな石があった。日織に飛びかかった与理売は、その石で日織のこめかみを殴打《おうだ》した。

小さな石だが、あてられた場所が悪い。衝撃に視界が揺れ体の均衡が崩れかけたところに、有間と鳥手たちが割って入ろうとするが、与理売はさらに日織に組みついて石を振りあげる。

石が振り下ろされる前に、日織は与理売の体を両腕でしっかりと抱きしめた。腕ごと抱き込まれた与理売が、体をくねらせ、もがき、叫ぶ。

「死ね、おまえなんか、死ね！」

さすがに大人の力には敵《かな》わず、腕から逃げ出せはしない。しかしかろうじて動く手に握った石で、日織の肩や背中、二の腕を滅茶苦茶《めちゃくちゃ》に殴る。

「皇尊！」

有間と鳥手が与理売を制止しようと手を伸ばすが、

「必要ない！　手を出すな」

鋭く禁じた。

「従えませぬ！　皇尊のお体に傷を」

鳥手の一人が腰にある小刀に手をかけるのを目の端で捉《とら》え、日織は焦《あせ》った。

皇尊の体に傷をつけた者を、鳥手たちが容赦するはずがない。日織がいくら制止しても、与理売を日織から引き剝《は》がし、その場で首を搔《か》き切るだろう。皇尊を傷つけた者は八虐《ぎゃく》の罪の一つ、謀《む》反《へん》の罪を犯したことになる。その場で命を取られても致《いた》し方ない。

鳥手たちも、日織の体に傷をつけさせた罪で、相応の罰を受けかねないのだ。彼らは子どもに対してすら、冷酷になって当然なのだ。

「有間！」

咄嗟《とっさ》に声をあげた。

「頼む、鳥手たちを抑えてくれ」

鳥手たちを抑え込めるのは、有間ほど屈強な者でなくてはならない。しかも彼は龍ノ原の民ではない。日織の願いをこの場で叶《かな》えてくれそうなのは、彼しかいない。

太刀の柄《つか》に手をかけた有間だったが、迷い考えるように一瞬動きを止めた。

「この子は唆《そそのか》され利用されたんだ！　頼む。せめて今この場では、殺したくない。適切な罰を受けさせたい！」

必死の声に動かされたのか、有間は太刀を抜き、鳥手たちに向けて構える。

「有間殿！」

「なんの真《ま》似《ね》です」

目を吊《つ》り上げた鳥手たちから視線を逸《そ》らさず、片手で太刀を構えながら、有間は一方の手で与理売から石をもぎ取って遠くへ放った。

「まあ、落ち着こう。あの子どもが、皇尊を素手で絞め殺しはしないだろうよ」

余裕のある有間の声に、鳥手たちは焦り叫ぶ。

「吾らは皇尊をお護りせねばならぬのです！」

「退《ど》いて下さい！」

「その皇尊に頼まれたのでな、申し訳ないが退かぬ。わたしは皇尊に頂くものがあるから、この方のご機嫌を損ねたくないんだよ」

鳥手と有間が睨《にら》みあう。

「恩に着る、有間」

与理売は拳《こぶし》で日織を殴り続けている。

「おまえのせいで父君はいなくなった！　母君も！　おまえのせいだ！」

殴られる痛みなど、たいしたことはない。それよりも与理売の声が胸に刺さって痛い。

置き去りにされた与理売の痛みが、抱きしめた体からびりびりと伝わるようなのだ。

（苦しそうだ、この子）

助けたい。胸の奥からその思いがわく。

だから日織は、静かに、優しく、認めた。

「そうだよ。わたしが皇尊になったから、不《ふ》津王《つのおおきみ》は龍ノ原を出た。わたしのせいだ」

　兎《うさぎ》が絞め殺されるような、甲高い、声にならない怒りの声を発し、与理売の拳はさらに激しく日織を打つ。

「そうだ、そうだ、そうだ！　おまえが悪い、おまえが悪い、おまえが悪い！」

「わたしが悪い、そうだよ」

「皇尊、どうかその子をお放し下さい」

　懇願する鳥手の声にも、日織は首を横に振った。

「申し訳ない。待ってくれ」

「死ね、悪いやつなんか、死ね！」

　与理売が喚《わめ》く。

「死んではやれない。そのかわり、わたしはあなたに優しくして、可愛《かわい》がって、慈《いつく》しむ」

「死ね！」

　鳥手たちは息を詰め見守っている。今にも手を出しそうな彼らの前に立ち、有間が動きを阻《はば》んでいる。同時に与理売が不意の動きをすれば、すぐに対処できる絶妙の位置にいる。

「いや、死なない。あなたに優しくする。大切にする。そのために生きる」

「おまえが悪い、悪い」

疲れたらしく、わずかに与理売の動きが緩んだ。それを見計らい、日織はさらに強く小さな細い体を抱き込む。

「わたしが悪い。そうだよ。だからね、こうするんだ」

とんと、掌で背中を叩《たた》く。

ぴくりと与理売の肩が跳ねた。

とんとんと、赤子にするように何度か叩く。

「悪い、おまえが」

抱き込まれた与理売は、日織の胸の中で呻《うめ》いた。

（苦しいだろう、きっと。哀《かな》しさや惨《みじ》めさを、憎しみに変えてしまったのだから。哀しいより、惨めより、もっと苦しい）

惨めな哀しい気持ちを、受け止めきれなかったから憎んだ。

ただ――幼い者が愚かなわけではない。幼いなりにも分別があるはずなのだ。だから心のどこかでは察しているはずだった。自分の憎しみが八つ当たりだと。父と母が自分を置き去りにしたのは、彼らの判断だと。

「あなたは良い子だ。寂しいのをずっと我慢した。おそらく小さな頃から、何年も」

背を叩きながら言う。

「だから龍もあなたを助けてくれた。わたしもあの龍と、ともだちになった。わたしとあなたは、おなじともだちがいるっていうことだね」

「おまえなんか……」

「あなたは良い子だ。だからわたしはあなたに優しくして、可愛がって、慈しむ。罪はなかったことにしてやれないが、あなたが犯した罪に見合う適切な罰を考える。けして無慈悲な罰は与えない。犯した罪は大きいが、あなたは唆されただけだから」

子守唄《こもりうた》のようにもう一度言うと、呻き続けていた与理売が沈黙した。

（憎まなくていい。ただ哀しい、惨めだと、その気持ちだけで一杯になってくれたらいい）

そうすればそれは、日織が受け止める。

与理売の肩が震えた。

とんとんと日織が叩き続けている背中が、ひくり、ひくりと、波打つ。

「泣いても良いよ。あなたのような良い子はね、泣いても良いと決まっているんだ」

とんとん、とんとんと、背を叩き続ける。

日織の胸の中で、ひくひくと声がする。その声を聞くと愛《いと》しくなり、日織は与理売の汗の臭《にお》う頭をもう一方の手で抱えてさらに胸に押しつけ背を叩く。

「良い子だよ、与理売」

囁くと、何かが千切れたように、小さな体は大きな声をあげて泣き始めた。

日織は、汚れてべたつく与理売の体を包み込むように抱きなおす。

胸に染《し》みこむ涙の湿気に、日織はほっとしていた。そして、抱いた温《ぬく》みを感じながら、強く思う。

この子は、月白《つきしろ》のようにはさせないと。

しばらくそうしていると、こめかみに何かが触れた。見ると有間が、大衣《おおきぬ》の袖口《そでぐち》でそこを拭《ぬぐ》っていた。粗野な仕草だが労りを感じた。

「血が出ている」

言われて初めて気がついたが、与理売に石で打たれたこめかみの皮膚が裂け、血が出ていたらしい。

「すまない、有間」

有間は、「かまわない」というように首を横に振る。

身構えていた鳥手たちの体から、力が抜けていく。大罪を犯しながら、今は泣きじゃくる子どもを、自分たちはどうすればよいのかと途方にくれたような顔で見つめていた。

与理売の泣き声が止《や》むまで、日織はそのままで彼女を抱きしめていた。どのくらい時間が経ったか、ようやくしゃくりあげる程度になってきたので、静かに訊《き》く。

「そろそろ行こうか？　抱っこしてもいいか？」

返事代わりに、与理売はすんと鼻を鳴らす。抱き上げると、年のわりには随分痩《や》せて軽いのがわかった。与理売は日織の肩に腕を回してしがみつき、肩に顔を伏せた。

肩にじんわりと涙の温かさが染みいる。

（この子のためにも宣儀をしなければ）

抱えた重みと温みを感じながら、決意した。

（宣儀をすぐに）

二

歩き出すと傍らに有間がつき、鳥手たちが日織を先導する。

導かれたのは、日織の居所になっていた殿舎のほど近く。こぢんまりとした殿舎で、普段は使われていないのを急遽《きゅうきょ》開き、皇尊の居所を設《しつら》えたようだった。

階《きざはし》の下に真尾と馬木の姿があった。

「その者を、こちらに預かりましょう。子どもとはいえ、許されざる罪を犯した」

真尾が与理売に険しい視線を向ける。

「操られてのことだ。稚《おさな》い子どもを操った者にこそ、罪がある。その者は、わたしが罰した。そしてこの子にも、わたしが適切に決めて償わせる。だからこの子はしばらく、わたしが預かる。それよりも宣儀の触れを出す手はずは整ったのか、真尾。宣儀を明日おこなうと、馬木から伝えさせたはずだ」

「聞きました。しかし耳を疑いました。仮にも儀式、気まぐれにおこなえるものではありません。そもそも宣儀に必要な呼笛は、どちらに」

「ない」

「ない？　どういう意味ですか。与理売から取り戻したのでは」

「取り戻し、返したのだ。もともとの角の持ち主だった龍に」

「龍に……？」

困惑極まり、そこから先の言葉が続かないらしい。日織が何を言っているのかすら、理解できないはずだ。

「呼笛は、治央尊と慣れ親しんだ龍の角から作られていた。その龍が、与理売に従っていたあの生き物だ。角を一部失ったゆえにその龍は飛翔できずに、神代から護領山《ごりょうさん》を彷徨《さまよ》っていた。それを知ったので、角は龍に返した」

「神代から生きる龍が？　まさか」

「いたのだ。そなたたちは見なかったか？　祈峰《きほう》の西から飛び出した龍を」

目を見開き、真尾はしばし沈黙した。おそらく彼も龍の姿を見たのだろう。

反封洲《たんのほうしゅう》の者が佩《は》く太刀がある今、好んで祈社に近づく龍はいない。ここ数日は、ほとんど龍が祈社に近寄っていないはずだった。

そこに突然現れた龍を、真尾も不可解に感じたに違いない。

「まことに、神代の龍でございましたのか。それに角を返したと？　では呼笛は」

ようやく問う真尾の声には、興奮と不安が滲《にじ》む。

「だから、ないと言っている。神具として祈社に伝わってきた呼笛は失われたのだ」

「では宣儀はできません。皇尊」

半ば呆然《ぼうぜん》と真尾は返す。

「呼笛がなくば、祈社はいかような準備もできはしません。どのような場を整えれば良いのか、どうすれば良いのか、誰にもわかりません」

「ならば、宣儀をおこなう触れだけを出せ。治部《じぶ》に鳥を飛ばして再度の宣儀をおこなうと知らせ、治部から大首《おおおびと》、首《おびと》に伝え、各郷里《ごうり》へと触れを出すように命じよ。準備は不要だ。最初の宣儀で作られた道も空地も、まだ草に埋もれてはいまい。そこで龍を呼ぶ」

抱えている与理売を揺すりあげ、抱き直す。

「与理売。明日、あなたのともだちの龍が来るよ。一緒に会おう」

今一度表情を改め、日織は真尾に厳しく命じた。

「民に触れを！　明日、宣儀をおこなう」

悠々としてはいられない。まだ戸惑う様子の真尾に背を向けて階をあがると、枢戸《くるるど》の前でふり返り、鳥手と有間にむかって言う。

「尽力に感謝する、伴《ともの》有間。明日、宣儀をおこなう。約束通りにその目でわたしが龍を呼ぶ様を見よ」

「呼ぶの呼ばないのと、何か問題がおありのようだが。どちらに転んでも、おもしろいものが見られそうで楽しみにしております」

皮肉な言葉も、悪意のない、ただ正直な言葉とわかっているので頷く。

「馬木と鳥手衆にも、随分と苦労をかけた。礼を言う。だが明日の宣儀がある。宣儀の場に向かうために、今夜発《た》つ。続けて働いてもらうが、頼む。もうひと仕事を」

馬木が顔をあげ、「御意」と短く力強く答えた。

殿舎の母屋《もや》には、先に到着していた空露と悠花、そして呼び寄せられたらしい杣屋と居鹿《いしか》がいた。

居鹿は悠花の無事な姿に涙ぐんでおり、杣屋にいたっては悠花の手を取り、彼の膝に顔を伏せるようにして泣いている。

空露が、与理売を抱いて入ってきた日織にぎょっとした顔をした。

「日織」

その声にふり返った居鹿が、飛びあがって駆け寄ってくる。

「日織様！　与理売！」

居鹿の瞳《ひとみ》に、さらに涙が盛りあがった。

「ご無事で良かったです、日織様。それに、与理売もお連れ下さって」

「頼みがある、居鹿。与理売の面倒を見てやってくれないか？　随分汚れて、お腹《なか》も空《す》いていると思うから」

　与理売を抱いたまま床に膝をついた日織は、膝の上に座る格好になった与理売の頭を、やわやわと撫でる。

「与理売。お腹が空いたろう。体も汚れてる。居鹿が手伝ってくれるから、おいしいものを食べて身を清めたらいいよ。祈社を出るときに、あなたも一緒に連れて行くから。約束したからね、ともだちに会わせると。だからそれまでに準備をしておいで」

　かがみ込んで居鹿も言う。

「与理売。おいで」

　そろりと顔をあげた与理売は、怯《おび》えさぐるように居鹿を見やった。怒っていないかを確かめるような仕草に、居鹿は微笑みを返す。

「与理売がうらやましがってたわたしの纈裙《ゆはたのも》、貸してあげる。綺麗《きれい》な薄紅のあれを」

　差し出された居鹿の手を、与理売が遠慮がちに握る。

「さあ、行っておいで。待ってるから、ここでね」

　背を撫でてやると、与理売は黙って立ちあがり、居鹿に手を引かれて枢戸を出て行った。戸を潜《くぐ》る直前、心細そうにこちらを見返した与理売に向かって頷く。

「安心おし。待ってるから。一緒に行こう」

居鹿と与理売を見送った空露は、驚きと呆《あき》れが入り交じった声で言う。

「与理売をなぜ連れてきたのです。しかも一緒に行くとは、どこへ」

「明日、宣儀をする。真尾に命じて触れを出させた。今夜のうちに祈社を発つ。悠花は輿《こし》に乗せず、領巾《ひれ》を被《かぶ》らせ馬に乗せて鳥手に引かせる。杣屋に居鹿、与理売も同様に。そうすれば夜明け前には龍稜《りゅうりょう》に到着できるはずだ」

「お待ちなさい、日織。宣儀？　わたしはこちらに戻る道すがら悠花様から、呼笛は龍に返され、なくなったのだと聞きました」

「そうだ。それでも宣儀をする。龍が約束してくれたんだ。呼べば来てくれるそうだ」

「龍が約束など、莫迦な。龍は、人が呼んで来るものではありません」

「良いではないか、空露。日織は信じると言っているのだから」

今まで沈黙していた悠花が口をはさむ。杣屋の手を撫でながら、言葉を継ぐ。

「一度失敗した宣儀だもの。二度目に失敗しても、またかと呆れられるだけだろうよ」

「気楽に仰《おっしゃ》らないで下さい」

睨《ね》めつけた空露に、悠花はにやにや笑いを返す。

「心配ないよ。入道は終わり、殯雨《もがりあめ》も止んでいる。日織が皇尊であるのに揺るぎはない。ただ重臣たちが、うるさい口を閉じないだけ。口を閉じさせる方法を、また考えれば良いではないの」

「そう簡単に閉じて頂けぬから、宣儀が必要なのです」

さすがの護領衆《ごりょうしゅう》でも忍耐が限界なのか、空露の声に苛立《いらだ》ちが滲む。

「空露。頼む」

日織は空露を見つめた。

「おまえの心配も不安もよくわかる。わたしですら不安だ。けれど、わたしはあの洞窟で思ってしまったんだ。角を返して龍と縁《えにし》を成したいと。莫迦な考えだったのかもしれないと、今は思う。けれどあの時、神代から飛べずにいるのに嬉《うれ》しそうに目を細め、ともだちのあかしを誇る龍を利用したくなかったんだ。情に流され、自分の望みを叶える手段を手放したのかもしれない。けれど目的のために手段を選ばなくなれば、わたしはきっと、いずれ何かを間違ってしまう」

苦情を言いたいのか、呆れたのか、なにか言いたそうだったが、結局空露は首をゆるく左右に振った。

「与理売のことも、おまえは莫迦なことをしていると言うかもしれない。しかしわたしは、あの子が唆されたと知っている。酷《ひど》い苦痛を味わったのも知っている。だからあの子を預かり、説いて聞かせて、自らが犯した罪にふさわしい罰を、わたしが与えようと思う。皇尊として」

長い沈黙の後、空露は大きく息をつく。

「承知いたしました」

宣儀は明日と触れを出したので、夜明け前には龍稜に帰り着きたい。そのためにはすぐにでも出発する必要があり、夜通し移動することになる。

急ぎ準備がなされた。

鳥手たちは馬に飼い葉をやり、蹄《ひづめ》を削り整え、松明《たいまつ》の準備をする。祈社は儀式で楽を奏する従氏《じゅうし》を選び出す。

空露と杣屋も細々《こまごま》と指示し、護領衆たちに水や湯を運ばせて、日織と悠花の身を清めて身なりを整えさせた。

しばらくまともなものを口にしていなかった悠花には、重湯が渡された。彼はそれに、ちびりちびりと口をつける。日織にも膳《ぜん》が出された。

日織と悠花の準備が整ったのは、日が沈んだころ。

それから少し経って、居鹿に連れられて与理売が日織のもとへ来た。

痩せているのはどうしようもないが、身ぎれいになり、可愛らしい薄紅の纈裙を身につけた与理売は、日織の前に端座して俯《うつむ》いてばかりだ。声をかけても一言も返さない。

しかし敵意はない。己が恥ずかしくて、口を開けないだけなのだとわかる。

「わたしは、もうすぐ出発する。あなたのための馬も用意してあるから一緒に行こう。どうせなら、居鹿と一緒の馬に乗ろうね」

そう言うと、その時だけこくんと頷いた。

しばらくすると、準備が整ったと馬木が伝えてきた。

祈社の総門の内側に馬と鳥手、他の同行者も控えているという。

日織は殿舎を出た。

門の内側には日織の愛馬の鹿毛《かげ》馬をはじめ、鳥手たちの乗る馬、さらには有間を筆頭にした、反封洲の者たちが乗る馬が引き出されていた。

護領衆は、正殿の正面に整然と並んでいた。宣儀のために楽を奏《かな》でる彼らは、懐《ふところ》に笛の袋をさしている。無表情な彼らの目の奥に微《かす》かに当惑の色があるのは、致し方ない。二度目の宣儀。しかも日没後の出発。さらには皇尊も祈社から儀式の場に向かうなど、異例ずくめなのだから。

周囲に焚《た》かれた篝火《かがりび》の炎が大きく爆《は》ぜ、人馬の影を揺らす。

夜空には少し欠けた月。

日織も鳥手たちも、有間主従も、馬にまたがった。

鳥手たちが手にする松明が、日織の周囲を照らす。

「門を開け」

日織の命じる声に応じ、変事があって以降閉ざされていた祈社の総門が開く。

六人の従氏の手により、左右の白杉戸《しらすぎど》が開かれた。

門が開くと――奇妙なことに、門の向こうに篝火があった。

さらには門から出る者を阻むように、道幅一杯に舎人《とねり》らしき者たちが並んでいる。道沿いの白杉の幹には、馬もずらりと繋《つな》がれていた。

日織の前で馬にまたがり、先導しようとしていた馬木が手綱を引き、「止まります」とふり返り言う。背後に続こうとする人々の列を手の合図で止めた。

「何者か。皇尊のお出ましであるのを知ってのことか」

馬木の問いに、舎人たちの間を割って何者かが歩みでてきた。篝火の作る濃い陰影に浮かびあがったのは、顔の下半分が剛毛の髭《ひげ》で被《おお》われた、険しい表情の男。

左《さ》の大臣《おとど》、阿知穂《あちのほ》足《たり》だ。

幾日まともに眠っていないのか目が血走っている。日織を睨めつける顔に、隠しきれない憤怒《ふんぬ》があった。

「承知だからこそぞ！　鳥手ふぜいはさがっておれ。再び宣儀をする知らせを受け、ようやく皇尊がお出ましになるかと駆けつけたのだ。皇尊に申したきことがある」

怒声が森の闇《やみ》に響く。

「皇尊のふるまい！　もはや容認できぬ！」

三

「日織。ここは、わたしか大祇が」

馬を並べた空露が鋭く囁いたが、日織は手をあげてそれを制する。

「かまわない。わたしが行く」

馬木の横を抜けて正面に出た日織は、馬上から穂足を見下ろした。

「わたしのふるまいが容認できない？　さて、どのふるまいを言っている」

わかりきっているのにあえて問うと、穂足の顔が憤怒の朱に染まる。

「能市王《のいちのおおきみ》と高千王《たかちのおおきみ》を、理由もなく罷免《ひめん》なされた。御位《みくらい》を争った不津王を龍ノ原から追放するのみならず、その御子《みこ》たちまでも追い落とそうとするとは。私怨《しえん》でしょうぞ」

「彼らの謀《はかりごと》で、一度目の宣儀は失敗したのだ。高千王が妹媛《いもうとひめ》の与理売を唆し、祈社の神具である呼笛を盗み出させたからだ。宣儀の妨害を意図してのこと。能市王は関わりなかったらしいが、弟の行いを知っても、それに賛同する旨《むね》を口にした。そのような者どもを、政《まつりごと》にかかわらせられぬから罷免したのだ」

「ご自分の宣儀の失敗を、能市王と高千王のせいだと仰るなら、まさしく私怨！」

「わたしの妨害をするのは、龍ノ原の安寧を脅《おびや》かすのと同義と、左の大臣と呼ばれる者がわからぬのか？　皇尊の儀式が滞れば、龍や地大神《ちのおおかみ》がどのように荒ぶるか誰にも予測できぬのだ！」

　声を張り、穂足の額を指さす。

「その理《ことわり》が、左の大臣を務める者にわからぬはずはない！　わからなくなっているとすれば、もはや左の大臣と呼ばれるにふさわしくない者に成り下がったのだ」

　ぬうっと穂足は呻く。顔色は赤から白へと変わっている。罵声《ばせい》をあげたいが、日織の論に咄嗟に反撃できなかったのだ。

　急ぎ馬をおりて駆けつけた真尾が、二人の間に割って入った。

「左の大臣、落ち着きなさいませ」

「これは皇尊とわたしの話だ。大祇には口出し無用に願う」

　制止する真尾を押しのけ、穂足は数歩踏み出す。

「皇尊は勘違いしておられる。呼笛を盗み出したのは、能市王と高千王ではない。宣儀を妨害したのは、遊子《ゆうし》。罰するならばその遊子を罰するべき」

「高千王が与理売を唆したのだ。与理売に、呼笛のことを教えたと本人が認めた」

「高千王が口にした言葉を、遊子が曲解し、宣儀を妨害したに違いない。遊子は神に見放された者ですぞ。そのように曲解をし、さらに龍ノ原の安寧を脅かすなど、普通の龍ノ原の民に躊躇われることも、遊子だからこそやってのけたのでしょうぞ」

さらに穂足が喚く。

「神に見放された遊子だから、そのようなことができたのだ！」

大声で発せられた酷い言葉に打たれ、日織は咄嗟《とっさ》にふり返り、居鹿と与理売が乗る馬の姿を探した。随分離れてはいたが、穂足の声は届いたのだろう。居鹿は顔を伏せ肩をすぼめ、与理売は居鹿の胸にしがみついて動かない。二人は縮こまって、周囲の視線をなるたけ避けようとしている。

（あの子たちに、なんという言葉を聞かせたのか！　この者は）

穂足に向き直り睨めつけ、その無礼な口を閉じよと命じる前に、さらに穂足が声を高くして言った。

「そう考えるべきではないか。そうであろう、真尾!?　そうであろう、みなの者よ！」

周囲を巻き込むように、穂足は声を張りあげながら、背後の舎人たちは言うにおよばず、鳥手や護領衆たちに向かってぐるりと視線を動かす。

ざわっと、場の空気が揺らいだ。穂足の言葉に、「そうかもしれぬ」と頷くような気配だった。

（よもや納得しかけているのか、この場にいる者どもは!?）

そのことに頭を小突かれたような衝撃を覚える。

（いや、この場にいる者どもだけではない。これはおそらく龍ノ原の人の多くが、そう考えるということか⁉）

龍ノ原に生きる者は誰でも、遊子が皇尊の一族でありながら龍の声を聞けない、神に見放された存在だと思い込んでいる。だからこそ穂足の言葉に説得力を見いだす。

遊子は神に見放された者だ。だから――、という。

（偏見、思い込み。思考を止めた愚か者の理論。それに気づきもせず）

腹の底から、ぞっとする。

（わたしが無事に宣儀を終えられた後、遊子追放の令を廃しても、これでは……けしてうまくいかない）

確信した。

遊子は神に見放された者だから不吉だとか、穢《けが》れているとか、龍ノ原の民にできないことでもやりかねないと思う者は日織の想像以上に多く、根強い偏見なのだ。

幼い頃から憎み続けていたものの姿を、この時にはじめて、はっきりと見た。

日織が対峙《たいじ》しているのは、目の前の穂足だけではない。穂足と似た大勢の者たちなのだ。卑小な男よと穂足をあざけるのは簡単で、彼一人と対決するのであれば容易《たやす》いこと。しかし日織が対峙しているのは幾十、幾百、幾千の者ども。見えていないだけで、日織はその多数と戦わなくてはならない。それは以前から知っていたが、実感はなかった。

しかしこの瞬間、実体があるかのようにありありと感じたのだ。

戦う相手が、一人の英傑や一匹の魔物であれば、単純だっただろう。そちらの方がよほど容易い。

穂足を排除しようが、すぐに似た考えの者が現れる。次から次へと現れるはずだ。きりがない。それがなにより恐ろしい。

だとしたら日織が廃した令も、日織が退位した数代の後に、誰かの発案で息を吹き返しかねない。

皇尊の御位に日織が即《つ》き令を廃する。そうすれば宇預《うよ》を殺し、月白に苦痛を強いたものを変える端緒となる。

だがそれだけでは——甘いのだ。

遊子追放の令は、人心のなかにある偏見という大きな塊の突端が形になって見えただけ。突端を削ったところで、おおもとが確固として存在するならば、なにも変わりはしない。

日織が望む形に龍ノ原を変えるためには、大きな塊を砕く他ない。以前、日織自身が、不津に言ったように——。

（それらを砕くための方法は、——一つか）

それを思いついた瞬間、体の芯《しん》から恐怖を覚えた。手綱を強く握りしめる。

「そうか。ようやく理解したよ。わたしは全てをひっくり返すほどの覚悟をしなければ、ならないのだな」

　自分は何度、どれほどの覚悟を必要とするのか。

　そう思いながらも怒りに後押しされ、決意が固まっていた。

「見せてやろう」

　呟《つぶや》くと、真尾が不審げにふり返った。

「皇尊？」

「そなたたちの考えること、信じていることに対して、わたしの答えを見せよう。わたしとともに来るが良い」

　眦《まなじり》を決し声を張った。

「道を空けよ！」

　篝火の影が畏《おそ》れ震えたほどの気迫の声に、穂足は怯《ひる》み、一歩足を引く。

「真尾。道を空けさせよ。明日には宣儀をするという触れは既に出したのだろう。龍《りゅう》に仕える神職として、龍と皇尊の縁を成す儀式が必要だと思うならば、道を空けさせるのだ」

　有無を言わさぬ声音に、真尾の顔色が変わる。

　腹の底から怒りを覚えていた。そして同時に大きな覚悟をともなっていた。それが声に乗り、日織自身にも自らの声が怨嗟《えんさ》の呻きのように響くのだから、真尾は恐ろしいと感じたかもしれない。

ただ真尾は神職だ。左の大臣の怒りや不満や、日織のふるまいよりも、彼にとって大切なのは地龍《ちりゅう》と龍。神とその眷属《けんぞく》だ。

当然の如《ごと》く、真尾は揺るぎない強い口調で穂足に告げた。

「皇尊は仰《おお》せです。答えを見せるゆえに、ともに参れと。それをご覧になればよろしいと存じます。ゆえに道を空けて頂きましょう。左の大臣」

真尾と睨みあった穂足は、しばらくして答える。

「よろしいでしょう、大祇。皇尊が何をお見せ下さるか、確かめるために道を空ける」

道を空けよと穂足が胴間《どうま》声《ごえ》で命ずると、立ちふさがっていた舎人たちが道の左右へさがる。真尾は穂足に礼をとると、日織を振り仰ぐ。

「皇尊。これでよろしいのでしょうか」

怒りにまかせ、日織が下手なことを口走ったのではないかという懸念《けねん》が、彼の問いには含まれている。

確かに日織は怒っていた。不愉快でたまらないほど怒っていたが、けして理性を失ったわけではない。口にしたことは全て覚悟の上。

「良い。出発する」

日織の答えを合図に、真尾は自分の馬に戻り、馬木が再び先頭に立ち、人馬の列は歩み出す。

祈社門前から祈峰を下る坂道を進んでいると、馬の足を速めた空露が、日織の馬に並ぶ。気遣わしげな声で問う。

「日織。左の大臣に何を見せるおつもりですか」

「見せられるのは、宣儀《せんぎ》以外ないだろう」

「それで説得できるというのですか。しかも、龍が呼べると決まったわけではないのに」

追い詰められたかのように、空露の眉間《みけん》に深い皺《しわ》が刻まれた。

「申し訳ないな、空露。けれどわたしは皇尊になってしまったから、自分が予想していた以上に、大きな覚悟をしなければならないんだ。今、ようやくそれが身に染みてきた。空露。頼みがある」

「なんでしょうか」

「宣儀で、わたしの試みが吉と出れば問題ないが、凶と出た場合は——悠花の身にも累《るい》がおよぶかもしれない。おまえが周囲の状況を凶と判じたらそれと同時に走り、悠花を馬に乗せ、龍ノ原の外へ逃がしてくれないか」

「宣儀で何をするつもりなのですか、日織」

「頼む。それと、できれば居鹿と与理売も、龍ノ原の外へ逃げ出せるように手助けを。何が起こるかわからないが、混乱を極めるのは確かだ。その混乱に乗じて、頼む」

「わたしは、何をするおつもりかと訊いているのです」

怒りに近い苛立ちを滲ませる、空露の声。

「何をするつもりか聞いたら、おまえは約束を拒むだろう。いや、そもそもわたしがやろうとすることに、強硬に反対する」

「わたしが反対するとわかっていることを、なさると？　そんなもの当然お約束などできません」

「おまえが約束しなくても、わたしはやるよ。きっとおまえは約束を拒んだとしても、わたしが望むことはしてくれるのだろう？　約束しないと言い張ってもその時になったら、わたしの望みには沿ってくれる。予想がつくんだ、それくらい。けれど自分が安心したいから、おまえに承知したと言って欲しいだけなんだ」

空露はそんな男だ。日織がやることに苦い顔をして反対して、呆れ怒っても、最後には必ず日織の望みを叶えようとしてくれる。

自らの思考を見透かされて驚いたのか、空露は絶句した。日織は笑む。

「皇尊《すめらみこと》になったからには、覚悟をしなければならないこともあるよ。空露」

「あなたが御位に即いたのは、わたしの責任でもある」

悲痛なものが空露の目によぎるが、しばらくの沈黙のあとに頷《うなず》く。

「わかりました。お約束しましょう。日織が、何をするつもりだとしても」

日織が何を覚悟したにせよ、皇尊の御位に彼女が即くのを望んだ空露は、その責任を感じ、また同時に、共犯で在り続けようとしてくれているのだ。

馬木が手にした松明に先導され、日織は進む。鳥手に囲まれた日織の後からは、悠花、杣屋、居鹿と与理売、真尾がそれぞれ乗った馬四頭。その後には騎乗した有間を先頭に、反封洲の者たち。さらに続いて黒い衣の護領衆。

そのあと少し距離をとり、舎人を引き連れた阿知穂足一行。

闇の中、松明の灯りが流れる。百人近い大行列が、蹄の音と足音だけを響かせ、静かに移動していく。しわぶき一つない。

異様な緊張をはらんだ闇の行進。

護領山を下ると、川の流れや森、郷《ごう》や里《り》が点在する水辺を抜ける平地に入った。暗く静かで、鳴き初めの虫の音だけが大きい。その虫の音も、馬の蹄と人の足音に驚き途切れる。

ふと視線をあげると、田植えを終えた稲田の向こうや護領山の裾野《すその》に、ぽつりぽつりと小さな灯りが見えた。それらはばらばらで、てんでに動き回っているし、方向も定まっていない。しかしかなりの数の灯りが、遠くで幾つも揺れている。

暗闇を常とする龍ノ原の夜には珍しいことで、日織は目を眇《すが》めた。

「あれはなんだ」

独り言が聞こえたのか、馬木が肩越しに答えた。

「明日、宣儀があるとの触れが出たからでしょう。民が宣儀を見物するために、龍稜の北側を望む丘や、髭平《しのひら》周辺に移動しているのです」

「ああ、そうか」

日織は薄く笑う。

「ならば、よく見せてやらねばならないな」

あの龍は来るだろうか。ここまで来て、日織は不安でたまらない。

(龍が現れず、再び宣儀が失敗すれば、わたしは――。居鹿や与理売を救うのも、ままならなくなり)

悪い想像ばかりが膨らむ。

怯えるなと己に言い、心の中で龍に請《こ》う。

(来てくれるか、あなたは？　来て欲しい)

人よりも信頼できるはずだと思いたい。底光りする金の瞳は、無垢《むく》で美しかったから。

ふと、自分はまだ龍道《りゅうどう》から抜け出せていないような感覚に襲われる。

本当の意味で皇尊となれていないから、こんなに道が暗いのかと。

だからこれほどに、迷いも困難も多く大きいのかと。

歩を進め、龍道から出なければと思う。

護領山から龍稜の聳《そび》える草原へ、龍ノ原を半分横切る大行列は、長く、闇夜を蛇行する。そのうち、夜空に溶け込み姿の見えなかった龍稜が、うっすらと影を現す。

日は昇っていないが夜明けが近い。

馬木たちが掲げていた松明を消し、道に放っていく。

草原が目の前にあった。その中央に聳える、巨大な龍の爪《つめ》に似た龍稜。その頂に朝陽が射《さ》し眩《まぶ》しく光る。龍稜の影が草原に落ち、みるみるうちに青葉の草原が輝きを増す。さざ波のように風に揺らぐ草葉の上を、朝陽がさっと撫《な》でて広がっていく。

何かに祈るには、最もふさわしい瞬間のような気がした。

龍道を抜ける出口だ。そんなふうに思える。

「馬木」

呼ぶと、先を行く馬木が馬の歩調を緩めて日織と鞍《くら》を並べる。

「真尾に伝えよ。わたしは宣儀の支度があるゆえ、悠花と空露とともに、一旦《いったん》龍稜に入る。他の者たちは宣儀の場へ向かい、わたしを待てと」

「承知しました」

馬木が馬を操り側《そば》を離れると、今度は空露に命じる。

「空露は、悠花の馬を引く鳥手に龍稜に入るように命じよ。悠花には手伝ってもらいたいことがある。あと、居鹿と与理売の馬も龍稜に入るように指示せよ。あの子たちには、龍稜から宣儀を見てもらう」

「悠花様に手伝いを願うとは、いったい？」

「すぐにわかる。行ってくれ、空露」

不安そうな色を見せたが、空露は承知しましたと答えて後方へ馬を走らせた。

八章　壊れる神話　生まれる神話

一

大祇《おおぎ》を筆頭にした護領衆《ごりょうしゅう》と、阿知穂足《あちのほたり》の一行、さらに伴有間《とものありま》と配下。彼らは龍稜《りゅうりょう》を回り込み、宣儀《せんぎ》のために用意された、かりそめの道へと続く伊吹門《いぶきもん》に向かう。

一方、鳥手《とりて》の長《おさ》である馬木《まぎ》の馬を先頭に、日織《ひおり》と空露《うつつゆ》の操る馬、悠花《はるはな》と杣屋《そまや》をそれぞれ乗せた馬、さらには居鹿《いしか》と与理売《よりめ》の乗る馬は、龍稜の木王門《きおうもん》を潜《くぐ》った。

馬溜《うまだまり》に馬が入ると、皇尊《すめらみこと》を迎えるために采女《うねめ》や舎人《とねり》たちが駆けつけた。祈社《きしゃ》から鳥が飛ばされ、日織が祈社を出て龍稜に向かうという知らせが届いていたらしい。

馬をおりた日織が采女に、居鹿と与理売を、龍稜の北面にある柏宮《かしわのみや》へ通せと指示していると、太政大臣《おおまつりのおとど》である淡海皇子《おうみのみこ》が、厩《うまや》の間を抜け、早足でやってくる姿が見えた。

宣儀が失敗した直後、日織は淡海に相談なく祈社に向かい、あまつさえ門を閉ざして籠《こ》もった。

皇尊が何を考えているのかわからず、淡海は困り果てていたに違いない。

日織は淡海に、大桜宮《おおさくらのみや》で支度をして宣儀の場へ向かうので、腰輿《ようよ》を用意させよと命じた。それで宣儀の場へ赴くと。

大桜宮に入ると人払いを命じ、宮の周囲に采女も舎人も、勿論《もちろん》淡海も近づけてはならないときつく申しつける。

悠花は空露の助けを借りて大桜宮の西殿《にしどの》へ入った。その知らせを受けた日織は西殿に向かった。

西殿は悠花の居所と定めた殿舎で、彼の持ち物や調度が整然と並んでおり、母屋《もや》に踏み込むとふんわり白粉《おしろい》の香りがする。母屋の端に杣屋が控えていた。

人払いをしてあるので気ままにふるまえるため、悠花は半分開いた蔀《しとみ》の前に立ち、葉桜を見やっていた。日織が来た気配にふり返る。

「空露から聞いたよ。宣儀の前に、わたしが何かお手伝いできるのかな？」

「悠花にしか頼めない」

近寄ってきた悠花に、日織は告げた。

「あなたの衣や裙《も》を貸して欲しい。それを身につけて宣儀に臨む」

悠花は意味をはかりかねるように、日織を見つめる。

「どういう意図で、それは」

「わたしは女として皆の前に立つ」

空露の絶望したような呻《うめ》き。「日織」と、苦しそうな声を聞いたが、ふり返らずに答える。

「すまない、空露。しかし先刻も言ったように、もう決めたのだ」

「……なぜ？」

日織を見つめたまま、悠花が短く問う。驚愕《きょうがく》のため、それしか言葉が出ないようだった。

「そうしなければ、わたしは望みを叶《かな》えられないからだ。祈社の門前で阿知穂足が、遊《ゆう》子《し》は神に見放された者であるから、常の者ができぬこともやるのだと言ったとき、多くの者が心を動かされた気配がした。『さもありなん』と言う声が、聞こえるようだった。人心が決定的に変わる何かを見せなければ、遊子追放の令を廃したとしても、後の世に再び似た令が出されぬとも限らない。それでは、わたしが御位《みくらい》に即《つ》いた意味がない」

「だからといって、なぜあなたがその身の秘密を公《おおやけ》にする必要がある」

「龍《りゅう》を呼び、神に許され認められた皇尊が遊子なのだと知らしめる。そうなれば遊子を、穢《けが》れや、神に見放された者とする人心を変えられる」

「しかし龍を呼べなかったときは？　あの龍があなたの呼びかけに応《こた》えてくれる確証は

ない。もし呼べなければ、あなたは己の正体を晒《さら》したがために、間違いなく、皇尊の御位を退けと強要される。入道を果たしても、龍との縁《えにし》が成らないのであれば、やはりそれはその身のせいだと。皇尊の御位にあるべき者ではないと決めつけられる」

焦《あせ》り諭すような悠花に続いて、背後で空露が言う。

「今でなくても良いのです、日織。宣儀を成功させ、あなたの治世が落ち着いてから秘密を明らかにすれば」

「治世が落ち着いたとしても、秘密を明らかにすれば必ず動揺が走り、いらぬ騒ぎを起こす者が出る。治世の瑕疵《かし》をあげつらい、遊子の女が御位に即いているからだと騒ぐ。男姿で入道して、なおかつ宣儀を終えたとなれば、男姿で神を欺《あざむ》いたのだと言われかねない。わたしが御位に即いたのは、神を欺いたからだと。そしてわたしが御位を失ったら、遊子は今以上に辛《つら》い目にあうだろう。わたしのせいで」

央大地《ひさしだいち》の成り立ちさえ支配する神を、身につけた衣装一つで欺けるとは思えない。

しかし、そう言いかねない者はいるし、ことによると真実、衣装一つで神を欺けるものなのかもしれない。だからこそ日織は入道が果たせ、殯雨《もがりあめ》も止《や》んだ可能性がある。

とするならば、真の姿で宣儀にいどむのは、神に問いなおす機会なのかもしれない。

本当に、この身で龍《たつ》ノ原《はら》の皇尊となって良いのかと。

「世継ぎの問題もある。いずれ公にしなければならないし、避けて通れない」

空露は押し黙っている。

日織が遊子の身で皇尊の御位に即いたからには、もはや逃げ出せない場所まで追い詰められたということなのだ。空露も理解しているはず。

「しかも治世が落ち着くまで待っていたら、幾人もの遊子が命を落とすだろう。皇尊の御位にいながら、見殺しにしたくはない」

言葉を切り、日織はさらに続ける。

「わたしは真実の姿で、龍を呼ぶべきなんだ。自分の望みのために御位を求めた。後回しにしては、御位に即いた意味がなくなる」

意志は揺るがない。しかし悠花への申し訳なさは強くなり、俯《うつむ》き睫《まつげ》を伏せた。

「わたしが真実の姿で宣儀にいどみ、龍が呼べなかったら、身の破滅。それはよくわかっているし、己が納得した結果だから良い。しかし悠花には悪いと思う。わたしが御位を追われ命すら差し出す羽目になったなら、あなたを護《まも》る者がいなくなる。わたしの妻であるあなたの身辺も探られ、その身は危うくなるだろう」

どうか許して欲しいと、祈るような気持ちで続けて言う。

「そうなったとき、あなたを龍ノ原の外へ逃がすように空露に頼んだ。申し訳ないが、そうしてもらうより他はない。すまない」

「悠花様に龍ノ原を出ろと仰《おお》せなのですか、皇尊」

杣屋の、今にも泣き出しそうな震え声に、胸の奥が重くなる。

「そうだ。すまない」

「ひどい仕打ちでございます、皇尊。先代皇尊はあなた様を信頼したからこそ、悠花様を託されたのに」

「申し訳ない」

「そう思うならば悠花様のためにも、莫迦《ばか》な真似《まね》はおやめ下さい。どうか」

「控えよ、杣屋」

悠花の厳しい声。日織は顔をあげ、杣屋は口をつぐむ。

「正直に言えば、わたしも日織にそんなことはして欲しくない。だが考えてみよ。日織は皇尊の御位に即き、のっぴきならないところに立ったのだ。追い詰められた場所で、自らの望みを叶える方法を探しあぐねて延々と無意味に粘り続けるのか、もしくは一か八か、宣儀という舞台に賭《か》けるかしかないのだよ」

枢戸《くるるど》と蔀から、夜明けのひんやりとした風が吹き込む。風には桜葉の青々とした香りが含まれているような爽《さわ》やかさがあった。

悠花は真《ま》っ直《す》ぐ日織を見ている。

「そして。あなたはもう、そう決めてしまわれたんだね、日織。宣儀に賭けると」

頷《うなず》くと、悠花も頷き返す。

「わかったよ、ご自分の思うとおりになさればいい。ただ、一つ条件がある。もしことがうまくいかなかった場合、わたしは自らの判断で逃げるし、そのときはあなたも一緒に連れて行く。その場合は抵抗などなさらず、わたしと一緒に逃げること。それが条件」

「一緒に逃げる？」

思いもよらない提案に、二の句が継げなかった。

自分が逃げるなど考えたこともなかった。

皇尊の御位に即いた自分が、龍ノ原を逃げ出せばどうなるのだろうか。龍ノ原の混乱は極まるだろうし、皇尊が龍ノ原を逃げ出して、地大神《ちのおおかみ》が荒ぶりはしないのか。龍が騒ぎはしないのか。

龍ノ原を逃げ出した皇尊など、神代《かみよ》より存在しない。

しばらくして、ようやく言葉が出た。

「皇尊が龍ノ原を逃げ出せば、何が起こるかわからない」

「予想だにしなかった天変地異や異変が、起こるやもしれないね」

悠花は口もとに冷笑を浮かべる。

「日織を追い詰めた者どもは、予想だにしなかった天変地異や異変を容認したということなんだ。自ら禍《わざわい》を招くのだ。日織のせいではない」

「それにより、龍ノ原の民が苦しんだら」

「その時は再びあなたが、龍ノ原の民に告げれば良い。皇尊が去らねばならなかったのは、皇尊を皇尊と認めぬ一部の愚か者のせいだ。異変、天変地異は愚か者どもの責任だと。民は愚か者どもを許すまいし、あなたの帰還は、心から民の願うところとなるだろう」

　そこで表情をくるりと明るいものに変えた悠花は、肩をすくめる。

「あなたが龍ノ原から逃げ出しても、何も起こらなければそれも良い。わたしと二人で八洲《はっしゅう》のどこかで暮らせば楽しいよ」

　空露をふり返り、悠花は命じた。

「日織の馬と、わたしが乗れそうな馬を、厩から伊吹門のあたりへ下ろしておけ。もしもの時はそれで逃げる。わたしが日織を逃がすと約束する。おまえはその時には、せいぜい追っ手を妨害してくれ」

「あなた様がですか」

「わたしが日織を護ろう。約束する。だから馬を。わたしの馬は、気性の優しい馬にしておくれよ。自慢ではないが、さほど乗馬の術に優れていないからね。なにしろ、まともに外へ出るのを禁じられて育ったから。我《わ》が儘《まま》を言って無理矢理に、限られた場所でしか馬に乗ったことがないんだ」

冗談めかした口調で言う悠花の横顔を、日織は見つめた。

（護る？）

悠花の言葉に驚き、同時になんとも言えない嬉《うれ》しさが、温《ぬく》もりのように胸に広がる。

（そんなふうに言ってくれるのか、わたしに）

空露の目もとがゆるむ。緊張の後に覚悟が定まり、心が静まったような顔だった。

「承知いたしました、悠花様」

答えた声に、感謝と尊敬の響きがあった。空露は礼を取ると急ぎ足で母屋を出た。

杣屋に向き直り、悠花は微笑《ほほえ》む。

「すまないね、杣屋。なにかあったら、おまえは生家の邸《やしき》に戻って良いよ」

「なにがあろうが、悠花様とご一緒します」

「足手まといになる。無理だ」

哀《かな》しげに顔を歪《ゆが》める杣屋に悠花は、

「正殿前に、腰輿が到着したか見てきておくれ。わたしは、日織の準備を手伝う」

と命じた。それはくどくどと言葉を交わし、結局は、長年自分を慈《いつく》しんでくれた乳母《めのと》を泣かせるのをさけたい彼の優しさだったろう。

杣屋は袖《そで》で目もとを拭《ぬぐ》うと立ちあがり、枢戸を出て行く。

「申し訳ない、悠花」

目を伏せた。

「わたしの覚悟に、あなたたちを巻き込む。わたしの妻になったばかりに」

不意に手を握られる。顔をあげると、彼は笑顔だった。

「こちらにおいで、日織。美しくしてさしあげる」

二

悠花は日織の手を引き、几帳《きちょう》の陰に連れて行った。

衣を脱いで下衣《したごろも》になるようにと言って、櫃《ひつ》の蓋《ふた》を開け、中に詰まっている衣や領巾《ひれ》や裙を次々に床に引っ張り出す。

鮮やかな色彩の群れから濃紅《こいべに》の内衣《ないい》を選び、悠花はそれを手に日織の背後に回った。下衣一枚になれば、男とは違う、柔らかな細身の体の線があらわになっていた。

（この細い体で、幾度も、命を賭けるほどの覚悟を強いられるのか）

胸が痛みながらも明るい声で告げた。

「さあ、これを着て」

薄い肩に衣を着せかける。日織が袖を通すと、悠花は前に回って紐《ひも》を結ぶ。そして今度は、中赤の下裙《かくん》をはかせた。

身につけ方がわからないらしく、日織は悠花に言われるままに、腕を上げて下げて、後ろを向いてと指示すれば、子どものように素直に従った。

衣を身につけ終えたので、藁蓋《わろうだ》に座るように促す。すると日織がいつもどおりに、あぐらをくもうとした。

「日織。はしたない」

何を注意されたのかわからなかったらしい日織は訝《いぶか》しげな顔をしたが、膝《ひざ》のあたりを指さすと、ようやく気づいて座り直した。

「よろしい」

笑顔で言って、座った日織の背後に立ち、髻《もとどり》を解《ほど》く。

肩の少し下までしかない髪を梳《くしけず》る。

「これでは、常の二《に》髻《けい》も一髻も無理だろう。見《み》栄《ば》え良く、少し変わった一髻にするか」

「任せるよ。わたしは、なにもわからない」

日織の髪はなめらかで手触りが良かった。小さな一髻を頭上につくると、あとは垂らしたままにした。玉櫛笥《たまくしげ》を引き寄せ、中から幾本か銀《しろがね》の釵子《さいし》を選び出して一髻に挿す。

玉櫛笥の中にあるもので、他に日織に似合いそうなものを選ぼうと、考え込む。

気品のある、落ち着いた飾りはないものか、と。悠花のもっているものでは、日織の雰囲気にそぐわない。

どうしたものかと考えながら、ふと枢戸の方へ視線を向けて閃《ひらめ》いた。

「待っておいで。良い飾りを持ってこよう」

言い置くと悠花は西殿《にしどの》の庭へ出た。階《きざはし》の右手に植え込みがあり、そこに白い花を咲かせた濃い緑の低木があった。梔子《くちなし》だ。香りの良い慎ましく上品な花を、枝をつけて幾本か折り取ると母屋へ戻る。日織が不思議そうな顔をする。

「梔子？」

「これを、あなたの髪に飾る」

香りの強い花を銀の釵子の根元に差し込み、日織の髪を生花で飾った。

梔子の甘い香りが漂う。

次に日織の正面に、細々《こまごま》した化粧道具を並べる。刷毛《はけ》や筆、陶器の入れ物や、深皿。端座した悠花は、彩色された小さな陶器を手に取り、蓋を開き、床に並べた深皿に向けて傾けた。こぼれ出たのは白い粉。白粉だ。水差しの水を引き寄せ、深皿の白粉に注ぐと、刷毛でかき混ぜた。

「すこし、ひやりとするよ」

言いながら刷毛を手に取り、まず日織の首に触れる。冷たさと刷毛の感触にびくりとしたのを見て、思わず小さく笑った。少女のようだと思う。

「わたしも最初は苦手だったよ、これが」

薄く丹念に、首、顎《あご》、頬と、塗りあげていく。初めて化粧を施される肌に、白粉はきれいに吸いつく。

(死地に赴かせるために、わたしは日織にこうして化粧しているのだろうか)

男の姿で宣儀に挑み失敗しても、臣や民の失望は計り知れないが、すぐさま日織がどうにかなりはしない。しかし女姿で挑めば、失敗はすぐに身の破滅となる。

(あの龍が、日織の呼びかけに応えて現れなければ……)

悠花は今この瞬間でも、日織を止めたい。しかし彼女は決意しているのだ。皇尊の御位を望み、ここまでやって来た望みを果たすために、挑もうと決めている。

その果敢さは、愚かだと思う。しかしここで挑むこともせず望みを諦《あきら》めてしまったなら、日織は、自分が生きて皇尊の御位にあることすらも嫌悪《けんお》し、哀しみ、苦しむ。自分が自分であることすら、やめてしまうかもしれない。抜け殻になった日織など見るに堪えず、そして彼女自身も、命を賭けた方が良かったと悔いるだろう。

(だから、この人を送り出さなければ。誰よりも美しく、気品に溢《あふ》れた、皇尊として)

白粉を塗り終わると、今度は細い筆を手に取り、筆先を水差しの水で濡《ぬ》らす。悠花が手に取った小さな土器《かわらけ》の内側は、濃い紅色。底に筆を滑らせると、筆先が赤く染まる。

鼻先が触れそうなほどに身を乗り出し、細い筆先で日織の額に花鈿《かでん》を描く。終わると別の筆に持ち替え、先を濡らして紅をつけ、日織の唇に滑らせる。

「口を、軽く開いて」

言われたとおりに開かれた唇を、繊細な筆先でなぞった。色の薄い唇に筆で触れていると、ふと、この人は吾《わ》が夫《つま》であり、自分のものなのだという、えもいわれぬ愉悦を覚えた。この唇も、肌も、悠花のもの。

艶々《つやつや》とした紅が唇にのれば、顔の印象はがらりと変わり、匂《にお》い立つような美しさ。

紅を塗り終わると立つように促した。

日織の前に跪《ひざまず》き、仮結びをしていた紕帯《そえおび》の形を整え結びなおした。衣の胸元を調整すると領巾を手に取り、それを日織の背後から肩にかけ、腕に絡《から》めさせる。再び前に回り、釵子と梔子の位置を直す。

何一つ乱れのないようにと、悠花は一つ一つ丹念に整えた。最後に頬にかかった後れ毛を指先ですくい、その手で髪を軽く撫《な》でる。慈しむように。

(これで良いだろう)

しばらく悠花は、自らの夫の姿を見つめていた。悠花が無言なのが気になったのか、日織が心配そうに問う。

「整ったのか？」

頷くと、すこしばかり不安そうに袖をもちあげ、自分の姿を見ようとする。

「この姿は妙か？」

その問いが可愛《かわい》らしくて、悠花は微笑して首を横に振る。こんなことに関しては、まるで初《うぶ》な人だ。

「お美しいよ」

つきあげる衝動に促され身を寄せ、囁《ささや》き、口づけた。

深い口づけに戸惑い、無意識に逃げるように傾《かし》ぐ日織の体を支え、背を抱く。梔子の強い香りにあおられるように、愛《いと》しさが胸の中で大きくなる。

「あなたをお護りする」

唇を離して悠花は言った。これから何が起こっても護ろうと、強い決意があった。この人は自分が護るべきだと思った。しかし日織は悠花の胸を押し返す。

「わたしなど護らなくて良い。これはわたしの覚悟で、わたしの望みなのだから。巻き込まれたあなたは、自分の身を護ればいいんだ」

「それは聞けない。夫と妻だもの」

「悠花には自身をこそ護って欲しい」

日織ならばそう考えているだろうし、そう言うだろうとは思っていた。しかし悠花は、その点は日織に従うつもりはない。

答える代わりに微笑した。

日織は少し困ったような顔をしたが、何も言わずに目をそらす。

「支度をありがとう、悠花。行く。宣儀に」

布を垂らした腰輿に日織が乗り込むと、空露が采女に命じ、輿《こし》を担《かつ》ぐ舎人と淡海皇子を呼び寄せた。徒歩《かち》で向かうのが慣例の宣儀の場に、輿で向かうのは異例だ。しかしそうしなければ日織の姿が衆目にさらされ、混乱が起こり、宣儀の場にすらたどり着けない。それを見越しての用意だった。

静かに担がれた腰輿の前に立った淡海は、困惑を隠せない表情ながら、さすがは太政大臣。もはや取り乱すことはなく、常の宣儀のように静かに歩み出す。

その後を腰輿がゆらゆら進む。

左右に列をなした采女と舎人たちが膝を折るが、そこに最初の宣儀のときのような晴れやかな表情はない。祝いの言葉もない。ただ憂慮の色ばかりが強い。この皇尊の御代《みよ》はどうなっていくのだろうかと、そんな思いが顔に表れている。

空露が腰輿の背後について歩み出すと、正殿の方をふり返った。正殿の北側の簀子《すのこ》縁《えん》から、悠花が覗《のぞ》き見ているのを知ってのことだった。空露の目には懇願の色がある。どうか日織を護って欲しいと。

悠花は身なりを、黒の衣と袴《はかま》の護領衆のものに替えていた。空露に小さく頷き返すと、今度は足もとに控えていた杣屋に言う。

「では、わたしは行く。杣屋」

「はい」

既に覚悟ができたのか、目を赤くした老女は、悠花を慈しむように見あげた。彼の姿を目に焼きつけようとするかのように。

「あなた様は、お美しい、お優しい、主様《あるじ》でございました」

「いやだね、杣屋。まるで永久にお別れするようではないか。わたしは戻ってきて、おまえにまた叱《しか》られるつもりだよ」

「戻られたら、そのときは、たっぷり叱ってさしあげましょう」

「怖いな」

首をすくめ、悠花は杣屋に背を向けて駆け出す。

(さあ、どうなる。わたしと日織は)

現実と向き合ってしまったなら、恐ろしさに膝が震えて動けなくなりそうだ。だからあえて、己を鼓舞するために強気に考えた。

(女の装《よそお》いで殿舎に閉じこもるだけの生涯に比べれば、今のほうがずっといい。何が起ころうと)

朝の心地よい風を切り、軽く、跳ねるように龍稜を巡る回廊を駆け下りていく。

龍稜で育った悠花は、日織の乗る腰輿の先回りをして、伊吹門へ行ける道を知っていた。一気に龍稜を下るとさすがに息があがったが、なんとか伊吹門へ辿《たど》り着く。伊吹門から上へと続く石段を見あげれば、日織の腰輿が九十九折《つづらお》りの回廊を下っているのが見えた。それを確認して、伊吹門を出る。門の左右を守る賦役《ふえき》の衛士《えじ》が不審そうにはしたが、護領衆の衣を身につけているためか呼び止められなかった。

当然のような顔をして衛士に黙礼を送り、門を出る。

通常の宣儀であれば、門の近くには儀式の場を整える役目を負う治部《じぶ》の者たちが整然と並んでいるはずだが、今は姿がない。

そのかわりに無秩序な吹きだまりのように、阿知穂足が引き連れてきた舎人たちがかたまっていた。そこからやや離れ、有間とその配下たちが馬の轡《くつわ》を握って立っている。

宣儀の場である空地《くうち》に、五色布はない。

草そよぐ広がりの中に、ただぽっかりと空地があるのみ。

空地へ向かうための、踏み分けて作られた一本道の傍らには、横笛を手にした黒衣の護領衆たちの姿があった。

儀式の後には消えて無くなる、かりそめの道の真ん中に、大祇の真尾《まなお》が待っている。

それらを素早く確認してから、視線を伊吹門に沿って龍稜の岩肌へと向けると、二頭、轡をとる者のない馬がいた。岩肌に穿《うが》たれた駒繋《こまつなぎ》の穴に繋がれたそれは、一方が日織の鹿毛《かげ》馬。もう一方は毛並みの美しい白馬だった。

（あれが空露の用意した馬か）

近づくと、駒繋の穴から馬を簡単に放てるように、綱を緩める。

腰輿が伊吹門を出てきた。

門の内側で立ち止まる、淡海皇子と空露の姿がある。彼らはそれぞれ複雑な感情の宿る目で腰輿を見送っていた。

出てきた腰輿に、阿知穂足が引き連れている舎人たちも、護領衆たちも、ざわつく。

阿知穂足が喚《わめ》く。

「なんのつもりで、そのようなお出まし方をなさるのか。皇尊！」

それに対する返事は、腰輿からはない。

「皇尊！」

苛立《いらだ》つ穂足の声を背後に残し、ゆらゆらと進み来た腰輿の前に立ち、真尾が問う。

「中におられるのは、皇尊か。なぜ輿でお出ましか。おりて頂きたく存じます」

真尾に遮られて止まった腰輿の中から、応えがあった。

「わかった。出よう。下ろせ」

腰輿に垂れる布の向こうから、日織が命じた。舎人たちは腰輿をかりそめの道に下ろし、道を外れた草地の中に膝をつく。

内側から白い手が、垂れ布を開こうとする。それを認めた真尾が鋭く護領衆に命じた。

「皇尊のお出ましである。楽を！」

護領衆たちは笛を構えた。楽の頭《かしら》がすぐに一声、高く笛を吹く。

その音に呼応するように、悠花は緊張のあまり息を止めた。

（日織）

ゆっくりと日織が腰輿から出てきた。

真尾が目を見開く。護領衆の楽の音がわずかばかり揺らぎ、音が乱れる。

阿知穂足は伸び上がって目をぐるりとむいて、日織を凝視した。舎人たちも口を開き、姿を現した皇尊を遠く見つめた。

ほんのり明けた空の下、細い草がなびく草原に立ったのは皇尊のはずだったが——そこにいるのは、すらりとした立ち姿の美しい女。

何が起こっているのか、誰も理解がおよばないらしく、真尾すらもただ日織を見つめるばかり。

濃紅の内衣の上に、白地に金銀の糸で花紋が織られた錦《にしき》の背子《はいし》。中赤の綾《あや》の下裙の上に、こちらも白地に縦筋の入った透紋紗《とうもんしゃ》の裙を重ねており、下裙の色が柔らかく浮き出る。腕に絡めている領巾は、けぶる朝陽の空のような薄紅の紗。

小さな一髻を結った髪には、銀の釵子。その根元には梔子の白。

額に描かれた花鈿は、四枚の花弁の花。唇の深紅。白い肌に、薄く白粉がのる。

(美しい皇尊だ)

悠花は緊張しながらも、人々の前に立った姿の清冽《せいれつ》さに胸が高鳴った。

若木のようにすっくりとしなやかな立ち姿には、彼女の強さと覚悟が滲《にじ》む。

(あの人は、わたしの夫だ。わたしの皇尊だ。日織、もしあなたが龍を呼べなかったら、わたしが必ず、あなたを連れて逃げ切ってみせる)

□□□

「なぜ、そのようなお姿をなさっておられますのか、皇尊」

護領衆の奏《かな》でる楽は一瞬揺らいだが、護領衆らしくすぐに冷静さを取り戻す。彼らの音は淡々と続く。

楽に紛れるほどの、狼狽《ろうばい》した弱々しい声で真尾が問う。

「自分にふさわしい姿をしている」

一言答え、華奢《きゃしゃ》な刺繍《ししゅう》の線鞋《せんがい》を履いた足で、さくさくとかりそめの道を歩き始めた。

朝露が散り、青い草の匂いが立つ。

(真尾も穂足もまだ、わたしがなぜ女の姿で現れたか、わからないのだろう)

当然だ。彼らは日織を男と思い込んでいるのだから、突然皇尊が血迷って、女姿をして現れたとしか思えまい。

しかし冷静さを取り戻せば、すぐにわかるはず。日織が女だと。女の姿をすれば、女としての体つきがよくわかる。そのことに気づき察するだろう。

自分たちが、日織に欺かれ続けていたことを。

（この場にいる者たちが冷静になり、わたしを糾弾しはじめる前に、龍を呼ばなければならない）

緊張で全身がぴりつく。歩む日織の背後に楽の音が従う。真尾は慌《あわ》てて日織の前に立ち、導く役を務めながらも、時々こちらをふり返る。

朝陽が輝きを増している。

髭平周辺の高台、あるいは周囲に集った民たちは、背伸びして草原を見ているはずだ。龍稜にいる采女や舎人たちも、おそらく懸造《かけづく》りの回廊に鈴なりになって北を見下ろし、予兆もなくはじまった儀式にざわついているだろう。

居鹿と与理売も、柏宮から見おろしているはず。

空露は祈りながら、伊吹門の内側で身じろぎもせずこちらを凝視しているに違いない。

悠花は——どこにいるだろう。きっと近くで見守っているはず。

（怖い。少し怖い。悠花）

自分を見守っているはずの悠花に向かって、口には出せない弱音を吐く。

（龍が来なければ、わたしは終わりだ。あなたすらも巻き込んで。それが怖い）

しかしそれでも、やらなければならないと覚悟を決めたのだ。もう後戻りできない。

龍道《りゅうどう》に入る恐怖とは異なっていた。あれは神との対峙《たいじ》で、命の危険を察する恐れだった。だが今は、人との対峙になるのだ。命は当然のこと、自らの尊厳と、さらには周囲の大切な者たちの全《すべ》てが、あらゆる悪意ですり潰《つぶ》されていくような恐怖。

楽の音に背を押されるように、一歩一歩儀式の場に近づくにつれ、鼓動が速まってくる。

（あなたは来るのか？）

歩みながら龍に問う。

（来て欲しい。約束したから。でなければ、わたしの命運はここで尽きる）

道の終わりに空地があった。場を整える暇《いとま》も用意も無かったのか、中央に、縁に白絹の飾りを施した茣蓙《ござ》だけがある。

日織と真尾が空地に踏み込むと、楽を奏する護領衆たちは空地を囲む。

楽が止まった。真尾が日織を見やる。

「皇尊。あなた様は、もしや」

真尾が察したことを口にさせまいと、命じた。

「はじめよ」
「しかし」
「はじめよ」

繰り返し強く命じると、真尾は観念したかのように一礼し、袖をさばいて空地の中央に置かれた莫蓙に座し、威儀を正し、手を二度打つ。さらに叩頭《こうとう》。その姿勢のまま低く震えるような特有の発声で、祝詞《しゅくし》を口にする。地大神、地龍《ちりゅう》への祝詞だ。

（はじまった）

どくどくと、こめかみが疼《うず》くように鼓動が速い。

次に顔をあげた真尾は、今度は空に目を向けて同様の祝詞を奏する。さらに二つ、手を打つ。

静かに座を譲るように真尾が立ちあがると、控えていた護領衆が二人走り寄り、莫蓙を巻き取りその場を離れる。

真尾がふり返ったが、その目には途方に暮れたような色があった。

ここから先、誰も、なにをするべきかわからないのだ。

日織ですらわかっていない。

――吾《われ》を思って呼べば良い。

悠花はそう、龍の声を聞いた。

日織が歩みを進めると、真尾が憚《はばか》るように空地の端へ移動する。

空地の中央に立ったのは、日織一人のみ。顎をそらして空を見た。

「臨幸《りんこう》願い奉《たてまつ》る」

静かに口にする。緊張のためか、恐怖のためか、声は微《かす》かに震えていた。

たなびく薄い朝の雲。青とも薄紫ともつかない空の色合いのなかに、白銀の泳ぐ姿は一つとしてない。この広い空に、呼べたとしてもたった一頭の龍では心許《こころもと》ないだろう。しかし一頭でも呼べれば良い。龍を呼べる証《あかし》になるはずだ。

(ここに来てほしい、龍よ)

空を見つめ、願う。

「龍よ!」

願いながら空に向かって鋭く告げた。

(ともだちとなった証に、ここに)

広い草地の上空にその姿が現れないかと、求めながら呼ぶ。

「龍よ!」

しかし空のどこにも龍の姿はない。それらしき輝きすら見えない。

(来て欲しい。お願いだ、来て。来てくれ!)

じりじりした焦りが胸の中に広がる。

「龍よ！」

幾度も繰り返す。

「臨幸願い奉る！」

どこかに姿が見えないか。目線は、せわしなく泳ぐ。

薄雲漂う夜明けの空に、視線を彷徨《さまよ》わせて請《こ》う。

「臨幸願い奉る！」

声を張った。

「臨幸願い奉る！」

空のどこにも龍の姿が現れない。空も地上も静かだ。

草だけが微かに鳴っている。

駄目なのか。

そう思いかけたときだった。

悲鳴を聞いた。

ふり返ると、穂足や有間たちがかたまるあたりの草葉が異様になびいている。突風だ。

その突風がこちらに向かってくるのが、なびく草の激しさで知れた。

そうと認識したときには、既に襲われていた。笛の護領衆が悲鳴をあげ草地に伏せる。

真尾も膝をつき、こちらに向かって手を伸ばす。

「皇尊！」

立っておられず日織も膝をつく。腕に絡めた領巾が巻きあがり生き物のようにはためき、髪に飾った梔子が飛び散る。

地に伏せようとしたその時、強い香りがした。樹皮を削り取ったような香り。

（これは⁉）

両腕を顔の前で交差させて風をよけながら、身を低くし、強い風を正面から受ける。

大声で問う。

「あなたなのか⁉」

応えるように、草葉の先端で腹を擦るようにして身をくねらせ、龍が真っ直ぐ飛翔《ひしょう》してくる。

（来たのか！）

わきあがる歓喜と同時に、ぴたりと風が止んだ。

そして――、目の前に龍がいた。

草葉のわずか上にとぐろを巻くようにして浮き、尻尾と髭《ひげ》をゆるゆるとそよがせ、金の瞳《ひとみ》で日織の目の前にいた。

（来てくれた）

しかもこんな近くに。

（約束を守ってくれた）

嬉しさに涙ぐむ。

立ちあがり、一歩近寄る。

真尾の震える声が微かに聞こえた。

「龍が……」

護領衆たちは畏《おそ》れ怯《おび》え、風が止んだにもかかわらず、草地に伏せたまま息を詰めている。

「美しくおなりですね」

視界が潤《うる》んではいたが、龍の鱗《うろこ》の輝きが増し、胴が一回り太くなり、角の輝きが見事なのはわかった。おそらく神気を喰らって、神の眷属本来の姿と力を急速に取り戻しつつあるのだ。まるで光を浴びた雪原のように、龍の鱗は真っ白できらきらとしていた。

龍は、ごく細かな光の粒を全身にまぶしたように輝く。

「ありがとうございます。来てくれて。約束を守ってくれて」

ゆっくりと歩み寄り、龍の額に触れたのは思わずだった。

「これで……これでわたしは、皇尊として宣儀を果たせました。あなたのおかげで」

龍《りゅう》の鱗はなめらかで、触れた瞬間はひやりとするのに、すぐに指先に温もりが伝わってくる。不思議な手触りだった。それに愛しさを覚えた。

安堵《あんど》のため力が抜けそうになった――しかし。

「その者は化け物に違いない！」

唐突な怒号。日織の体はびくりと、鞭打《むちう》たれたように震えた。

三

「あれは女だ。皇尊《すめらみこと》は女だ！　吾らは欺かれていたのだ！」

草原を突き抜けた怒声にふり向けば、穂足が目を爛々《らんらん》と光らせ、背後に舎人《とねり》たちを引き連れて駆けてくる姿がある。

「あの者を捕らえるのだ。臣と民を欺く化け物を捕らえよ！」

穂足の号令で舎人たちが走っている。大きすぎる衝撃の後、まともに働かない思考のままに、彼らは命令に従い闇雲《やみくも》に日織に向かっていた。

彼らは空地に踏み込むと、日織と龍を取り囲む。舎人たちが及び腰なのは、龍がいるからだろう。それでも携えた槍《やり》を構え、黒曜石の穂先を龍と日織に向けた。

穂足は日織と距離をとりながらも、正面から彼女を睨《ね》めつけ、指さす。

「この者は女、しかも明らかに龍の声を聞いておらぬ。遊子《ゆうし》なのだ！　皇尊を騙《かた》るなど許されん」

何を言っているのかと、しばし唖然《あぜん》とした。ただ穂足に言葉が通じないことは、瞬時に悟った。彼に向かって何を言っても無駄だ。

日織は穂足には視線を向けず、周囲を固める舎人たちを見回しながら言う。

「わたしは入道を果たした。地大神が認めたからこそ殯雨《もがりあめ》が止《や》んだのだ。それは明白。そして龍との縁《えにし》を成した」

龍の方へ手を伸ばすと、再び額に触れる。

ざわりと、舎人たちが畏れ動揺して半歩足を引く。

「これで、わたしが皇尊を騙っていると思う者はいるのか？」

日織の視線に圧倒された舎人たちの穂先が、じりじりとさがってくる。彼らの顔には、自分たちが皇尊に穂先を向けているのだという動揺が浮かび始めていた。

それを見て取った穂足が吠《ほ》える。

「みな、騙《だま》されてはならんぞ。祈社《きしゃ》には龍に似た化け物が出て、それを遊子が操ったと聞いた！　この者は遊子。遊子は神に見放されているがゆえに、化け物を操る。そこにいるのは、まことに龍か!?　龍に似た化け物を一匹操り、皇尊を騙っているのだ。遊子が皇尊であるはずはない！」

理性も論理も、穂足にはなかった。ただひたすら、信じられないと言うばかり。己の感情に取り憑《つ》かれ、事実や目の前のことすら拒絶し、歪める。

信じられないから、あり得ない。全てまやかしだと。

舎人たちの穂先は既に地面を向き、後退《あとじさ》りはじめていた。彼らはただ、そこにある龍の姿と気配に押され、じわりじわり畏れはじめているのだ。本能からくる畏怖《いふ》に、舎人たちは歪んでいないだけ忠実だ。

「なぜ、遊子が皇尊であるはずがないと言える」

「今まで、そのようなことはないからだ！」

「今までなかったことは全て、あり得ないのか？　ならば央大地《ひさしだいち》が出現したことも、治《おさの》央尊《ひさしのみこと》が央大地に降り立ったことも、それまでなかったことだろう」

「詭弁《きべん》を！　ことのはじめは全てにあり、それが今も続いており、その続いているものを壊すのがあり得ないことなのだ。神話の時から続いているものが、壊れるわけがない」

なぜ、これほど頑《かたく》なか。

日織の中に苛立ちが膨れあがった。

信じたくないことを拒絶し、目の前にある事実すら否定するとは。

これが人心というものか。

凝り固まった心や、自分に都合の悪いものをねじ曲げる思考を叩《たた》きのめすような何かが、必要だというのか。

「壊れるのだぞ、神話ですら！」

「神話は壊れなどしない！」

「現実に壊れている。神に見放されたと言われ続けていた遊子が、龍と縁を成した。ここにある龍を見て、それを信じぬか」

「これは龍ではない！」

「目の前にあるものの、その姿すら正しく瞳に映らないのか！」

　怒りが頂点に達し、指弾した。

「愚か者！　刮目《かつもく》し、事実を見よ!!」

　日織の憤怒《ふんぬ》が迸《ほとばし》ったのと同時に、咆哮《ほうこう》が轟《とどろ》いた。

　間近ではじけた一声に、日織は思わず両手で耳を塞《ふさ》ぐ。

　穂足は声に突き飛ばされたように背後に尻餅《しりもち》をつき、舎人たちは声をかわすかのようにうずくまった。

　日織の傍らにいた龍が、日織の怒気に呼応するように空に向かって吠えたのだ。

　さらに続けて、もう一声。

（なにが!?）

　二度目の咆哮で完全に耳が痺《しび》れた。日織はしばらく動けず、耳鳴りに耐えた。

　続けて、またもや一声。

空気が震え、声は草原を渡り、護領山《ごりようさん》に反響して龍《たつ》ノ原《はら》を震動させる。

龍が金の瞳で周囲を睨めつけながら、ゆらゆら、ゆらゆら、尾をくねらせ、髭をそよがせる。身に纏《まと》う香気はさらに強く、そして鱗はそれ自体が光っているかのようだった。


そして訪れたのは、咆哮の余韻と——。


「……あっ」

笛を手に、草原で腰を抜かして座り込んでいた護領衆《ごりようしゆう》の一人が、震える指で天の一点をさす。左右の者がその指先を追い、同様にあっと声を出すと、絶句した。

さらに別の者が呟《つぶや》く。

「龍だ」

護領山の北側から龍稜《りゆうりよう》のある草原へ向け、三筋の銀の光がうねって飛翔してくる。

□□□

龍の巻き起こした突風に圧倒され、草地に膝をついた悠花は放心し、日織と龍が向き合った姿を遠く見つめていた。

（これで日織は皇尊として立つのだ。ようやく彼女は）

喜びが言葉になり胸の中で膨れあがったその時だった。

「その者は化け物に違いない！」

間近で穂足の声があがった。それに殴りつけられたかのように、ぞっと嫌なものが全身を駆け抜けた。見れば穂足は大声で喚き、舎人に号令し、日織を捕らえようと彼女に向かっていく。

穂足は何をしているのかと、吾が目と耳を疑った。

神の眷属《けんぞく》たる龍を呼んだ日織を、穂足は化け物と呼び捕らえようとしているのだ。

（龍を呼んだ。それなのに！）

なぜ、日織が皇尊である事実を認めようとしないのか。ねじ曲がった考えは、目の前にいる尊い者すら化け物にするのか。そんな愚か者どもを諭すのは無理だ。現実すらねじ曲げる者には、言葉など通じるはずがない。

（ここまで人は愚かなのか!?）

焦《あせ》り立ちあがり、馬の綱を解く。

（このままでは、日織は神と人を欺《あざむ》く者として断罪される。逃げるしかない。日織を助けなければ！）

助けなければ、行かなければと焦り、馬の轡をとるが、馬が動かない。

（日織！　わたしの日織が）

馬は動かない。そのことで悠花の指先は震える。

「動け」

冷たい汗が背を伝う。必死に轡を引く。

「動け！　お願いだ」

馬はびくともしない。穂足と舎人たちは、日織を取り囲み糾弾している。舎人たちが構える槍の先が、日織に向いている。

（日織が！）

そのとき轟いた、三度の咆哮。

咆哮に驚き、馬がいきなり前後に跳ねて暴れるのを必死に抑える。

（何が起きている？　日織は！）

暴れていた馬が、突然ぴたりと動きを止めた。二頭の馬が同時に動かなくなり、その真っ黒い目が空を見ていた。

（どうした。何を見ている）

悠花も自然と馬が見る方向に顔を向け、息を呑《の》む。

「……龍」

西の空に、八つもの龍の姿がうねっている。それがみるみる、龍稜へ向かって泳ぎ寄ってくる。

驚いていると馬の視線が次々に、空の至る所へ向く。悠花の視線もそれを追う。

西から北、東、南。そして真上、天の頂点。

四方八方の空に銀のうねりが出現する。その数は、四つ、五つ、八つ、十。さらに、さらに増えていく。それらの姿はぐんぐんと近づく。

草原を渡る風のなかに刻々と、樹皮を削り取ったような香りが強くなる。

「……これは」

悠花は天を仰ぐ。

□□□

「若」

有間の周囲に集まった配下の者たちは、怯えるように、空の至る所にせわしなく視線を移動させ、声を震わせて有間を呼ぶ。

「若、これは」

「こちらに来ます」

彼らは有間が物知りだと思っている節があったが、彼の知識は、現実の生きるすべに限ったことだった。十年を穴の中で生きた男が、遥《はる》か遠い神国のことなど知るよしもないのに。

しかし配下の者は、見たことのない光景に驚くと同時に、恐ろしさを覚え、信頼する最も強い頭である有間に答えを求めている。

（問われても、わかるはずもない。見たこともない光景だ）

有間に怯えはない。ただ、馬の轡を握った拳《こぶし》が震えていた。それは腹の底から湧《わ》きあがる、興奮のせいだ。足裏に自然と力がこもり、全身が緊張する。

空の方々から、銀色の胴をうねらせながら、幾頭もの龍がこちらに向かって来る。

一頭。護領山の北の頂から現れた龍は、とてつもない速度でこちらに迫っていた。幾頭もの龍を追い越し、草原の手前でかっと宙に爪《つめ》を立ててさらに高く蹴《け》あがったと思うと、その遥か高みから落下する速度で、有間たちの頭上に突っ込んできた。

配下の者が悲鳴をあげた。有間もわずかに腰をかがめ、身構えた。しかしできるのは、それだけだ。逃げられない。迫り来る龍の巨大な頭を前に、目を見開く。

なびく龍の髭は太い白い蛇のようにも見え、金の瞳は濡れて柔らかな、巨大な水泡のよう。鱗が擦《こす》れ合う音は、玻璃《はり》のぶつかる音。その勢いと巨大さに恐怖を覚え、同時に、美しいと感じた。

（喰われる！）

全身が強《こわ》ばったそのとき、龍はあざ笑うように、唐突にぐんと頭をもちあげ、尾を振って飛び上がった。叩きつける強風に目を開けておられず、片方の腕で顔を庇《かば》う。全身を浮かすような突風の後、強い香気が全身を撫でた。

目を開くとその龍が、遠い草地の上――皇尊の頭上高くに飛び込み、くるりとその場で宙返りをしている姿が見えた。

それを核とするように、次々と銀色の生き物が泳ぎ寄っている。

「若」

「なんなのですか、これは」

「何が起ころうとしておるのです」

「若」

配下の怯えの声に、有間はまだ返すべき答えを見つけ出せず、目の前の光景を見つめた。

「見ろ、あちらにも」

「……増えていく」

配下の者たちは、空の方々に視線を向けて口々に言う。

あの恐ろしく、美しい生き物たちが、誰のために現れたのか――。

そして自分は、何を見ているのか――。

有間は、うっすらと理解した。

穴の底で神を恨み、憎み、有間はそのうち神の存在すら否定した。そんなものはいないと確信すら抱いた。その有間にとって神国とは空虚な神話に支えられた、空っぽな小国だった。龍がいると聞いてはいたが、それはその空っぽの国にたまたま生息する、珍しい生き物に過ぎないと。

有間にとって龍は、奇妙な生き物でしかないはずだった。

しかし心の内でふと、神々《こうごう》しいと感じた。

あの生き物はことによると、神――そうではなくとも、それに近い何かではなかろうかと。

□□□

穂足が、日織を化け物と糾弾する声。

その声を耳にするやいなや、空露はすぐさま走った。最悪の事態になったと感じ、伊《い》吹門《ぶきもん》の中へとって返すと、岩陰に隠してあった日織の護《まも》り刀を手にした。

日織が窮地に陥れば、悠花が日織のもとへ馬で駆けつける手はず。

二人が逃亡できるように、空露は淡海皇子に護り刀をつきつけ盾にして、伊吹門を出る。それで穂足の動きを封じるつもりだった。そのために前もって、護り刀を持ち出し隠しておいた。

日織と悠花が無事に逃亡した後、空露は逃げるつもりがなかった。逃げられないだろうと覚悟していた。

（日織を護るわたしの役目は、ここで終わる。あとは悠花様に）

覚悟はしていたので躊躇《ためら》いはない。そして躊躇う余裕もない。

（急がねば、日織が）

護り刀を手に駆け戻り、淡海の背中が視界に入ったとき、三度の龍の咆哮が響いた。

その音に空露は、思わず片手で耳を押さえてその場に立ち止まった。あまりに大きな音に耳が痺れた。

（なにがあった!?　いや、なにがあったにしろ！）

耳鳴りを堪《こら》えながら、護り刀を抜き、走る。

この場は護りきろうとする、決意があった。

空露は、日織が皇尊となるのを望み、あの場所まで追い詰めたも同様なのだ。その罪の重さは良く知っていた。そしてそれ以上に、今も胸にあり、思い出しては胸が絞られる優しい笑顔の初恋の少女。その少女が慈しんでいた妹媛《いもうとひめ》を、空露は是が非でも護りたかった。

淡海の背後に忍び寄った空露の目の前で、淡海が、「……ああ」と、唐突に力ない声を発し、伊吹門の柱に寄りかかる。

咄嗟《とっさ》に、淡海の視線の方向、空へと目を向けた。

空を見て、暫《しば》し思考が止まる。焦りも、自分がするべきことも空白になり、手から護り刀が落ち、白刃《はくじん》が地面で硬い音を立てて跳ね返ったのも意識していなかった。

「龍が」

呆然《ぼうぜん》と呟く声を聞き、それがようやく自分の声だと認識すると、足もとから頭に向けて悪寒《おかん》に似た何かが駆けあがった。

それは恐怖に似た、畏怖。

幾頭もの龍。

それが東西南北、あらゆる方向から泳ぎ寄ってくる。

□□□

「日織様！」

舎人たちに囲まれているらしい日織を見ておられず、居鹿は顔を覆《おお》って、柏宮《かしわのみや》の簀子縁にうずくまった。

隣で一緒に宣儀《せんぎ》を見ていた与理売には、ことの重大さがわからないらしい。しゃがみ込む居鹿に、きょとんとした顔を向けているのが、顔を覆う直前に見えた。

大好きな日織が龍を呼ぶ、皇尊の威厳に満ちた瞬間を見るはずだと信じていた。胸を高鳴らせながら、日織がやってくるのを今か今かと待っていたのだ。

日織がなぜか女姿で現れたらしいのは、その衣の色から察せられ、多少の不審は覚えたが、それでも豆粒のような遠い姿を祈るように見つめていた居鹿は、一頭の龍が日織のもとへやって来たときに涙が出そうになった。

これで宣儀が成ったと確信した。日織は誰に後ろ指さされることもなく、完璧《かんぺき》な皇尊として立ったのだと。

しかし直後、日織は舎人たちに囲まれ槍を向けられたのだ。

何かがあったに違いない。のっぴきならない何かが。

（日織様が殺される！）

叫び出したいが、叫んでもどうにもならないと知っていた。今から居鹿が駆けつけても、到底間に合わない。だから顔を覆った。

その直後、三度の龍の咆哮が響く。その声に悲鳴をあげそうになったのは、大音量に怯えたのではない。日織の身に何かがあったと思ったからだ。声をあげまいと歯を食いしばる。

宮の庭に植えられている柏の木々が、突然吹き始めた強い風に、恐ろしいほどの葉擦れの音を立てていた。その音がさらに居鹿を怖がらせた。

（日織様！）

両手で耳を塞ぎ顔を伏せ、きつく目を閉じ、何もかも拒絶したくなった。

「見て、居鹿。見て！」

与理売が弾んだ声で言う。小さな与理売には、わからないのだ。今、日織がどうなっているのか。与理売は無邪気に、小さな手で居鹿の肩を叩く。

「ねぇ、見て。居鹿、見て」

「いやよ、いや。見せないで。お願い」

「でも、きれいよ。見て。空」

居鹿は強く首を横に振る。

「見てよ。あんなにたくさん、龍が来る！」

その言葉に、居鹿ははっと顔をあげた。

「龍？」

涙で曇った目に、空はぼんやりと映った。しかしそのぼんやりとした視界の中に、幾筋もの銀の光を見た。

与理売が、はしゃいだ声で言う。

「龍が、たくさん来るよ！　皇尊のところへ」

□□□

濃い香り。

耳を塞ぎ、瞼《まぶた》を閉じ、耳鳴りに耐えていた日織は気づいた。質量を感じるほどの圧倒的な香りがする。三度の咆哮が招いたのか、風に混じり運ばれてきた香りは、四方から寄せて日織の全身を包む。

目を開くと、龍の金の瞳が日織を見ていた。複雑な色を宿す虹彩《こうさい》がすぼまり、促すように顎《あご》を空に向ける。

天を見あげ、その光景に言葉を失った。

真尾が操られたように立ちあがり、空をあおぎ、呟いたのが聞こえた。

「……よもや……このようなことが」

おそらく龍ノ原にある全ての者が今、空を見あげている。

それらの瞳に映っているのは、龍だ。

日織の頭上を頂点にして龍が集まり、大きくゆるく円を描き飛翔している。その数は百――、二百。いや、もっと。

千年の樹木にも似た巨龍もいれば、若木のように細く小さな龍もいる。それらが互いにもつれ、ほどけ、群れ、渦をなしていた。光を増した朝陽が龍の鱗に反射し、雲に映え、明滅しながら彩雲のような光を放つ。

草原を照らす光は、幾百の龍の影に遮られるが、渦なす龍たちの動きは早く、不規則で、龍たちの隙間《すきま》から草原に落ちる光は木漏れ日のように揺れる。

龍の群れは空をかき回し、光をかき回し、この世界を作り替えようとするかのようだ。

（これはなんだ？）

これほどの数の龍を目にしたことはなかった。

おそらく龍ノ原に住む誰もが、初めて見る龍の数だ。龍の数は数百だ、千だと言われている。しかし誰もしかと、その数を知らない。

龍が集うことなど、なかったからだ。

龍の数は増えていく。

くるりくるりと渦を描く巨龍を核とし、そこに龍が寄り集まっている。護領山から、はたまた龍ノ原の北の北湖《ほっこ》湖沼《こしょう》のあたりから、郷里《ごうり》の近くにある森からも、湧き出すようにやってくる。

（なぜ）

驚きに鈍った頭で考えても、すぐに答えはわかった。

龍たちを呼んだのは――、あの三度の咆哮。

「……あなたが？」

傍らにいる龍に視線を移し、思わず問う。

日織には龍の声が聞こえない。ただ瞳が底光りしながら、虹彩をすぼめるのを認めたのみ。それでもわかった。是《ぜ》と、龍が応《こた》えたと。

人は愚かであるから、目の前のことすら信じない。ならばもっと見せてやろうと。歪《ゆが》んだものの目にも、ありのままの姿を映すようにと。

この龍は日織の意をくみ、眷属を呼んだ。

龍ノ原に飛翔する、全ての龍を集めるかのようなあの咆哮。それを聞いた誰が、日織の傍らにいる龍が、龍にあらずと言えるのか。

そして龍のなす白銀の渦を頭上に戴《いただ》いた日織を、誰が神に見放された者と言えるのか。

日織が選んだものに対する、これが神の答えか。自ら考え、勇気をもって選び、信じて向き合えば、人の想像や期待と違う形を示す。

選ぶものが違えば、別のものが日織には示されただろうに。

穂足は震え、怯えた目を見開き空を見あげていた。しかしよろめきながら立ち上がり、日織を指さし叫ぶ。

「騙されてはならぬ！　みな、騙されるでない！　この者は化け物なのだ。人知を超えた力を使い、このようなまやかしを作り出すのだ」

その声がいっそ哀れに思え、日織は穂足を見やる。

「これ以上、何を見せればおまえは納得するのか」

「納得などせぬわ！」

草地に膝《ひざ》をつき、あるいは呆然と空を見あげる配下の舎人たちに向かって、穂足は声を張った。

「全てはまやかしだ！　この者は女で、遊子の身で、神を欺いたのだ！　大罪を犯した者を捕らえよ」

舎人たちがぼんやりと穂足に顔を向け、戸惑いながらも下げ持っていた槍をわずかに握りなおした、その時。

「龍と縁《えにし》成されしをお慶《よろこ》び申し上げる、皇尊！」

草原を突き抜け力強い声が響く。

遠くて定かではなかったが、有間の声だった。響いたそれに応じるように、龍稜の高みから微かなざわめきが降ってくる。よく聞けばそれは、

「皇尊」

「縁成されしを」

「お慶び申し上げる」

切れ切れに響く、人の声。采女《うねめ》や舎人の歓呼の声か。

そして遠く、髭平の周辺からも、さざ波のような微かな音。龍にかき回される游気《ゆうき》に乗って聞こえるそれが、「皇尊」と聞こえた。

宣儀を待っていた民たちの声だ。さざ波のような微かさでも、そこには喜びに躍り上がる民の熱狂が感じられた。そうでなければ、いくら龍が游気を乱し、攪拌《かくはん》したとしても、微かでも音になって届くはずがない。

さざめく音を耳にしたのか、真尾が正気づいたように広がる草の海を見はるかす。そして今一度天上に渦なす龍の群れを見あげた後に、日織の方へ向き直り数歩踏みだしたが、畏れるように距離をとり、――跪《ひざまず》く。

「縁成されしをお慶び申し上げまする、皇尊」

「真尾！」

穂足は怒鳴った。しかしそれを遮るように、真尾に倣《なら》って膝をついた護領衆たちが声をあげた。

「縁成されしをお慶び申し上げます」

その声に促されたのか、槍を手にしていた舎人たちが跪く。彼らはようやく主を見つけたような表情だった。

「皇尊」

「お許しを」

「無礼をご容赦下さい」

「皇尊」

「お慶び申し上げます」

「皇尊」

口々に言いながら、手にあった槍を草地に置く。

「化け物を捕らえよ！　捕らえよ！」

穂足は叫ぶ。しかしその声が、周囲の「皇尊」と呼ぶ声にかき消されていく。

游気に混じる民の歓呼の声は、龍ノ原そのものが細かく震えているようだ。

「皇尊」

「縁成されしをお慶び申し上げます」

「皇尊」

「皇尊」

「お慶び申し上げます」

繰り返される声に、穂足の怒声は覆われた。

「あの化け物を！」

最後の力を振り絞る鋭い声が「皇尊」という声に遮られると、穂足は咳《せ》き込み、肩で息をしながら声を発しなくなった。ただ立ち尽くす。誰もそれを気に留めてはいなかった。

近く、遠く、「皇尊」と呼ぶ声を聞きながら、日織は半ば呆然としていた。遊子の身で、ここにある自分が皇尊と呼ばれているのか、と。

望んだことだ。

しかし、にわかに信じられない。

突然、胸にこみあげるものがあった。

（お姉様、月白《つきしろ》。人々が遊子を、皇尊と呼んでいるよ）

心の中で言葉にすると、喜びとともに感謝が溢《あふ》れた。

（龍が——神が、応えてくれた）

自然と龍の前に跪く。深く、深く、頭《こうべ》を垂れた。

「感謝いたします。心から」

宇預《うよ》の亡骸《なきがら》の上を無慈悲に飛び去った龍に怒りを覚え、それから日織は神が嫌いになった。いつも神に挑むような気持ちで、喧嘩《けんか》腰《ごし》に向き合ってきたのだ。それら神々の在り方を知りもせずに。

神も人も同じかもしれない。向き合い方によって、その在り方を変えるのだ。

再び顔をあげると、龍の目が細まった。

龍が笑ったような気がした。

驚き、涙が溢れそうになったが、今はそうするべきではないと思った。なぜなら、「さあ、おまえの番だ」と、言われたと感じたからだ。

吾《われ》は声を発した、と。

今度はおまえが声を発せよ、と。

涙を堪え微笑《ほほえ》み返すと、いきなり龍は宙を蹴る。突風と強い香りで日織の頬を叩き、あっという間に空にのぼり、眷属の群れへ飛び込む。

「皇尊」

「縁成されしをお慶び申し上げます」

「皇尊」

「皇尊」

「皇尊」

声が周囲を包む。

立ちあがった日織は、天をふり仰ぐ。地表に引かれるように、眦《まなじり》から涙がこぼれそうだったが堪える。

その頭上を龍が渦をなし、飛翔する。龍の数はさらに増え続けていた。

潤む目を、日織は周囲に跪く者たちへと向ける。

「わたしは」

口を開く。今、言わなければならないことがあると確信していた。

日織の声は震え、頼りなかった。それでも跪く者たちは、はっとしたように口を閉ざし日織を注視する。

押し包むような歓呼の声が鎮《しず》まり、遠くから、民が皇尊を呼ぶ声のみが響く。

一つ呼吸し、息を整え、改めて声を張る。

「わたしは遊子だ」

日織の声は、渦なす龍たちの下で重く突き抜けた。

「遊子は生まれながらに神に見放されているがゆえに、龍の声が聞こえない。そう信じてきた者は多い。そして、わたしはその遊子。だが遊子の身で入道を果たし、宣儀で龍との縁《えにし》を成した」

天上を指さす。

龍たちの群れの最も高いところを指し示すように。

手を下ろし、問う。

「わたしが、遊子が――神に見放されていると思う者はいるか？」

異を唱える者はいなかった。穂足でさえも、最《も》早《はや》なにも考えられないかのように、ただぼんやりと日織と龍の群れを見ていた。

「しかし吾《わ》が父皇尊は、遊子を他国へ引き渡す令を作った。それに従えば、わたしは龍ノ原を追われなければならないだろう」

周囲の者たちは一瞬、恐怖に似た驚きを示すように息を呑む。皇尊を追放など出来るはずがないという、畏れが走る。

それを断ち切るように強く言う。

「ただ――わたしは皇尊だ」

龍の巻き起こす風が、地表の草葉をなびかせている。右に左に、不規則に吹き乱れた。

「皇尊が龍ノ原から出るわけには、いかない。そしてその理由もない。父皇尊の発した令は誤りなのだ。だから今、わたしがそれを正す。遊子追放の令――その令を」

背をのばし、周囲の者たちを見つめながら静かに告げた。

「令を廃す」

賛意を示し、その場にいる全《すべ》ての者たちが平伏《ひれふ》す。

穂足が、のろのろと膝をつき、草地に伏せて背を震わせはじめた。泣いているのだろうか。目の前にあるものを信じられず、信じたくないのに、信じざるを得なくなった敗北感に打ちのめされたのか。

一声。

高らかに龍の声が空に響いた。歓喜の声であるそれは、あの龍かもしれなかった。

今一度、日織は空に視線を向ける。

游気をかき回し、うねり、蹴あがり、ゆるくからみあう、千を超す大小の龍たち。

日の光が鱗《うろこ》に反射し、細い草葉の草原に、鋭く不規則に落ちる。からみあう龍たちの隙間から見える空は、神の眷属の光輝を映し、全体を彩雲のごとき輝きが覆う。空が神気に掻《か》き乱され、やわらかく光と融和しているかのようだった。

龍の香気は髢平《しのひら》を覆い、龍稜を覆う。

（ああ、やっと）

日織は微笑んだ。それと同時に涙が溢れる。もう我慢する必要はないと思った。次々流れる涙をそのままにした。

（やっと、――宇預お姉様。月白。居鹿、与理売。かつて生きていた子、これから生まれる子。みんな。わたしたちは、自在になるよ）

おそらく、人の心はすぐに変わらない。遊子は神に見放された者ではないと見せつけ、令を廃しても、きっと誰かが言いだすのだ。それは日織が「特殊」だったのだと。遊子はやはり、神に見放された穢《けが》れた者と。

それは承知の上。ただ、不可避に遊子の運命を決める令は、消したのだ。それが消えたことで希望が生まれる。いずれの時か、莫迦莫迦《ばかばか》しい迷信が消えるという希望。

つかみ取れた希望に、震える。

ちらちらと頬に鋭い光が降り注ぐ。

龍たちのいる空に向け、日織は両手を伸ばす。

民の声が聞こえる。微《かす》かにだが確かにそれは、「皇尊」と呼ぶ声。

それは新たに生まれた、神話を呼ぶ声。

□□□

龍稜大殿《だいでん》の背後からは、月白を呑み込んだ滝壺《たきつぼ》に注ぐ水音が聞こえていたが、日織は落ち着いた気持ちでその音を聞いていた。

（月白。あなたは、少し気が楽になっただろうか？）

可愛《かわい》らしい妻のことを思う。月白を思えば苦しく哀《かな》しいばかりだった心に、すこしだけ安堵に似たものが混じっていた。安堵感は日織のもので、月白のものではないと知っている。

それでも月白も今は、あの可愛い片えくぼを見せてくれているような気がするのだ。

頬白《ほおじろ》が、階《きざはし》の傍らにある桃の枝で鳴いている。

傍らにいた空露が、目を細めた日織の表情に気づいたらしい。

「どうしましたか、日織」

「いや。頬白が随分近くで鳴いているから」

「そうですね」

穏やかに応えた彼に、ふと日織は問う。

「わたしの格好は妙じゃないか？　悠花はそんなことはないと言うが。おまえの目から見て、妙か？」

問われた空露は、くすっと笑った。彼が少しでも声を出して笑うのは珍しいので、日織は目を丸くする。

「そんなにおかしいか？　この格好が」

「いえ、歴代稀《まれ》なほどに、お美しい皇尊ですよ」

日織が身につけているのは、白藍《しらあい》の衣に青藤色《あおふじいろ》の背子《はいし》、濃い鉄紺《てつこん》の纈裙《ゆはたのも》。髪は小さく首の後ろでまとめてあるが、海棠《かいどう》の花を模した小さな釵子《さいし》を挿す。腕には、白絹顕紋《しらぎぬけんもん》紗《しゃ》の領布《ひれ》。

抑えた色味の衣装は、すらりとした長身の日織によく似合う。

生まれてこの方、男として生きてきた日織には、女の衣装がなんともこそばゆい。

姉の宇預や月白、悠花の衣装を見ては、「美しい」「羨《うらや》ましい」と思っていたが、いざ自分が身につけるとどうも妙な感がある。宣儀の時は夢中でそんな恥じらいを感じもしなかったが、常に女姿でいるのは、そわそわして落ち着かない。

二度目の宣儀が終わって、既に三日。

日織は龍稜に戻り、太政大臣《おおまつりのおとど》である淡海皇子、右《う》の大臣《おとど》の造多麻呂《つくりのたまろ》に経緯を語った。

彼ら二人、――というよりも、龍ノ原の民ほとんど全てが宣儀を目《ま》の当《あ》たりにしていたため、ことは難なく運んだ。

日織が女であり遊子であったとしても、皇尊として受け入れると。例外なく誰もがそれを認め、阿知穂足ですら認めた。

さらに穂足は自ら左の大臣の職を辞した。能市王《のいちのおおきみ》と高千王《たかちのおおきみ》も、日織の判断の通りに罷免《ひめん》された。新しく左の大臣を選任する必要はあったが、おおかた政《まつりごと》は落ち着いている。

遊子を追放する令を廃することにも、反対はなかった。「その令を廃止しなければ皇尊を追放することになるのだから、廃止せざるを得ないでしょう」と明るく言ったのは、造多麻呂だった。

居鹿は生まれた邸《やしき》に戻ることもできたが、日織とともに龍稜に入り、先々は采女となって日織に仕える道を選んだ。今は女嬬《にょじゅ》として采女の見習いをはじめたばかり。

与理売は日織が引き取り、彼女の犯した罪を説き、さらに償わねばならないのだと言って聞かせた。唆《そそのか》されたとはいえ、罰を受けずにはすまないのだと。与理売は泣きじゃくりながら「ごめんなさい」と繰り返した。そしてしばらくして落ち着いた後、居鹿に付き添われて日織のもとにやって来た彼女は、「きちんと罰を受けます」と、泣きはらした目で言ったのだ。

日織は半日もかけて、与理売の思いも聞きながら、そして空露と真尾、淡海の意見も取り入れながら、彼女に対する罰を決めた。

おおかたのことは決着がついたが、一つだけ、先送りにしている事案があった。その結論を出すために、真尾、淡海皇子、造多麻呂たちとも協議をして一つの結論を得た。

その結論を持って、先のばしにしていた件——反封洲《たんのほうしゅう》国主の長子、有間に返答をすることになったのだ。

「反封洲の御遣い、伴有間様のお越しです」

枢戸《くるるど》の外に控えていた采女の声とともに、有間が母屋《もや》の中へと踏み込んできた。

白い髪と整った精悍《せいかん》な顔立ち。大衣《おおぎぬ》を整え、腰には毛皮の飾り。龍ノ原にはない、荒々しい美しさのある男は、五色布の前に立つ日織の前で膝をつく。

「お召しにより参上いたしました」

立てと促すと、有間は物怖《ものお》じすることなく、立って顔をあげた。

「良いのですかね、皇尊《すめらみこと》。祈社の正殿にすら入るのを禁じられる八洲《はっしゅう》の者を、龍稜の、しかも大殿に招き入れるなど」

「神話を種にした言いがかりを、わたしは八洲の者につけるつもりはない」

実際、反封洲の者を龍稜に入れるのも、ましてや大殿へあがらせるのも、真尾は渋った。しかし日織が「伴有間の功に報いるのに、いつ壊れるやもしれない神話をたてに無礼な対応をしたくない」と言うと、溜息《ためいき》交じりに折れたのだ。

神に仕え、神話や縁起をなによりも重んじる神職の真尾も、神話が壊れるのを目の前で見ては強硬な態度をとれないのだ。神職であれば、新たな神の規範を知り、それに従うしかない。それがどれほど手探りであれ、だ。

「言いがかりと来たか。わたしたちにとっては痛快だな」

くくっと有間が笑う。

「龍ノ原の、しかも皇尊の口からそのような言葉を聞くとは思ってもみなかった。この度は、なかなか面白いものを見られた」

「楽しんだなら、なによりだ」

「それはそうと、昨日受けた件だが。与理売は？」

「外に控えている。入っておいで」

日織が呼ぶと、痩《や》せた老女とともに、おずおずと枢戸を潜《くぐ》ってきたのは与理売。彼女に寄り添い、勇気づけるようにその背に手を当てているのは、月白の乳母《めのと》であった大路《おち》。

「与理売は唆されたとはいえ、呼笛《よびぶえ》を盗み出し宣儀を妨害し、さらに悠花をさらった。わたしに乱暴も働いた。理由はどうあれ、八虐《ぎゃく》を犯した者には罰を与えなければならない。本来ならば死罪が相当だが、酌量の余地がある。ゆえに追放と決めた」

与理売は俯《うつむ》き、小さく「はい」と言った。

「本来ならば、与理売の父である不津王《ふつのおおきみ》のもとへ託すべきだ。与理売もそれを望んだ。しかしわたしは――、わたしのみならず、空露も真尾も、与理売を置いて龍ノ原を離れた彼らのもとに与理売を送るのは、与理売が不幸になるだけだと考えた。そこで」

「わたし、か」

有間は言うと、俯く与理売の頭をくしゃっと撫《な》でた。びっくりしたように、与理売が顔をあげると、有間はにっこと笑いかける。

「あなたは理不尽に人を虐《しいた》げたりしない。与理売には、わたしの亡《な》くなった妻の乳母であった大路をつけて、世話をさせる。大路も亡くした媛《ひめ》のかわりに与理売の面倒を見たいと、引き受けてくれた。あなたが引き受けてくれるか否《いな》か、不安だったが。受けてもらえて感謝する」

「この子は面構《つらがま》えがいい」

丸い目で、瞬《まばた》きもなく見あげている与理売の視線を受け止め、有間は言った。

「逞《たくま》しい女になるだろう。龍ノ原の媛君と、ちやほやしてやることはできんが。喰わせて、寒い思いをさせず、大切にお預かりする。罪人もいずれ許されれば、龍《たつ》ノ原《はら》に戻れると神話にもある。その時までな」

「よろしく頼む」

日織の言葉に頷《うなず》くと、有間は大路に「馬溜《うまだまり》に行けば、わたしの仲間が待っている。そこで待て」と告げた。大路は与理売を促し、母屋を出ようとした。

枢戸の敷居をまたぐ直前、与理売が足を止めふり返る。

「皇尊。ごめんなさい」

「いずれまた会おう。あなたがきちんと、罪を償えれば」

こくっと力強く、与理売は頷く。大路に目をやると、彼女は悲嘆のために痩せ衰えてしまった体に似合わない、強い目の輝きで黙礼を返す。可愛がっていた月白の死により、生きる気力をなくした彼女の支えに、与理売がなってくれるだろうと思えた。

二人が出て行くと、日織は改めて有間に向き直った。有間は礼を取る。

「これで、わたしの役目は終わりだな。これより皇尊の御代《みよ》が永く続かんことを」

「いや、まて」

退出しようとする気配の有間を制止し、日織は空露に目配せする。空露が、宝案《ほうあん》から白杉《しらすぎ》の細長い箱を取りあげて日織に手渡す。

「あなたを呼んだのには、もう一つ理由がある。伴有間。随分待たせてしまったが、これを授ける。わたしの書札《しょさつ》が、この箱の中に入っている。龍ノ原の皇尊は、反封洲次期国主として、伴有間こそふさわしい者と考える。それは地大神《ちのおおかみ》も認めるところである。そう書いた」

差し出された白杉の箱をしばらく無言で見つめた有間は、再び日織に目を向けた。

「なぜ渡す気になった」

「信頼を裏切らないこと、信ずること。それが大切だと身に染《し》みたからだ。皇尊として龍ノ原を安く平らけく保つには、それが必要だ、きっと」

日織は龍《りゅう》と約束を交わし、龍はそれを守った。それで知ったのは信頼を結ぶ大切さだ。偽物《にせもの》ではない、取引でもない、信頼こそが大切なのだと。

目先の利益や未来の不安や、多くのものがあったとしても、目の前に信頼に足ると思う者がいれば、その者と縁を結ぶのが必要だと感じたのだ。

有間は信頼に足る。日織はそう判断したから、彼と縁を結ぶ。

しばらく沈黙が流れた。有間は白杉の箱を再び見つめる。

「わたしは十年間、穴の底で生きた」

不意に有間が言う。

「生き抜くために最も必要なのは、力だ。腕力、知力、なんでも良いが、とにかく力だ。しかしその力がある者が、長く生きられるわけではなかった。力は無論必要だが、その上で、長く生きるために最も必要だったのが、どれだけ信頼できる者が側《そば》にいるかだった。だからわたしは、わたし自身は無論、わたしの国が生き残るために、信頼できる者をまず見極める」

強い真《ま》っ直《す》ぐな目が、日織を見た。

「わたしは、あなたを信頼しよう。皇尊」

差し出された白杉の箱に手を伸ばし、それを両手で受け取り、有間は深く叩頭《こうとう》した。美しい白い髪が彼の肩から流れ落ちる。

顔をあげた有間は、威儀を正した様子をふいに崩して軽口を叩《たた》く。

「しかし。女姿のあなたも美しいな。なんなら信頼ついでに、わたしの妻になってくれ。夫《つま》はいないだろう」

「残念だが、わたしにはもう妻がいる」

「妻か。妻はいても、夫のあてはないのだろう」

「それが、そうでもない」

「なんだ。つまらん」

　有間は表情を改めて、礼をとる。

「書札、有り難く頂戴《ちょうだい》いたす。皇尊、お達者で」

　一歩踏み出しかけた彼は、ふと思いついたように足を止め、口を開く。

「女の皇尊が立つことで、龍ノ原は変わっていくだろう。そして間違いなく、八洲が龍ノ原に向ける目も変わってくる。神代《かみよ》より変わらぬ国に変化が起これば、当然周囲は警戒する。さらにはそこに、利を求めて目を光らせはじめるだろう。あなたの治世は、今までの龍ノ原のように、容易《たやす》いものでなくなるかもしれんぞ」

　真っ直ぐな目で言われ、日織はそれに有間の真摯《しんし》さと、彼の告げることの厳しさを同時に感じ取った。

「わかっている。わたしは皇尊として、国を護らねばならぬのだな。どのようにあるのが龍ノ原の幸福かを考え、はるか先の御代まで見据えて」

「そうだな。まあ、力を尽くすことだ。余計なことを言った。今度こそ、これにて。吾らは故国へ帰る。預かった者は大切に護ろう」

白杉の箱を脇《わき》に抱え、きびすを返した有間に、日織は声をかけた。

「国主になったあかつきには、今一度こちらに参れ。酒でも飲もう」

枢戸のところでふり返った有間は、笑う。

「約束しよう、必ずと」

短く答えると、颯爽《さっそう》と出て行った。その後ろ姿は精悍で清々《すがすが》しい。

「空露」

「はい」

「彼は国主になるだろうか」

「なるでしょう、おそらく」

「そのときわたしは龍ノ原の皇尊として、胸を張って立てるだろうか、有間の前に」

有間の去った枢戸の向こうを見つめながら問うと、空露の強く、静かな声が答えた。

「立っていますよ、きっと。もしぐらついていても、ご心配なく。わたしが傍らで、日織を立たせておきます」

頼もしい言葉に、日織は目を閉じる。

空露が側にいてくれるのは宇預のおかげだ。彼が宇預に恋したからこそ、こうして側で支えてもらえる。

（ありがとう、お姉様）

初夏の風がかぐわしい。ふと、群れ咲く笹百合《ささゆり》が揺れる景色を思い出す。

空露と同じく、宇預もまた日織の側にいてくれるような気がした。

「うん。よろしく頼む、空露。これからも」


大桜宮はいつものごとく、静かだった。日織の秘密が公《おおやけ》になってからも、「騒々しいのを好まないから」と理屈をつけて、相変わらず采女も舎人《とねり》も近づけていない。

悠花がいるからだ。

日織が女であると公にして、淡海皇子や宮内上《くないのかみ》が最も困った顔をしたのは、悠花の存在だった。女の皇尊が、女の妻をもっているという、この状態は当人たちが望んだものではないだろうと考えたようだ。龍ノ原の歪みから生まれた結果だと。これを、どうにかしなければと思ったらしい。

しかし日織は、このままで良いとした。

一度妻にしたものを、放り出しはしない。生涯妻として大切に護ると。悠花もそのように望んでいると伝えると、淡海皇子は念を押すために悠花に直接会った。そこで悠花が「そのように望んでいます」と、いつものようなたおやかな筆跡で書いて差し出し、納得させた。

桜の葉が濃い緑になり、初夏から夏へとさしかかろうとしている。日射《ひざ》しは日々、明るさと強さを増していた。

空露が所用で祈社に行ったため、日織は一人で悠花の住む殿舎へ向かった。彼はいつものように挟軾《きょうしょく》にもたれて、ゆったりと景色を眺めていた。開かれた枢戸と蔀《しとみ》から風が吹き込み、几帳《きちょう》の絹を揺らしている。

杣屋が日織の格好を見て、「まあ」とわざとらしく口を開く。

「今日も、なんという媛ぶりでしょうか、皇尊」

「いちいち、こそばゆいな」

悠花の前に腰を下ろすと、悠花がからかう目になる。

「あぐらをかいては、いけないよ。吾が夫」

「ああ、つい……」

と言ったが、座り直すのは面倒だったし、端座するのは寛《くつろ》がない。悠花を見習って、足を横に流して媛らしく座れば良いのだろうが、慣れないせいで足が痛くなる。結局そのまま、麗《うるわ》しい女姿であぐらをかく。

杣屋が嘆息した。

「ますます、奇妙な様子の妻と夫になってしまわれました。皇尊はあるべきお姿に成られたのですから、大層おめでたいことではございますが、悠花様はまだ」

「杣屋」

愚痴を、悠花が遮る。

「白湯《さゆ》をもってきておくれよ」

うるさがられているのを察したのか、杣屋はぶつぶつ言いながら出て行った。

「すまないね、杣屋が」

「いや、杣屋の言うとおりだ。わたしは秘密を明かして自由になれたが、悠花の一件が片付いていない。禍皇子《まがつみこ》も遊子と同じようなものであると、言えればな」

「それは乱暴だね、いくらなんでも。まあ、なにもかも一緒くたに、この際だとばかりにひっくり返すのは無理だろう。わかっているから」

「しかし、このままでは悠花が」

「わたしはね、今の自分を不自由だと思うけれど、あなたの妻でいられるのなら、悪くない。本当は夫になれれば一番良いがね」

外を見ていた悠花が、不意に日織にふり返る。

「そこでね、わたしは考えた」

悪戯《いたずら》そうな目で、続けて言う。

「あなたが、遊子は神に見放された者ではないと人々に見せつけたのと同じように、論より証拠をみせてやろうと思うのだ。わたしも論より証拠で、禍皇子とは不吉でもなんでもないと人々にわからせる。その方法を考えた」

「どうするのだ？　わたしも力を尽くすが」

「約束してくれる？」

「もちろん、あなたとの約束なら違《たが》えない」

悠花は、きれいに微笑む。

「なら、あなたは、わたしの子を生んでくれない？」

「……は？」

唐突な言葉に目を白黒させていると、悠花は真剣な顔で続ける。

「あなたはいずれ皇子《みこ》か皇女《ひめみこ》を生む。次期皇尊となるべき子だ。その父は誰かと問われても、神の子だとか龍の子だとか言って、のらりくらりと逃げかわし、そしてあなたの死後、その子が皇尊の御位《みくらい》に即《つ》く。その子は新たな皇尊となり龍ノ原を治め、安寧が数年続いたら、皇尊から民に知らせれば良い。実は悠花は男で、皇尊の父であるとね」

悠花は日織の手に触れた。

「良き皇尊が立ち、龍ノ原をよく治めている。何ごともなく代替わりもした。人を欺き隠れ、禍皇子がひっそり生きていても、実際、何年も何年も平穏が続いていた証拠になる。そのうえ禍皇子は、良き皇尊の父だ。最早誰も、禍皇子を不吉と言えまい？　そのときわたしは、既にこの世にいないかもしれないが——次に生まれる、わたしと同じ運命の者は、わたしのような莫迦莫迦しい真似《まね》をしなくてすむ」

「随分、気長な」

「急げば良いというものではない。あなたのように急ぐと、はらはらして身がもたない」

とんと肩をつかれて、驚く間もなく白杉の床に押し倒された。

見惚《みと》れるほどの美女が日織を見下ろす。紅をさした唇は妖艶《ようえん》で、長い睫《まつげ》に縁取られた目も形良く、瞳《ひとみ》は澄んでいる。

「と、いうことで。約束は守ってくれるね？」

急に動悸《どうき》がして、耳朶《じだ》が熱くなった。悠花の顔をまともに見られず目をそらす。

「いや、それは」

「約束を守ってくれると言ったね」

「言ったが」

「わたしが、お嫌い？」

囁《ささや》かれると、さらにどうして良いかわからなくなった。

「嫌いではない」

「では問題ないね」

悠花は優しく口づける。

どこか遠くで、蟬《せみ》の声がした気がした。枢戸の外は、初夏から夏に移ろうとする蒼天《そうてん》。雲が流れ、その合間を白銀の輝きが泳いでいく。龍ノ原に眩《まぶ》しい夏が来る。

【参考文献】

『日本服飾史　女性編　風俗博物館所蔵』／井筒雅風著／光村推古書院
『日本服飾史　男性編　風俗博物館所蔵』／井筒雅風著／光村推古書院
『図解日本の装束』／池上良太著、新紀元社編集部編／新紀元社
『日本の服装　上』／歴世服装美術研究会編／吉川弘文館
『ビギナーズ・クラシックス　日本の古典　万葉集』／角川書店編／角川ソフィア文庫
『図説日本文化の歴史３　奈良』／黛弘道著／小学館
『古代史復元９　古代の都と村』／金子裕之著／講談社
『全集　日本の歴史３　飛鳥・奈良時代　律令国家と万葉びと』／鐘江宏之著／小学館
『古代の女性官僚　女官の出世・結婚・引退』／伊集院葉子著／吉川弘文館
『飛鳥むかしむかし　国づくり編』／奈良文化財研究所編、早川和子絵／朝日新聞出版

※奈良県立万葉文化館の展示および、同館が毎月発行されている「よろずは」も参考にしています。

本書は新潮文庫のために書き下ろされた。

三川みり著
龍ノ国幻想1
神欺く皇子
皇位を目指す皇子は、実は女！　一方、その身を偽り生き抜く者たち——命懸けの「嘘」で建国に挑む、男女逆転宮廷ファンタジー。

河野　裕著
いなくなれ、群青
11月19日午前6時42分、僕は彼女に再会した。あるはずのない出会いが平坦な高校生活を一変させる。心を穿つ新時代の青春ミステリ。

知念実希人著
天久鷹央の推理カルテ
お前の病気《ナゾ》、私が診断してやろう——。河童、人魂、処女受胎。そんな事件に隠された〝病〟とは？　新感覚メディカル・ミステリー。

榎田ユウリ著
ここで死神から残念なお知らせです。
「あなた、もう死んでるんですけど」——自分の死に気づかない人間を、問答無用にあの世へと送る、前代未聞、死神お仕事小説！

萩原麻里著
呪殺島の殺人
目の前に遺体、手にはナイフ。犯人は、僕？——陸の孤島となった屋敷で始まる殺人劇。呪術師一族最後の末裔が、密室の謎に挑む！

七月隆文著
ケーキ王子の名推理《スペシャリテ》
ドSのパティシエ男子&ケーキ大好き失恋女子が、他人の恋やトラブルもお菓子の知識で鮮やかに解決！　胸きゅん青春スペシャリテ。

小野不由美著

月の影 影の海（上・下）

―十二国記―

平凡な女子高生の日々は、見知らぬ異界へと連れ去られ一変した。苦難の旅を経て「生」への信念が迸る、シリーズ本編の幕開け。

小野不由美著

屍鬼（一～五）

「村は死によって包囲されている」。一人、また一人、相次ぐ葬送。殺人か、疫病か、それとも……。超弩級の恐怖が音もなく忍び寄る。

小野不由美著

残穢

山本周五郎賞受賞

何かが畳を擦る音、いるはずのない赤ん坊の泣き声……。転居先で起きる怪異に潜む因縁とは。戦慄のドキュメンタリー・ホラー長編。

上橋菜穂子著

精霊の守り人

野間児童文芸新人賞受賞
産経児童出版文化賞受賞

精霊に卵を産み付けられた皇子チャグム。女用心棒バルサは、体を張って皇子を守る。数多くの受賞歴を誇る、痛快で新しい冒険物語。

上橋菜穂子著

狐笛のかなた

野間児童文芸賞受賞

不思議な力を持つ少女・小夜と、霊狐・野火。森陰屋敷に閉じ込められた少年・小春丸をめぐり、孤独で健気な二人の愛が燃え上がる。

畠中　恵　著

しゃばけ

日本ファンタジーノベル大賞優秀賞受賞

大店の若だんな一太郎は、めっぽう体が弱い。なのに猟奇事件に巻き込まれ、仲間の妖怪と解決に乗り出すことに。大江戸人情捕物帖。

イラスト　千景
デザイン　川谷康久（川谷デザイン）

龍ノ国幻想２

天《あま》翔《かけ》る縁《えにし》

新潮文庫　み－60－12

令和三年十二月一日発行

著者　三《み》川《かわ》みり
発行者　佐藤隆信
発行所　株式会社新潮社
郵便番号　一六二—八七一一
東京都新宿区矢来町七一
電話　編集部（〇三）三二六六—五四四〇
読者係（〇三）三二六六—五一一一
https://www.shinchosha.co.jp

価格はカバーに表示してあります。

乱丁・落丁本は、ご面倒ですが小社読者係宛ご送付ください。送料小社負担にてお取替えいたします。

印刷・錦明印刷株式会社　製本・錦明印刷株式会社

ISBN978-4-10-180227-5 C0193